Cécil Saint-Laurent

*La burguesa*

CECIL SAINT-LAURENT

# *La burguesa*

MUNDO ACTUAL
DE EDICIONES, S. A.

Título original
*La bourgeoise*

Traducción
*Juana Bignozzi*


Edición especial de la editorial
Mundo Actual de Ediciones, S. A.
reservada exclusivamente
a los socios de Discolibro, S. A.
Depósito legal: B. 801-1976
ISBN: 84-85224-28-0
Printed in Spain. Impreso por
Litografía Rosés, S. A.
Escultor Canet, 6-8-10, Barcelona-14
Número de título: 3.130

"Una generación es un modo integral de existencia o, si se quiere, un estilo que se fija indeleblemente en el individuo."

*Ortega y Gasset*

"El psicoanálisis no pretende describir qué es la mujer, sino buscar cómo llega a serlo."

*Freud*

"Todos somos contemporáneos, vivimos en el mismo tiempo y en la misma atmósfera, en el mismo mundo, pero contribuimos a formarlos de diferente manera. Sólo se puede coincidir con los hombres de la misma edad. Los contemporáneos no son todos hombres de la misma edad: es urgente distinguir, en historia, entre *coetaneidad* y *contemporaneidad*... El descubrimiento según el cual estamos fatalmente inscritos en un determinado grupo de edad y en un estilo de vida es una de las experiencias melancólicas que, más pronto o más tarde, todo hombre sensible llega a conocer."

*Ortega y Gasset*

"De esta manera, la obra a realizar debería tener una triple forma: los hombres, las mujeres y las cosas."

*Balzac*

# 1

Catherine solía tomar el metro o el autobús, pero hoy tenía prisa por estar al lado de Marielle, por hablar con ella. No hubiera podido soportar la inmovilidad de un asiento de metro. Frente a ella, alrededor del flujo metálico, brutal y ruidoso del que su auto formaba parte, París extendía fachadas, prolongaba follajes. Muchos inmuebles viejos, recientemente remozados, resplandecían bajo el brillo matutino del sol. Todas las hojas eran de un verde fresco y ya se veían espesos follajes, aunque entre los plátanos, siempre atrasados, un árbol nuevo, aún más atrasado, mostraba todavía algunas yemas.

De pequeña había recogido ramas erizadas de yemas y recién cortadas por un jardinero en una de las avenidas del Jardín Botánico. Se había negado a separarse de los tesoros que le ofrecían su primera emoción estética; los admiró como una totalidad de formas (cónicas), de materias (tiernas, algodonosas, viscosas), de colores (verde muy claro, marrón y violeta), que componían un todo en el que se hallaba la belleza. Cuando, diez años más tarde, su profesor le reveló, según la afirmación de Stendhal, que la belleza es promesa de felicidad, Catherine adoptó y amó de inmediato esta fórmula que resumía sus brotes. En una noche, los brotes perdieron el poder de ser una promesa de felicidad.

En la calle del Bac maniobró con cierta alegría, convirtiendo en una vanidad el derecho de poder aparcar su auto en un lugar reservado. En realidad, uno de los motivos que la llevaron a aceptar un puesto de secretaria en *Style et Loisirs* había sido el poder aparcar en ese lugar. Luego se sensibilizó ante la vetustez del inmueble que cobijaba a la revista, construido a comienzos del siglo XVIII e integrado por pequeñas piezas bajas de techo, con discretos ornamentos de madera; una escalera pomposa conducía a los apartamentos que daban a la calle, pero las oficinas de *Style et Loisirs,* que daban al patio interior, estaban comunicadas por una pequeña escalera de madera desde la que se desplegaba una rampa de hierro forjado cuyas volutas Catherine había probado desde el principio.

Cada mañana experimentaba, si no momentos de felicidad, al menos momentos de impulso hacia la felicidad al atravesar la isla de Saint Louis, donde vivía, y luego al entrar en ese patio y subir por esa escalera. Durante algún tiempo había ocultado ese gusto por los lugares protegidos del progreso, considerándolo reaccionario. Pero después del 68, lo joven y revolucionario era alabar la cría de corderos, las viejas masías, los castillos en ruinas, y Catherine se permitía estar satisfecha con toda tranquilidad.

Sin aliento, entró en su despacho o mejor dicho en el despacho de Marielle, donde tenía derecho a una pequeña mesa Restauración colocada junto a una ventana y colmada de papeles que asediaban una máquina de escribir, a un sillón Imperio desproporcionado con la mesa, a un acantilado de clasificadores verdes y a un pequeño florero de plata que, por falta de sitio, estaba puesto sobre la repisa de la calefacción central.

—Salud —dijo Marielle—. Esta mañana, en la tienda de mi florista, vi las primeras peonías. Mira qué bella es... Un Rubens.

Opulenta, lánguida, de un blanco denso y apenas teñido de rosa, la flor, demasiado pesada, aplastaba el florero de cuello delgado y reinaba sobre él como una hembra victoriosa. Catherine se inclinó sobre Marielle y la besó. Luego se inclinó sobre la flor.

—¡Oh! —dijo Marielle—. No perfuma demasiado.

—Sí, un poco...

—En todo caso, no mucho más que la desgarbada que traje la semana pasada...

Era costumbre de Marielle ofrecer flores a su amiga todas las semanas. Cada vez que trataba de analizar el papel que jugaba en la revista, Catherine sentía que el mejor método no consistía en escrutar sus inclinaciones profesionales, sino más bien sus sentimientos hacia Marielle. Las dos se habían conocido en el liceo, durante el cuarto curso, y pese a que Catherine era de las primeras, ello no le impedía en absoluto admirar a Marielle, última en todo, salvo en inglés. Catherine, trabajadora por docilidad pero también por naturaleza, veneraba la pereza de su amiga. Admiraba las mentiras de Marielle a sus padres y a sus profesores, pero ella casi no mentía, salvo cada tanto, para hacerle un favor a su hermano o para justificarse cuando volvía con retraso del liceo debido a su necesidad de demorarse en las calles con su amiga. Marielle, que era una líder, llevaba a menudo ropas que hacían bromear a los profesores y a los alumnos: Catherine siempre la defendía, aunque ella nunca había intentado imitar las extravagancias de su amiga, quien por otra parte tampoco la empujaba a hacerlo. Asimismo, Catherine había comprendido muy pronto que Marielle se comportaba libremente con los muchachos, lo que la fascinaba sin que pensara embarcarse en lo mismo: además, Marielle lo hubiera reprobado, ya que le gustaba considerarla como una niña que necesita ser protegida.

Ella me protegerá, se decía Catherine. Lo único que debo hacer es contarle lo sucedido esta noche entre Marc y yo. Mecanografiaba las cartas que había preparado Marielle. Catherine nunca se había asombrado tanto como el año en que, al terminar su licenciatura en filosofía, Marielle, que ni siquiera tenía el bachillerato, le anunció: "En la revista necesitamos una secretaria. ¿Por qué no te vienes conmigo? Estarás muy bien... ¡Y siempre será mejor que dedicarse a esa cosa horrible que es la docencia!"

Aunque la fachada estaba del lado de la sombra, el cuarto era caliente y, desde los jardines sobre los que daban las ventanas, ascendía un aroma luminoso como el del verano y un rumor que gustaba sobremanera a Catherine porque era el del campo. Se oyó el murmullo creciente del agua en una regadera y luego el chirrido de una bicicleta.

—Es Alavoine —dijo Marielle. E insistió, echando una mirada por la ventana—: Sí, es él... Se inclina con majestad para liberar su pantalón de las pinzas de ciclista. Es un signo de buen tiempo.

Alavoine, el jefe de redacción de *Style et Loisirs,* celebraba todos los años la llegada del buen tiempo utilizando su antigua bicicleta para ir a la oficina. Este arrebato de optimismo raramente duraba más de algunas semanas.

—Figúrate —dijo Catherine, después de archivar la copia de una carta— que esta noche...

—¿Qué? ¿Fue bien, anoche, tu aniversario de boda? ¡Espera! Me contarás todo en seguida, estoy reflexionando...

Más pequeña que Catherine, menuda y de cabello muy negro, Marielle tenía las mejillas redondas y los ojos también demasiado redondeados, con pupilas malva, lo que le daba una fisonomía infantil contra la que luchaba. Tenía veintinueve años, uno más que Catherine, y deseaba llegar a los cuarenta para gozar de una autoridad adecuada a su ambición. Ahora sólo llegaba a la autoridad endureciendo sus expresiones, lo que le daba el aire de un niño precozmente experimentado.

Había abierto una alacena cuya puerta tenía un espejo en su parte interior, y se inspeccionaba. Los pocos días que acababa de pasar en Mallorca, gracias a un congreso de decoradores, la habían bronceado e incitado a llevar las piernas al aire, para lo cual llevaba un vestido pasado de moda, radicalmente corto, que había dejado boquiabierta a Catherine: ella jamás se hubiera atrevido a transgredir la moda. Por fin, Marielle dio su veredicto:

—Para pedirle un aumento a Alavoine me pondré mi pantalón berenjena y mi jersey gris.

Una pisada hizo crujir el viejo parquet del pasillo. Marielle cerró la puerta de la alacena y se sentó detrás de la mesa en el momento en que entraba el señor Alavoine. Era un ser grande, pesado y rojizo, cuyo rostro rosado retrocedía detrás de unos enormes anteojos circulares con gruesos vidrios. Su edad era difícil de precisar: entre cuarenta y sesenta años. Al entrar farfulló un buen día indistinto, sin buscar la mirada de las dos mujeres. Casi sin mover los pies, se acercó a Marielle y ésta se levantó.

—Dígame, ¿lo de Marin Opioux? Usted no volvió a decirme nada de eso. ¿Qué hay de lo de Opioux?

Opioux, novelista poco conocido, entregaba casi todos los meses a la revista un artículo sobre un tema de encargo a partir de una documentación preestablecida. En abril, Catherine tuvo una idea que le pareció sublime a Marielle y "practicable" a Alavoine. Se trataba de darle a Opioux un texto y una iconografía que le permitieran armar un artículo, con un aire muy literario, sobre las relaciones que en todas las épocas había mantenido la moda femenina con el estilo de los edificios y del mobiliario, como el *hennin** que se correspondía con el capitel gótico, o la crinolina con la bóveda de la Opera, etcétera.

—Esta tarde Catherine habrá terminado de completar la documentación. Martin Opioux la tendrá mañana. Prometió ter-

* *Hennin:* tocado femenino medieval, en forma de cucurucho. *(N. de la T.)*

minar su trabajo en dos días, pero empleará cuatro o cinco. Así pues, hay tiempo.

—Se dice pronto —refunfuñó Alavoine—. Nada se hace solo. ¿Y aparte de eso?

—Ayer tarde, después de que usted se fuera, recibí los textos de Brochat y de Strauss. El de Strauss era demasiado largo. Le telefoneé. Finalmente aceptó que hagamos los cortes nosotros mismos.

—Bueno. Bien.

Alavoine hizo girar su cuerpo inhábil. Lo sacudió hacia la puerta, y en el momento de franquearla cambió de parecer:

—¿Y las fotos del castillo de Combronde? ¿Han llegado acaso las fotos del castillo de Combronde?

—Leroy tiene que traerlas esta mañana.

Marielle, cuando se dirigía a Alavoine, adoptaba una actitud de competencia, se expresaba con frases cortas y mantenía su mirada fija en algún punto frente a ella, buscando los ojos de su interlocutor sólo cuando quería molestarlo o bien poner fin a la entrevista. Catherine admiraba con un cierto espanto esta facultad de cambiar de comportamiento al cambiar de interlocutor.

De nuevo el piso vibró bajo los pasos de Alavoine, que se alejaba hacia la escalera de caracol a cuyo término se hallaba suspendido su despacho.

—Aquí tienes el artículo de Strauss —dijo Marielle—. Corta el equivalente de treinta líneas... ¿Me escuchas?

—Tendría que explicarte, pero es demasiado largo...

—Deseas llorar, ¿no es cierto?

Catherine no tuvo tiempo de llorar porque un joven rubio, barbudo, bastante hirsuto, vestido con un jean azul de pies a cabeza y que llevaba enfundada su máquina en una bolsa hecha con un retal de blue-jean reforzado en los bordes por tiras visón, irrumpió y abrazó a las dos. Era Pascal Leroy, el fotógrafo.

A medida que había ido consolidando su poder en la revista, Marielle se había dedicado a rejuvenecer los cuadros de colaboradores, prefiriendo los jóvenes a los viejos y tratando de aislar a Alavoine, de privarlo del personal al que ya estaba habituado. Pascal Leroy había sustituido al viejo Serge Meyer, la señorita Donadieu había sido instada para que se jubilara, siendo reemplazada por Yvette Monge, Martin Opioux sustituía poco a poco al académico Gilbert Pilon, y el único viejo que sobrevivía, Raul Dutoit, que "hacía" las salas de ventas, se veía amenazado por la actividad creciente de la pequeña Jacqueline Nahon, que ya tenía a su cargo la crítica de las exposiciones.

Estrechada, levantada, sacudida y cordialmente besada, Marielle, que no se animaba a reprobar abiertamente semejante exceso de familiaridad, ni tampoco a admitirlo como un derecho, primero conservó las mandíbulas apretadas y la mirada hostil, pero luego se esforzó en sonreír, sacrificándose hasta dedicarle a Leroy una mueca de niñita, casi sacándole la lengua. Después de esto, ya recuperada, devolvió a su voz y a su mirada la sequedad que consideraba adecuada a su autoridad.

—Esto te gustará —cortó Leroy, arrojando encima del escritorio un ancho sobre del que sobresalían algunas fotografías.

Leroy le había impuesto el tuteo; ignoraba el *usted,* salvo en presencia de Alavoine. Para confirmar su autoridad, solapada pero aún indiscutible, Marielle las desplegó delante de Catherine.

—Elígeme tres fotos y enséñamelas antes de llevarlas a Alavoine. ¿Terminaste los cortes en el artículo de Strauss?

—¡Acabas de dármelo!

—Debe salir antes de mediodía para el taller. Mientras pienso en esto, toma las doce revistas que están sobre el sillón y dáselas a Tarzán para que las lleve a la galería Fogg.

Al doblar la esquina del corredor, frente a la escalera interior, Yvette, la dactilógrafa, cohabitaba en un cuarto estrecho con el viejo ciclista llamado Héctor pero apodado Tarzán desde siempre. La vieja solterona Donadieu había sido la única en llamarlo Tarzán; los otros le decían señor Tarzán, con excepción de Alavoine, que lo llamaba Héctor. Siempre se sentaba a horcajadas para mantener su forma de ciclista. Sopesó las revistas, consultó su reloj e hizo todo tipo de objeciones a Catherine. Pero ella no le prestó la menor atención. Le dijo a Yvette:

—Pase esto a máquina, yo no tengo tiempo: tengo un trabajo loco.

—Sí, señora. Pero dígame, ¿qué hago con esta factura? ¿La envío a Francisco I?

Yvette, que apenas llegaba a los dieciocho años, tenía un rostro vivaz, ojos de ardilla y hermosas piernas que sobresalían de faldas siempre muy reducidas.

—Todo lo que sea administrativo, Yvette, va a la calle Francisco I. Ya debería saberlo...

En el corredor se cruzó con Leroy, que se iba con gran estruendo, y al encontrar a Marielle sola le anunció, sentándose:

—Marc quiere que nos divorciemos.

—¿Estaba enojado, os insultasteis?

—En absoluto.

—En fin, ¿celebrasteis o no el quinto aniversario de boda?

—Sí..., pero, mira, ya durante la cena sentí...

Guardaba en su memoria imágenes que sólo ilustraban lo que habían tenido de impreciso la velada y la noche. La mesa del aniversario se imponía, no como un recuerdo, sino como un cuadro de sabor hiperrealista donde triunfaba el rosa viejo de un foie gras envuelto en ámbar, las transparencias verdes surcadas por perlas de la botella de champán con la etiqueta parcialmente despegada por la humedad del balde y colgando como un alga adherida a la superficie de una concha. Esta imagen era arrastrada hacia su declinación por un ensombrecimiento progresivo que provenía del inmueble de enfrente, pues en el cuarto la única fuente de luz era una vela de cera roja, puesta a un lado para evitar el aire de la ventana, de manera que la caída de la tarde se hacía sentir y la densa sombra del otro inmueble se abatía sobre la mesa y penetraba en la botella convirtiéndola en una gruta submarina rodeada de un hielo oscurecido hasta parecer roca, en tanto que los cristales de las copas, exasperados por la penumbra, brillaban con el filo de las pequeñas olas iluminadas por la luna. Marc acercó la vela, cuya llama envuelta en la corriente de aire, se convulsionó de inmediato. Irritado, encendió bruscamente la luz, que arrojó sobre esa cena naufragada la claridad objetiva de un proyector.

Como Marielle se impacientaba, cansada de repetir "¿Qué sentiste, por Dios?", Catherine intentó traducir:

—Ya durante la cena noté que yo estaba de más. Marc me odiaba por existir... Además, llevaba su traje habitual, y tú sabes...

—No me has dejado ignorar nada de vuestro ritual. Sí, ya sé que para la velada de aniversario estrenáis traje los dos..., pero no es muy grave si Marc no tuvo tiempo de encontrar lo que quería. ¿Tu vestido le gustó?

Catherine resplandecía en el espejo del probador. "¡Camine!", ordenaba madame Corel con la voz de un profeta que cura a un paralítico. A cada paso, el traje naranja, que crujía en los tobillos, se entreabría. Los espejos estaban enmarcados por el terciopelo dorado que tapizaba el cuarto; éste era el templo de Eleusis que abrigaba un misterio femenino.

—¿Le gustó, sí o no?

—Sí, pero la tela era tan fina que se adhería a mi piel, era mi piel. Se lo dije a madame Corel y me contestó que lo ideal era llevarlo sin nada debajo. Sin sostén, de acuerdo, pero sin slip, es absurdo.

—¿Y entonces?

—Entonces, cuando se lo conté a Marc, se emsombreció, me

trató de puritana, empezó el naufragio. Yo había elegido un foie gras de Alsacia porque los prefiere a los de las Landas. No me dijo nada. Y tampoco hizo el menor comentario acerca del helado, que yo había elegido de su gusto favorito...

—Catherine, deja de hacerte la niña... ¡No será por tus bragas y tu helado que Marc quiere divorciarse!

—Ese helado...

La luz de la mañana era más implacable que la de la electricidad cuando, después de la partida de Marc, Catherine se levantó; sin desmaquillar, con el rostro endurecido y pringoso, se detuvo frente a los restos de la fiesta. Del mismo modo, después de un bombardeo, una inundación o un ciclón, debe aparecer el sol sobre las ruinas recientes, removiéndolas. El hermoso mantel de las grandes ocasiones extendía su nieve sucia por debajo de las copas opacas. Cerca del candelero sumergido en cera muerta, la botella de champán languidecía en medio de un charco fétido, y el helado se había convertido en un estanque de fango donde se hundía una catedral. La víspera, Catherine corrió a casa de madame Corel con el estuche del helado contra el corazón y canturreando. En la pizarra negra del heladero Berthillon había leído la lista de gustos, y cada palabra la había golpeado como una imagen. Esas palabras-imágenes entretejidas de consonantes, de vocales, de rimas, de olores, de sabores, mantenían en Catherine, mientras corría hacia la capilla de madame Corel, una glotonería lírica en la que los colores —los naturales de los frutos citados, el negro cenizo de la mora, el rojo tembloroso de la frambuesa, los segregados por los sonidos— se entremezclaban para engalanar un cuerno de la abundancia en el que iban a resplandecer el naranja del vestido.

—Guayaba, limón verde, melón —canturreó Catherine—... ruibarbo, té, nuez de coco... vainilla, fresa y frambuesa... arándano y fruto de la Pasión..., sarazo, avellana y papaya...

—¿Qué andas musitando? —preguntó Marielle, que había

tomado esa expresión de la señora Daubigné, la madre de Catherine–. Trabaja y déjame trabajar. Charlaremos cuando hayas aclarado tus ideas.

Catherine se inclinó sobre el artículo de Strauss, buscando un párrafo que poder tachar, pero el flujo de los frutos poéticos continuaba cantando en su garganta con la misma intensidad que frente a los espejos de madame Corel. Cuando, por orden de ésta, hubo "colocado" sus senos debajo de la película del vestido, los tomó a manos llenas cual si fuesen frutos y se sintió fruto tierno y destinado a la glotonería de Marc.

–Con este vestido –murmuró madame Corel– su cena de aniversario será un triunfo. A propósito, desconfíe del broche de la espalda. Encárguese usted misma de desprenderlo, aunque esta noche sea su marido el que la desvista.

–Marc me desvistió y me llevó a la cama. Creí que la noche estaba salvada.

Se dio cuenta de que había hablado en voz alta cuando percibió la mirada interrogadora de Marielle. Enrojeció, bajó la cabeza y se refugió en la única imagen feliz de la noche. Ni formas visuales, ni sonidos, ni sabores componían esta imagen de la invasión sentida por Catherine. Había sido el fruto penetrado por su dueño, la propiedad de un dueño al que la oscuridad del cuarto le impedía ver. Y sólo dentro de su cuerpo había crecido la imagen y se había extendido el chorro convulso, brutal, luminoso y espasmódico, como esa fuente estrangulada que manaba a borbotones entre el musgo de una colina de Brévinville. en *Las aventuras de Gordon Pym,* el agua con la que sueña Poe es un líquido extraordinario, intermediario entre la sangre y la leche; ese líquido es el que sintió correr a través de sus entrañas cuando hubo satisfecho el deseo de su marido.

–Si no entiendo mal –suspiró Marielle con impaciencia– hicisteis el amor. Pero, ¿por qué te habló de divorciarse? ¿Lo cuentas o no lo cuentas?

—En mitad de la noche me desperté. De pie, fumaba un cigarrillo. Me hizo reproches, me enumeró sus exigencias. Le dije: Por favor, Marc, acepta una cura de psicoanálisis. Me contestó: Catherine, por favor, acepta divorciarnos. Me volví a dormir.

—¿Y esta mañana?

—Sabes que se va a trabajar antes que yo. Cuando me levanté ya había salido.

—Bueno. Trabaja un poco, termina al menos con Strauss, y luego discutiremos mientras almorzamos.

—¡Dios! Tengo una cita con Helene...

—Es médico, tiene experiencia y nos conocemos. Sostendremos consejo de guerra las tres. ¡Por el momento trabaja!

Catherine se concentró en el trabajo, lo que siempre la calmaba. No sentía un placer intelectual, sino el de un leñador que corta madera y ve acercarse el término de su esfuerzo. Al cabo de un cuarto de hora, Marielle cedió a la curiosidad:

—¿Qué te reprocha exactamente Marc?

—Ser una mujer neutra. Las mujeres frígidas parece que son una leyenda, pero las neutras sobran... y yo formo parte del lote. Para él es desesperante, porque sólo tiene una vida. Me repitió tres veces que sólo tenía una vida.

Volvió a enfrascarse en su trabajo con un ardor acrecentado por la cólera que ahora sentía contra Marc, pues hasta ese momento sólo había experimentado pena y asombro. No tardó en terminar lo que tenía previsto hacer antes del almuerzo y encendió un cigarrillo antes de abrir un poco más la ventana.

—¿Te reprocha que lo has privado de qué? —preguntó Marielle mientras cerraba su carpeta.

—De algunas perversidades que al parecer son indispensables para su vida, dado que sólo tiene una.

—Son las doce y media. ¿En dónde estás de tu trabajo?

—Corté lo de Strauss y terminé de redactar los pies de ilustraciones de Leroy.

—Entonces, ¡espabila!

Marielle había tomado esa expresión de la señora Daubigné, entre otras, lo que irritaba a Catherine y la incitaba a tomar a su vez el vocabulario de su madre para no abandonarlo a los recursos de su amiga. Pero la señora Daubigné, que era perfectamente consciente de los regionalismos que usaba, echaba una ojeada de condescendencia impaciente cuando sorprendía a su hija copiándola, mientras sonreía con simpatía, halagaba, cuando era Marielle la que tomaba algunas de sus expresiones. En el liceo, Marielle dejaba escapar a menudo un "¡Ah! ¡Si yo tuviera una madre como la tuya!". Y la señora Daubigné no desaprovechaba ocasión de lamentar que Marielle no transmitiera a su amiga un poco de su carácter y de su juicio. Aunque Marielle, lejos de mostrar complacencia por las sentencias perentorias de la señora Daubigné, la contradecía a menudo sin que, para sorpresa de Catherine, su padre le perdiera confianza: por el contrario, esa mujer a la que cualquier resistencia excitaba al máximo, consideraba la de Marielle con interés y, en los casos en que ésta era de su parecer, se mostraba feliz y casi orgullosa. Sin embargo, disponía de recursos para herir o desconcertar. Catherine, por lo general, se declaraba vencida al primer asalto; en cuanto a la señora Daubigné, si el tema de la discusión no le parecía más importante, cedía; pero en caso contrario, huía y actuaba a su gusto. "Tu padre hace lo que le parece", repetía desde siempre la señora Daubigné, y Catherine creía que ésta mostraba indulgencia hacia un marido empecinado. Cuando alguien emitía la menor opinión delante de ella, la señora Daubigné la refutaba y luego, cuando el interlocutor aceptaba su parecer, tomaba un matiz de la respuesta para librar una batalla frontal en contra de la tesis que en principio había sostenido; si, por el contrario, el interlocutor se obstinaba, continuaba el combate inicial hasta la victoria: o bien "le tapaba la boca", o si se veía trabada por un argumento aplastante, encontraba el tono adecuado para lanzar el "se dice fácil" que ponía fin al match.

Mientras bajaba la escalera detrás de Marielle, Catheriene imaginaba las lecciones que tendría que recibir de su madre si llegaba el divorcio: "¡Te dije que no hay que casarse con un hombre trece años mayor! ¡Y además me maté repitiéndote que era necesario que te hiciera un niño enseguida!" La argumentación de la señora Daubigné era lineal, tan previsible que Catherine creía oírla: "Cuando tomaste un apartamento en la misma casa que nosotros te dije que esta proximidad podría disgustarle a Marc, que siempre es un peligro para una pareja joven, pero como siempre no quisiste saber nada." Sin embargo, hasta que se hubo firmado el contrato la señora Daubigné no dijo una palabra, encantada de tener a su hija al alcance, y sólo formuló reservas después, con cualquier excusa. Catherine se enfurecía, como si su madre profiriese verdaderamente los reproches que le atribuía: "¡Tienes que curar a Marc de esa manía de ir a jugar al ajedrez a los bares de la isla Saint-Louis! ¿Por qué no tenéis tele como todo el mundo? ¿Y una casa para los fines de semanaa? Tu marido haría los pequeños arreglos en lugar de soñar, y tú no estarías así, ¡mi pobre hija!"

El desastre tenía otras causas, Catherine estaba segura de ello, aunque no podía demostrarlo porque estaban ocultas en el fondo más secreto de Marc. Este, una noche, había cambiado para Catherine como un paisaje de manzanos, prados y cercos de moras que, de pronto, se descubre petrolífero o telúrico. Y lo peor es que ha cambiado para mí, no para él; así pues, me ocultaba su naturaleza, fue una mentira lo que durante seis años tomé por realidad. Sufría con una rabia que la embravecía. Marielle la llevaba del brazo como en la época en que eran estudiantes y las dos bajaban por la calle del Bac. Los rostros de la gente parecían calmos y felices; en las terrazas estrechas de los cafés las jóvenes, casi todas empleadas que trabajaban en el barrio, ofrecían sus piernas al sol.

En el bulevar Saint-Germain se tropezaron con Hélène, quien después de aparcar su automóvil se dirigía al bar de Pont-Royal donde se habían citado. Era una morocha grande, de ojos violetas, muy rasgados y saltones. Catherine calculó que debía de tener por lo menos treinta y ocho años y la admiró. Parecía delgada, pero como la había visto desnuda, Catherine sabía que alrededor de ese armazón seco, masculino por el perfil de los hombros, su amiga tenía redondeces. Llevaba un largo traje de seda multicolor.

—Aprovecho mi día festivo para ponérmelo.

—Catherine tiene problemas —dijo Marielle—. Quiere consultarla.

En el espejo de un escaparate, Catherine vio el grupo que formaban las tres, caminando rápido, una en pantalón, la otra apenas vestida con un esbozo de vestido y la tercera barriendo casi la acera, cada una peinada de manera diferente. Parecían escapadas de la lámina de colores de una enciclopedia que tratara de la evolución del traje a través de los siglos, cuando en realidad participaban de la misma moda multiforme y "el espíritu de la época" podía descubrirse en la dosis de violencia y sofisticación que revelaban sus pasos y sus fisonomías. Se pusieron en fila, Marielle a la cabeza para bajar la escalera.

Los consumidores levantaron los ojos para seguir la aparición de esas tres formas femeninas cuyas piernas surgieron primero. Las miraron instalarse con el interés que los recluidos ponen en los recién llegados. Bebían en la barra o almorzaban en las mesas, inmersos en una penumbra donde se desmenuzaba el murmullo de las voces. Francis, el barman, recibió afectuosamente a sus tres clientes y transmitió los pedidos a Edouard, su ayudante:

—¡Dos asados poco hechos y uno a punto, como siempre, para la señorita Marielle!

Ahora que estaban sentadas y se disponían a almorzar, las tres mujeres se integraban al grupo provisorio formado por los consumidores que ya habían dejado de observarlas. Los habituales eran editores –numerosos en este barrio–, escritores, actores conocidos a medias y de los cuales ninguno era célebre, aunque todos lo creyeran, algunos hombres de negocios del bulevar Saint-Germain y modistos norteamericanos. Los ricos turistas que estaban en los hoteles vecinos hablaban diferentes lenguas cuyas sonoridades no se destacaban y que se mezclaban como en una salsa con los coloquios algodonados de las otras mesas.

A lo largo de una barra siempre hay un solitario, raramente joven y raramente muy viejo. Es aquel a quien se hace esperar y que espera, con la mirada en el reloj y en la escalera, impaciente: sólo espera que haya pasado un poco de tiempo para ir a una cita o a esperar a otra parte; le gusta beber solo; se demora porque no tiene el coraje de "volver"; confía en llegar a hablar con otro ser, ya sea el barman u otro de los clientes... El solitario de turno vestía con una trivialidad cuidada, iba bien afeitado y se mantenía inmóvil frente a su taza de café. Con discreción, ladeó ligeramente su taburete para seguir mejor la conversación de las tres recién llegadas. Al solitario, si no puede hablar, le suele gustar escuchar.

La mayor de las tres mujeres acababa de exclamar:

–Catherine ¿conoces a la amante?

–Es sincero, estoy segura. Lo he decepcionado.

–Si no hay otra detrás ya es más grave.

–Hélène, ¡es grave!

–Lo mejor –cortó la más pequeña– es que ella finja aceptar el divorcio. Tratará de recuperarla.

–Huele a tempestad –confió el solitario a Edouard, que volvía de la cocina con dos bistecs–. La rubia ha empezado a contar su vida.

Edouard sonrió cortésmente, moviendo la cabeza sin comprometerse, y dio la vuelta al bar para depositar los platos en la mesa. Francis lo alcanzó con el tercer bistec.

—Este es para usted, señora Marielle. Seco como una suela, como a usted le gusta.

—Francis, es usted un ángel.

—Siempre dije que Francis era un ángel —exclamó Hélène con su voz bien entonada.

—¡Un ángel que la odia un poco, doctora! Me sermoneó que fume con filtro, le hice caso, y después la he visto fumar verdaderos gauloises hasta cuando come.

Hélène apagó su cigarrillo con aire culpable y las tres se dedicaron a la carne.

—Ese divorcio —dijo Marielle—, es un medio de presión para obtener de ti lo que quiere.

—Pero vamos a ver Catherine, ¿qué quiere exactamente?

—Al parecer debo comprender cuánto necesita que haga pis delante de él, que salga sin bragas, que diga ciertas groserías al hacer el amor y que me deleite recibiendo zurras.

—Tal vez te agrade ser azotada, Catherine. Yo adoro eso...

—Yo hago ver que me gusta, y los tipos están encantados —dijo Marielle riendo—. Catherine, ¿te acuerdas de Alain?

—Sí, estuviste con él justo después de tu divorcio.

—Con su aire digno, me ataba a la cama con las piernas y, los brazos en cruz, me rozaba con la punta del látigo que había comprado en Hermès, y se salía de sus casillas...

—¿Y usted no? —preguntó Hélène con un dejo de irritación.

—Yo, interiormente, estallaba de risa.

Francis, que agitaba inmóvil un shaker, era una presa tentadora.

—A veces olvidan comer, otras hablan con la boca llena... Están excitadas como pulgas —le confió el solitario.

Francis asintió con aire reservado y agregó:

—Estas damas vienen a menudo.

—Ya las había visto. La rubia, la que tiene problemas, no está nada mal; es exuberante, bien constituida, ¡y tiene esos ojos!

—Es periodista.

—Déme otro café. No bebo más, estoy en mi vigésimo séptimo día...

Se calló, pues su voz le impedía oír.

—Hélène, usted no conoce a Jean-Claude pero Catherine sí. No se creería esto de él: cuando hacemos el amor me trata de puta y debo contestarle que lo soy si quiero gustarle. Putita, eso le cae aún mejor. Y a mí casi no me molesta.

—Que usted reaccione así, Marielle, lo comprendo muy bien. Pero como imagino a Catherine...

Sus voces se convirtieron en un murmullo.

—Tienen miedo de que las escuchen —dijo el solitario con una sonrisa divertida, muy masculina.

Francis no contestó. Corrió a servir sus cócteles. Y luego se detuvo en la mesa de sus tres clientas, que recuperaron la voz para felicitarlo por los bistecs. Como postre les propuso fresas, que ellas aceptaron con entusiasmo.

—¿Dónde estábamos? —preguntó Marielle.

—Catherine es muy hembra y lo que usted, Marielle, soporta por complacencia, puede gustarle profundamente si se entrega a ello. Como yo.

—A mí me gusta, Hélène, que en la cama la mujer esté subordinada al hombre —cortó Marielle—, aunque hoy las posiciones de moda colocan a la mujer encima. En fin, admitamos esa subordinación, pero ¿qué prueba? Estoy subordinada a los gestos de mi manicura y de mi peluquero, pero no por eso me dominan.

—Terminen de rebuznar las dos. Ese desgraciado se regodea, bajen la voz.

El desgraciado debió oír, porque se acodó en el bar y empezó a contemplar con interés el vaso colmado de flores artificiales. Llamó a Edouard:

—Un pequeño whisky sin nada, natural.

—Infringe el reglamento, señor Cézariat —observó Francis.

—¡Por una vez! He de volver a mi imprenta antes de las seis y tengo que tragarme trescientos kilómetros. Ya debía de haberme ido. Además...

Bajó la voz y se inclinó hacia Francis que se acercó.

—Escucho a esas buenas mujeres, pienso en la mía... Lo que espero del alcohol es una alteración. Uno tiene deseos de comprar una casa, se dice que es hermosa pero que está en mal estado, bebe un poco y se dice que está en mal estado pero que es hermosa. La rotación de los dos adjetivos alrededor de la casa hace la vida más...

—¿Vivible?

—Eso es.

Edouard, que había limpiado la mesa, llevó el café a las tres mujeres, uno descafeinado para Marielle.

—Tomo calmantes a la noche —explicó— y excitantes a la mañana. Entonces, para no exagerar, soy fiel al descafeinado.

—Me pregunto si no nos equivocamos al tomar un apartamento en la misma casa de mis padres.

—¡Pues claro que no! Nunca veis a tus padres.

—Marc tal vez está decepcionado de que yo sea clitoridiana.

—El mismo te ha dicho qué le falta. Antes los hombres tenían una mujer e iban detrás de las putas. Ahora quieren...

—Y además, cuando quiere hacerlo por detrás, ¿qué culpa tengo yo de que me duela mucho?

—Son todos como Madame Bovary, ¡necesitan que les hagamos cine!

—... ¡Quieren encontrar la mujer y la puta en la misma persona, no tenemos de qué quejarnos!

—¿Cuánto hace que estás casada, Hélène?

—Catorce años.

—¿Y Martin nunca te habló de divorcio?

—Las parejas perversas son duraderas.

—Sé su pequeña esclava —decretó Marielle con el tono que se adopta para plantear la conclusión de un debate—, hazlo por táctica o, como Hélène, por placer. En todo caso, Marc no te pide más y eso no es muy difícil.

—Exactamente —dijo Hélène.

—No es difícil, ¡qué fácil resulta decirlo!

—Te acostumbrarás muy pronto a recibir palmadas y no te morirás por salir sin bragas.

—¡Pero quiere que lo excite con otros hombres!

—Es asunto tuyo si...

—¡Oh, ese puerco nos escucha!

Levantaron los ojos hacia el solitario, que se inclinó sobre su copa y la terminó. Luego pagó la cuenta, intercambió unos saludos con Francis y, evitando echar una mirada a la mesa femenina, llegó a la escalera.

# 2

A la tarde, Catherine se dejó aturdir por el trabajo. Fue al saloncito anexo al escritorio, donde concretó la presentación del número siguiente con la diagramadora. Luego entrevistó a un restaurador de órganos. Perdió una hora en preparar un dossier en la salita de los archivos, situada debajo de la escalera, y volvió al despacho para pasar a máquina las cinco hojas de documentación destinadas a Opioux, que le entregó a Tarzán para que las llevara esa misma tarde. Después que se fue Marielle, cuando el cielo empezó a palidecer, cayó en una melancolía que tenía algo de encanto.

Como todas las tardes, antes de irse, subió al despacho de Alavoine para hacerle firmar la correspondencia. Este lo hizo silenciosamente y luego, con una mirada, le hizo un gesto a Catherine para que lo siguiera al estrecho balcón que prolongaba la estancia. Por un momento se quedaron en silencio. Luego, ese hombre tan poco inclinado a las confidencias, enemigo de toda conversación mínimamente personal, le mostró con la mano el vasto perímetro de los terrenos y de las plantas que formaban los jardines contiguos al hotel Matignon, a las misiones extranjeras y a varias embajadas. Había algunos jirones rosa en el cielo y los pájaros, exasperados por la cercanía de la noche, se entregaban a ella con un frenesí ensordecedor. A menudo Catherine se había dicho que tenía mucha suerte de vivir en la isla Saint-Louis y trabajar frente a una secreta campiña. Pero no le gustaba que de pronto Alavoine hiciera los honores de ella. No como actor, sino como un buen alumno, empezó a declamar:

—Al trazar estas últimas palabras, el 16 de noviembre de 1841, mi ventana, que al oeste da sobre el jardín de las Misiones, está abierta. Son las seis de la mañana. Veo la luz pálida y extendida; que cae sobre la flecha de los Invalides apenas despertada por el primer rayo dorado...

Era una cita, evidentemente, pero Catherine no intentó descubrir a su autor, horrorizada por el privilegio con que la gratificaba Alavoine al renunciar a parapetarse tras su conversación profesional.

—Este jardín y sus edificios —continuó— son los que contemplaba Chateaubriand cuando terminaba *Memorias de ultratumba.* Sólo ha surgido una pequeña torre Eiffel, pero su presencia no es molesta.

El hombre recobró su fisonomía habitual y, con la mirada perdida, los brazos pesados, volvió al despacho. Ella lo siguió. Con un gesto de la mano la invitó a sentarse, lo que nunca había ocurrido, y luego le tendió un papel.

—Este pie de foto ¿lo escribió usted?

—Sí, señor.

—¿Por qué emplea el adjetivo *basto* a propósito de un banco que la fotografía indica claramente que es de una piedra rugosa groseramente tallada?

—*Basto* quiere decir eso: grosero, inculto.

—Esa palabra significa gastado por el roce, coloreado por la pátina del tiempo, pulido y liviano.

—Posiblemente antes. Pero hoy, cuando se usa ese adjetivo...

—...se usa mal y les parece que eso está bien. Sin duda usted tiene razón y yo cometo el error de ser anacrónico. La estoy demorando –agregó con suavidad–. ¿Tal vez tiene usted una cita?

–Sí. Con... con mi marido.

La despidió con una mirada pero, contrariamente a su costumbre, la acompañó hasta la puerta y abrió él mismo.

–Me da mucho placer saber que va a encontrarse con su marido. Sólo los vi una vez juntos y me sentí conmovido. Imagino que su entrega está compensada por el respeto y la devoción que él le muestra.

La aterró al inclinarse hacia ella para añadir:

–Cuando la miro, tengo deseos de ser la mujer de su marido.

Catherine apenas llegó a su casa, todavía sofocada, se tropezó con ese marido. Como a un extraño de visita, le dirigió un cortés buenas tardes. Los dos se preguntaron cómo iban las cosas y luego Marc anunció que había encontrado a Duthieu-Lavige y que los invitaba a cenar en el *Tastevin.*

–¿Habías preparado algo especial?

–La señora Jeannot compró bistecs, pero pueden esperar.

Dudó un segundo y luego decidió cambiarse. El grueso pantalón de lana azul marino que se había puesto por la mañana le desagradaba, por lo que se cambió, poniéndose una pequeña falda de tela amarilla. Marc, que esperaba leyendo el periódico, le echaba breves ojeadas que ella recibía con inquietud. Se planteaba una pregunta que en la víspera no se le hubiera ocurrido: el hecho de cambiarse delante de él, ¿era un acto favorable o contrario al erotismo?

Bajar la escalera le pareció largo. En el porche se tropezó con su padre, que se apresuraba con cortos pero rápidos pasos. El señor Daubigné pertenecía a esa raza de cincuentones más bien pequeños, más bien macizos, que tienen la mirada viva, buena cara y se mueven de buena gana.

–Me apuro, la reunión de los Amigos se eternizó.

—¿Qué amigos eran?

—Los ex encuadernadores.

El señor Daubigné formaba parte de muchos Amigos que celebraban regularmente sus sesiones, ya fuera después de la cena o al final de la tarde. Pero, antes que a los Amigos de su regimiento o de su campo de concentración, solía recurrir a los ex encuadernadores para justificar sus salidas. La encuadernación ocupaba un gran lugar en su vida personal. Durante muchos años había tomado lecciones como maestro artesano, luego convirtió una pieza de trastos en taller y tomó la costumbre de encerrarse allí las tardes de los domingos, durante horas. Ni siquiera un profano podía dejar de sorprenderse por la lentitud con que progresaban sus trabajos de encuadernación, y Catherine, todavía jovencita, había comprendido que su padre, que echaba el cerrojo con el pretexto de que una interrupción brusca podía hacerle estropear una piel, saboreaba un nirvana mientras leía y soñaba, solo, durante toda la tarde. Había visto detrás de la prensa el rincón donde ocultaba el libro dominical en curso, y hasta comprobó que cada año, en las mismas semanas, según un ritual inalterable, releía los mismos libros: *Los tres mosqueteros* en enero, *Veinte años después* en febrero, etc. Marc, a quien se lo había confiado, logró uno de sus pocos juegos de palabras: "Tu padre no encuaderna, relee."*

El encuentro con el señor Daubigné les dio tema de conversación: discutieron las estratagemas gracias a las cuales aquel hedonista protegía sus paraísos artificiales y ese tema, bien explotado, los llevó hasta el restaurante. El *Tastevin* estaba lleno, pero Duthieu-Lavige logró conseguir una mesa en la que los esperaba.

Duthieu-Lavige era pequeño y redondo, con manos regor-

---

* Juego de palabras: *relie* (encuaderna) y *relit* (relee). Se pronuncian igual. *(N. de la T.)*

detas y demasiado cuidadas. No vivía en la isla, sino en una calle del Marais muy cercana. Aunque cada tanto iba a casa de Catherine y Marc, nunca los había invitado a la suya, viéndolos siempre en el restaurante. Era evidente que compartimentaba rigurosamente, al menos, dos vidas; una en la isla y otra en el continente. De esta última no dejaba traslucir más que algunos ecos concernientes al Palacio de Justicia.

Reducida a un solo plato, la comida fue rápida. Ello no asombró a Catherine, pues sabía que los dos hombres tenían prisa por jugar al ajedrez. Ella que solía encontrar en las tabernas de la isla a muchos amigos, algunos de ellos de la infancia, ahora había visto aumentar el número de sus conocidos gracias a los jugadores de ajedrez que la pasión de Marc por este juego había recolectado en todos los ambientes. Duthieu-Lavige jugaba dejando escapar ronroneos salpicados de suspiros.

En la isla, y sin que existieran pruebas, se lo consideraba homosexual, hipótesis que no provocaba ninguna crítica. La isla de Saint-Louis es un pueblo en medio de París: la mayoría de sus habitantes se conocen, se consideran compatriotas pero, a diferencia de los pueblerinos tradicionales, ni siquiera piensan en observarse para murmurar unos de otros. La reputación de Duthieu-Lavige no se debía a una habladuría; se había formado tácitamente, sin duda por impresiones que cada uno había recibido aisladamente y sólo se traslucía por el cuidado con que se evitaba, en presencia del abogado, toda broma sobre el tema de las costumbres.

A través de los cristales Catherine reconoció a Gonzague, que atravesaba lentamente la calle, y supo que él la veía y que con toda seguridad entraría. Entró, dijo un buenas noches general y se acodó en el mostrador.

Si se consideraban las características que en los almanaques distinguen las etapas de la vida, Marc, trece años mayor que Catherine, parecía aún mayor de lo que era; tenía las sienes ampliamente desprovistas, el cabello gris y casi blanco alrededor de las orejas, profundas arrugas que surcaban su rostro y gruesas venas que dibujaban trazos azules en el dorso de sus manos. Gonzague, algunos años más joven que Catherine, asociaba edades contrarias: era un muchacho de veinticinco años, que tenía las mejillas redondeadas de un adolescente y dos arrugas en su frente, tan acentuadas como las de Marc, que evocaban la vejez. Su físico también mostraba una mezcla de impúber y de bruto. Cuando lo conoció, Catherine lo miró mucho porque le recordaba el héroe de *La naranja mecánica;* pero luego ese parecido se desvaneció y Catherine se dejó fascinar por sus cejas rizadas y sus orejas de doncella de comedia, cuyos lóbulos aparecían entre las mechas de una hermosa cabellera bastante sucia que contrastaba con un mentón enérgico, una nariz dura y un bigote espeso.

A hurtadillas, gracias a la intermediación de un espejo, Catherine se demoraba en la contemplación de la larga silueta que modelaban una camiseta y unos jeans, estrechos, muy ajustados a las caderas, en los que destacaba algo más arriba del muslo izquierdo, un pequeño bulto. En el espejo su mirada se encontró con la de Gonzague, quien fingiendo descubrir la presencia de Catherine le dirigió una sonrisa que ella se divirtió en considerar "irresistible" porque equilibraba la brutalidad con la timidez.

Desde hacía dos años los insulares sabían que Gonzague estaba enamorado de Catherine, y Catherine sabía que lo sabían, así como que se habían acostumbrado a la duración de este sentimiento y que no se burlaban de su inocencia del mismo modo que no hubieran juzgado su consumación. Marc fue el único en el café que no notó el impulso con el que se levantó Catherine para ir hasta Gonzague en el mostrador.

Este la recibió con una gravedad agria; a veces la detestaba y hasta había llegado a susurrarle injurias. Los ojos de Catherine despedían chispas.

—Era en esta estación —dijo Gonzague—, exactamente. Insistió sobre la calidad de la luz que, filtrada por el follaje movedizo de los árboles, penetraba en la galería de cuadros.

—Parece que Degas, para pintar un acantilado, se inspiró en una tajada de sandía. Yo para pintarte...

Todavía no había encontrado en qué materia se inspiraría para plasmar la carne de Catherine; buscaba sin prisa. Le mostró, colgado de la pared, un cuadro que había hecho antes de conocerla.

—En esa época hacía estallar eclosiones de átomos neuróticos, pintaba delirios de células a la manera de Hartung, pudriciones, líquenes como Nariolov, me inspiraba en las esclerosis de Léger y en los pedúnculos sospechosos de Arp. Y después te encontré. Quiero llegar a expresar con colores lo que siento por ti.

—¡Catherine! —gritó Marc—. Me han dado mate y lo merezco.

Atravesó la sala y apenas volvió a sentarse al lado de su marido se oyó preguntarle:

—¿Por qué no le hablamos al señor Duthieu-Lavige de la decisión que tomamos anoche? Sería lo mejor que se encargara de nuestro divorcio.

Desde pequeña tenía tendencia al desafío porque le gustaba ser interesante. A los diez años se había subido a un poste telegráfico para deslumbrar a unos zíngaros. Ahora gozaba con la sorpresa de Marc, quien permanecía callado.

El abogado adoptó un aire jocoso y elocuente que le iba muy bien, para desagrado de los insulares, siempre más dispuestos a entenderse con un paranoico que con un pedante.

—No sé —agregó agitando una mano regordeta— lo que pensaría mi *batonnier* * de una consulta en una taberna, que

---

* *Batonnier:* abogado elegido por sus compañeros para representarlos. *(N. de la T.)*

en un profundo misterio este horrible secreto siga amortajado, como diría Racine, y ¿de qué se trata?, como diría el mariscal Foch. Ante todo, ¿están de acuerdo en divorciarse?

—Sí —dijo Catherine.

Le echó una mirada a Marc.

—Sí —dijo él.

Ahora el abogado desgranaba un discurso que sabía de memoria. Desgraciadamente, la ley francesa no permite invocar el consentimiento mutuo. Se llegará a eso, ciertamente, pero un juicio de divorcio, por el momento, sigue siendo una condena que sanciona una falta. El procedimiento más simple supone que el marido abandone el domicilio conyugal.

—No exageremos —protestó Marc.

—Hay lugar en el hotel de Byzance —dijo Catherine alegremente—. Y está justamente al lado...

Luego se trató de la asignación para reintegrar el domicilio conyugal, de repudio, de pensión, de conciliación, de juicio. No es verdad, se decía Catherine.

Apenas volvieron le rogó a Marc que hiciera su maleta y que se fuera: ya que había anunciado que se retiraría al hotel, ejecutaría inmediatamente el proyecto. Ella se lo dijo mientras admiraba la calma de su voz tanto como la justeza de su razonamiento. Marc sólo obtuvo el respiro de una noche, y esto con la condición de pasarla sobre unos almohadones en el suelo.

Al día siguiente, por la mañana, le oyó levantarse y ser el dueño del cuarto de baño una vez más. Empezó con las idas y venidas: hacía su maleta.

Estaba asombrada, no emocionada. Todo ocurre como si nos divorciáramos. Como si nos separáramos para siempre. No pensaba suprimir el "como si". Para ella, esto se parecía a una ruptura, y no se planteaba el problema de saber si lo era.

Toda la semana trabajó mucho, comió mucho, lo que no le sorprendió porque las penas siempre le habían dado actividad y apetito. Su principal contrariedad fue el tener que eludir las preguntas de Marielle que, como sólo esperaba darle buenas ideas para hacer volver a su marido y tenía curiosidad por ser informada de la eficacia de las mismas, no dejaba pasar un día sin interrogarla. Y Catherine no sabía cómo explicarle por qué había desencadenado el divorcio por sí misma... pues tampoco sabía explicárselo a sí misma. Por lo tanto, prefería la confusión.

Pero a través de esa confusión, a veces, recibía bruscos resplandores; sobre todo de noche, cuando leía mientras escuchaba música suave. Así descubrió que, al provocar ese golpe teatral de peligrosas consecuencias frente al abogado, no había actuado contra su carácter, como lo creyó, sino en íntima conformidad con él: de allí el alivio y la satisfacción con la que puso a Marc entre la espada y la pared. La educación y la costumbre habían barnizado su verdadero carácter hasta el punto de hacerlo indescifrable, como ocurre con un palimpsesto: pero era un hecho que, entre todos sus recuerdos, pertenecía por completo a la categoría de actos en los que se había comportado de manera contraria a su moderación cotidiana. Ejemplos: a los siete años, para satisfacer un misterioso deseo que la atenazaba desde hacía meses, hizo pis en el serrín de la sala de gimnasia y fue descubierta por la celadora; la amenazó si volvía a hacerlo, con imponerle el castigo de conjugar cien veces *ser indecente* (en negativo y tiempo futuro), así como llamar a su madre para denunciar el crimen; Catherine volvió a su casa, sin pensarlo se pasó toda la noche conjugando, le contó lo sucedido a su madre, quien la abofeteó y castigó, llevó su deber de castigo a la celadora, quien la trató de idiota, y se encontró maravillosamente de acuerdo y en paz consigo misma. No lo había premeditado, pero ahora sentía la misma plenitud contra Marc como contra la celadora, y contra el abogado como contra su madre. He sido yo.

Al escuchar *Madame Butterfly* recibió una iluminación que

completó la primera: a lo mejor Marc no mentía desde hacía seis años, como silenciosamente se lo reprochaba de manera incesante, sino que había descubierto su verdadera naturaleza en el mismo momento en que se la descubría a Catherine.

Como tenía necesidad de estimar la sinceridad de Marc y, sobre todo, de no considerar como un engaño el tiempo pasado a su lado, esta suposición la alivió y luego, tras reflexionar le dio *vértigo* (expresión de su madre) debido a la perplejidad en que se encontró para considerar su entorno, en el que cada uno tal vez ocultaba un carácter secreto. Sus parientes, sus amigos, incluso Marielle..., desde los conocidos de su despacho hasta Tarzán y Alavoine se convertían en sombras que, aun cuando Catherine creyera conocerlos bien, sólo habrían demostrado sus superficies.

Pero a fuerza de preguntarse qué podían ocultar esas superficies llegó a la conclusión de que, muy a menudo, ninguna naturaleza desaparecía detrás de la apariencia; se convenció de esto con facilidad en cuanto a su padre, que le parecía tan exhaustivamente un burgués de Labiche que ningún otro empleo podía convenirle, y en cuanto a su madre, que tenía un carácter con tan rudas asperezas que sólo podía ser de una pieza. Además, por primera vez, y gracias a su drama conyugal, se sentía superior a su madre y consideraba una ventaja deleitable el derecho de desdeñar la vida lisa y trivial que siempre le habían impuesto demasiado.

Sólo Alavoine, porque había dejado de actuar como de costumbre, le hacía sospechar rasgos secretos. La perturbó al animarse a traicionar la impersonalidad de sus relaciones hasta el punto de ofrecerle un presente. Con las vacilaciones que correspondían a su manera le regaló un disco de Couperin, *La lección de las Tinieblas*. Desconfiada, ella en seguida se preguntó si no intentaba consolarla, lo que haría pensar que estaba al corriente de su situación. Se sintió más perpleja que molesta y más molesta que reconocida cuando le oyó explicarle que el oficio de tinieblas, era, en su origen, un canto gregoriano relacionado con los tres días santos que preceden a Pascuas, y que su nombre provenía de una extinción progresiva de las luces que simbolizaba el abandono de Jesús por sus discípulos, aunque algunos autores sostuvieran que la expresión se remontaba a la época en que la ceremonia tenía lugar al alba y que la aparición de luz, etc. Ella le agradeció mucho el obsequio, pero él la interrumpió:

—La voz del contratenor Alfred Deller es verdaderamente una voz celeste porque es asexuada. La conmoverá.

Ya en su casa Catherine se sintió conmovida por uno de los lamentos en que creyó ver, se adaptara a los sueños de Marc o se negara a ellos, el designio desdichado de su futuro: "Et egressus est a filia Sion omnis decor ejus", cuya traducción comprobó en la funda del disco: "Y su dignidad huyó de la hija de Sión."

Pronto se dio cuenta de que escuchaba con cierto alivio todos los rumores que hacían pensar que tal o cual muchacha era desdichada. Christine le maravilló al confiarle que sufría infidelidades de su marido; pensó en llamar a Louise Emery, que acababa de obtener el divorcio; no le desagradaba demasiado que la voz de Hélène, al teléfono, traicionara un cierto cansancio, ni que Marielle estuviera sin noticias de su tipo y se enteró con entusiasmo de que la señora Hallain, divorciada desde hacía diez años, todavía sufría un poco. Se despreciaba por esta bajeza y también se inquietaba: si necesitaba la desdicha de los otros como un bálsamo era porque se resignaba a la desdicha, actitud que repugnaba a su profunda buena salud.

Acostumbrada a estar sin Marc durante el día, sufría su ausencia de noche, pero se preguntaba si era Marc el que le faltaba o si, al haber vivido siempre con sus padres o con él, la soledad la sorprendía desprevenida. Hasta llegó a sospechar que si la literatura y las conversaciones no la hubieran persuadido de las crueldades de la soledad y de la fuerza de espíritu indispensable para afrontarla, algunas noches se hubiera regocijado eligiendo sus discos sin consulta previa con otro auditor, comiendo lo que le viniera en gana o no comiendo en absoluto, no hablando en voz alta, cantando a pesar de su mala voz, hurgándose la nariz sin recato, o mordisqueando biscottes Lu mojados en agua mientras leía en la cama, en un summun de la extravagancia cuyo espectáculo nadie hubiera soportado, y, después de apagar la luz reinando, en diagonal en su cama mientras ronroneaba: "¡Ah, qué bien se está sola!"

Otras noches el azar de algún imprevisto la entregaba a las lágrimas. Encontraba sobre la nevera el alfil de un juego de ajedrez viejo cuya desaparición había trastornado a Marc, imaginaba la sorpresa que se hubiera llevado él, su alegría, y rompía en sollozos. En algunos momentos su angustia se desencadenaba sin preludios, sin la menor advertencia, y alcanzaba toda su intensidad en menos de un segundo, como en la iglesia de Saint-Louis-en-l'Ile, donde a veces, cuando Catherine pasaba frente a la fachada, estallaba de pronto la gravedad sonora de un órgano. La fase angustiosa se materializaba en presiones de la laringe, en la modulación monótona de una migraña, en períodos de latidos precipitados del corazón o de sequedad en la boca. Durante esa crisis ella se consideraba como desprovista de porvenir y hasta de pasado, ya que éste había sido envenenado por los reproches de Marc.

Bajo la amenaza de la angustia se dirigió una noche al Pont-Royal, para confiarse a Francis. Ese soberano, desde hacía treinta años, asistía a la comedia humana que tan pronto se desplegaba como se agotaba a lo largo de su bar; desentrañaría las intenciones profundas de Marc e iluminaría a Catherine. Esta hubiera deseado quedarse, pero la llegada del solitario que las había escuchado atentamente durante el almuerzo la ahuyentó, avergonzada por lo que sabía de ella. Su confusión fue un revulsivo que le permitió dormir.

A veces le ocurría, no que no sintiera la proximidad de *su* crisis (porque, como los enfermos, se apropiaba de su mal), sino que al no haberla sufrido desde hacía varios días temía el asalto. Entonces luchaba, bailaba sola al son de un disco de los Beatles, o devoraba una tarta de crema de anchoas enriquecida con mostaza, o telefoneaba interminablemente a Marielle. El mejor antídoto era la música de *Madame Butterfly,* que estaba asociada al posible descubrimiento de la buena fe de Marc; a medida que se desgranaba la voz de la cantante, se iluminaba el cielo en el que Marc, lavado de toda sospecha, aparecía digno de confianza. Pero Catherine, que temía que la virtud de ese remedio se erosionaría con el uso, recurría poco a *Madame Butterfly.*

Un poco antes de medianoche, como temía el regreso de la prueba, llegó a ponerse un vestido y a bajar de prisa a la calle con la ilusión de que en otro lugar podría escapar a la amenaza. Caminó a lo largo del Sena y se quedó absorta frente a Notre-Dame, cuya blancura y transparencia sostenían, entre tierra, agua y cielo, las luces de los reflectores. Esta emoción estética nada fingida le provocó una exaltación que la enterneció, la debilitó; estalló en sollozos, sin dejar de caminar con paso rápido, como si tuviera prisa. A través del viento que aplastaba sus lágrimas y golpeaba su boca, gritó: "¡Pero yo lo quiero!" E interiormente completó la frase: "Nunca amaré a nadie más que a él." Luego suplicó: "¡Marc, no me dejes!" Y cuando le pareció reconocer en una larga silueta la de Gonzague, que venía hacia ella arrastrando los pies, con un cartón de dibujo debajo del brazo, se pasó una mano por la cara, temiendo que a pesar de la oscuridad él notara que había llorado.

—Salud —dijo Gonzague—. Le mostré algunos óleos sobre papel a un coleccionista italiano. Mira. Está pintado para ser visto con luz eléctrica.

La había tomado del codo y la llevo hasta un foco.

—El último año sólo hice objetos.

Por la carpeta entreabierta vio desfilar el puesto repleto de libros y de estampas de un comerciante de los muelles, la cámara frigorífica de una carnicería, un cepillo sobre una tabla, un exprimidor estrujando una naranja...

—Está bien —dijo Catherine—. ¿Le gustó?

—Sí, pero deploró que de un cuadro a otro varíe la factura, lo que es lógico porque cada uno corresponde a una manera de soñar contigo. El puesto del muelle, por ejemplo: pensé que estaba de viaje contigo. Inventé reflejos del Sena en el lomo de los libros porque un río no tarda en ser mar, es el movimiento a tu lado, la partida.

Gonzague sólo podía comunicarle su amor a través de la pintura, y a Catherine esto la irritaba pero también la enorgullecía. Si una mujer se cree desdeñada por aquel a quien ama, es natural que acepte con alivio, si no con alegría, toda muestra de interés masculino.

La acompañó hasta la puerta y allí se detuvieron. Gonzague le mostró la luna creciente, una de cuyas puntas ocultaba una nube, y se puso a reír.

—¡Está descornada, qué tonta!

Siempre riéndose le confió que había probado un poco de H en compañía de su italiano y que fumar inclinaba a ese hombre sombrío a la risa (había acompañado a Gonzague al rellano de la escalera y se había retorcido de risa al aparecer el ascensor).

—Es contagioso. ¿No quieres probar?

—No.

—Yo, hasta que te conocí no lo necesitaba porque estaba exiliado de la existencia. Después lo necesité para olvidarte por unas horas, para no ser desdichado por causa de tus vestidos...

No encontraba la palabra, agregó:

—Cada uno de tus vestidos ha sido la proyección de ti sobre la materia, ¿comprendes? Una atmósfera a tu alrededor.

Ella subió a su casa, despreciando a Gonzague: 1) porque fumaba, 2) porque se vanagloriaba con énfasis de su "exilio", 3) porque es agobiante ser objeto de un amor que no se comparte. Tampoco le agradecía el haberla distraído de su angustia, porque sólo podía conversar segura con gente que no sólo ignoraran su tormento sino que fueran incapaces de adivinarlo. Y Gonzague le daba la impresión de querer descifrar siempre su fisonomía.

Frente a los que estaban "al corriente" o que pensaban que había gato encerrado, se sentía desfigurada, es decir privada de rostro, descompuesta, dispersa. La hubieran ayudado las conversaciones anodinas, y experimentaba la necesidad de hablar para llenar su espera, para olvidar que estaba sola y era desgraciada; necesitaba salir de sí misma con intenciones gratuitas, o albergar las preocupaciones de los otros sin temer por el estancamiento de su vida secreta.

Algunas mañanas era tal su necesidad de cambiar palabras sin trascendencia, que esperaba la llegada de la señora Jeannot, la mujer de la limpieza, en lugar de irse minutos antes como de costumbre, apareciendo con retraso en la oficina. Para proteger la inocuidad de la señora Jeannot cuidaba, con estratagemas de criminal, de multiplicar las huellas de la presencia de Marc, mientras se preguntaba si la portera, asombrada por no ver pasar regularmente a su inquilino no se había confiado a la señora Jeannot. Sólo se sentía segura con Ivette, con Tarzán —con quien charlaba con exceso de las rarezas de Alavoine— o con relaciones lejanas, por ejemplo, la compañera de la Sorbonne a cuya casa se había hecho invitar pretextando que su marido estaba de viaje.

Marielle le arrancó el secreto de la entrevista con el abogado y de la partida de Marc, pero Catherine opuso a su curiosidad cotidiana la desenvoltura de una aturdida. Su madre, para emplear el vocabulario de esta dama, le daba *inquina* a Catherine quien, de acuerdo con Marc, había anunciado, sin lograr ser convincente, que su marido se retiraba al hotel para "pasar" un examen y sufría semipreguntas y semimiradas. Sin duda su padre había subido a su casa, con el pretexto de llevarse algunos "grandes clásicos", enviado por la señora Daubigné, y esa certeza se la inspiró la voz malvada de él cuando le dijo, mientras se iba con tres kilos de libros:

—¡Te hubiera convenido más esperar la jubilación, eso hubiera tenido la ventaja de ocuparte y te hubiese dejado más tiempo para comprender!

La fisonomía gruñona y falsamente liberada del señor Daubigné divirtió a Catherine, que apenas hubo cerrado la puerta sonrió. Se fue farfullando sin haber logrado ocultar su juego, semejante a la versión que siempre le había dado de él la señora Daubigné, al proclamarlo incapaz de no traicionar sus pensamientos ocultos "con ese aire franco de asno que recula" y "ojos de gato que mea en la ceniza". La expresión "como un perro apaleado" le surgió para calificar la partida de su padre, y de pronto éste se convirtió en una especie de conejo que le recordó un puzzle de su infancia, frente al cual la tontería de su hermano Nicolás accedía al genio, porque con tanta distracción como empecinamiento ponía la cabeza de un gato en el cuerpo de un asno que prolongaba la cola levantada de un perro. Al identificar ese animal fabuloso con su pobre padre, la risa de Catherine se tornó en una risa loca.

Siempre había tenido esas risas enloquecidas, pero éstas, más frecuentes, que experimentaba desde hacía unos días, la inquietaban como una manifestación de la que siempre temía desembocase en una crisis de nervios o al menos de lágrimas. En esto se equivocó, porque su buen humor persistía. Se ofreció a sí misma una cena en un restaurante donde el buen vino la persuadió de que, en algunos meses, Marc y ella se reirían juntos de su tragicomedia. Y hasta descubrió, al salir del cine, que Marc no era el único hombre de la tierra, y que después de todo, si continuaban las hostilidades, tendría que admitirlo.

Se durmió encantada, pero se despertó sobresaltada por el grito de su propia voz:

—¡Marc!

Y sollozó, con la nariz hundida en la almohada abandonada por su marido. Lo que no le impidió despertarse, a la llegada de la señora Jeannot, extendida en diagonal, fresca de ánimo y tibia de cuerpo, temblorosa de bienestar, lánguida pero animosa, mimándose a sí misma, confiada.

Pasar de la beatitud a la postración, de la confianza a la depresión, de la alegría a la angustia, fatigaba un poco a Catherine y desconcertaba a esa mujer que había sido criada para clasificar sus ideas, para verlas claras. Por momentos se consideraba una pobre idiota, y en otros se sentía deslumbrada por su inteligencia. Como había perdido la costumbre de controlarse, y por lo tanto de censurarse, permitía que todo lo que burbujeaba en ella saliera a la superficie, ideas, emociones o, las más de las veces, emociones que se trocaban en ideas. De noche, sola, no sólo se permitía la licencia de alimentarse a su antojo de aceitunas, anchoas, caviar, pimientos, en ocasiones acompañados de mostaza o de miel y regados tanto con leche como con oporto, y de regodearse interminablemente, echada con una novela policial bajo el brazo, sino que también se sumergía en los libros de arte enviados a la revista y que, desdeñados por Marielle, se acumulaban en lo alto de la biblioteca; al contemplarlos, borracha de oporto o de leche y de estremecedora soledad, se permitía sentir y pensar no como convenía, sino a su gusto, descubriendo que le importaban un bledo las escuelas pictóricas para considerar sólo lo que en una misma escuela distinguía a dos pintores. Frente a reproducciones de Hobema y de Ruysdaël, el primero contemporáneo y alumno del segundo, gozaba en descubrir debajo de una semejanza debida a la presión del espíritu de la época, oposiciones de carácter que reflejaban arteramente sus paisajes: Ruysdaël trabajaba los follajes por encima de los troncos, en la estrechez de un horizonte pesado, mientras que Hobema lanzaba sus ramas al cielo, aireando sus frondas, ligero como una brisa.

Feliz por su descubrimiento, sintió la audacia de comunicarlo, pero no encontró a quien. Marielle ni hablar. Catherine había descubierto que su amiga actuaba en una revista de "estética" como podía haber actuado en la estadística, el cine, las relaciones públicas o los viajes organizados, y sólo se preocupaba por aparecer *in,* por emplear las palabras geniales de la temporada (tanto *aullar de risa* como *no es verdad,* en lugar de *es increíble, practicar* por *poner en práctica, salvaje* a cambio de *no viciado*) y por sacar partido tontamente de una originalidad que estaba al alcance de todos. En cuanto a Gonzague, el amor lo había reblandecido pictóricamente. Marc no miraba ningún cuadro, leía las críticas y a los historiadores de arte. Que ella se permitiera cómodamente juzgar el arte y su entorno le daba vértigo y le inspiraba una hipótesis: ¿acaso la evolución de lo viviente no se debía a momentos de perturbación donde lo que era impreciso tomaba forma de pronto? En seguida toda esa ebullición se le aparecía como grotesca. Soy la reina de las idiotas.

Desde la noche en la que Marc había enumerado sus exigencias oscilaba de un extremo a otro; tanto convencida de que su marido era un enfermo mental como dándole la razón y reprochándose no haber sabido ser su mujer, es decir todas las mujeres, la esposa, la compañera, la puta, la embrujadora. Se reprochaba el que siempre le hubiera faltado instinto y recordaba que a los diecinueve años había bajado con Riquet a la cabina del velero repitiéndose: "Todas mis amigas lo han hecho, hace un año que debí hacerlo." Le dijo a Riquet: "Vamos." Y luego agregó: "Esta es una buena cosa." Sin embargo, en secreto, había soñado con desfloraciones progresivamente perversas, algunas de cuyas variantes estaban matizadas de violaciones. ¡Pero siempre creí, como un dogma, que las imágenes que nacen en mi cabeza tienen que terminar en mi cabeza! De pronto se puso a espiar sus mínimos impulsos, a recoger el esbozo del capricho más impreciso con la voluntad de pasar a los actos. Respondía a las miradas de los hombres en la calle, y como sabía muy bien que desde hacía mucho era sensible al hecho de que Bruno, su masajista, fuera un hombre joven y más bien hermoso, se desvestía en la sala de masaje, delante de él y no en el vestuario. Pero estas audacias, fuesen soñadas o vividas, muy pronto le infligieron posteriores accesos de horror en los que todo cuanto correspondía al sexo pertenecía a la teratología.

También dormía irregularmente, ora como una sorda ora con insomnios de los que exageraba la duración y la crueldad, lo que la llevó a utilizar la amistad de su farmacéutica para pedirle somníferos poderosos que debían conseguirse con receta.

Como tomó una dosis abundante, un domingo se despertó a las cuatro de la tarde y se inquietó: tiempo atrás había preparado un ambiguo examen de psicopatología y había conservado nociones incompletas que la ponían en guardia contra la neurosis, una de cuyas manifestaciones, creía, era el sopor diurno. Al no saber si amaba o detestaba a Marc, ni si éste deseaba apartarla o, por el contrario, acercarla a él, se consideraba envuelta en un conflicto neurótico. ¿Es que quiere enloquecerme?

Por las cortinas entreabiertas se deslizaba un día crepuscular, sin magia y sin cordialidad. Se levantó con esfuerzo y recordó que Marielle debía telefonearle para ponerse de acuerdo sobre el restaurante donde debían encontrarse. De las profundidades de su sueño volvió el recuerdo verdadero o falso de una campanilla lejana. Encendió la lámpara, marcó el número de Marielle, pero ésta no contestó. Catherine, considerando que vivir era una necesidad demasiado trabajosa, volvió a acostarse. El aire del cuarto no se movía, no trasmitía ningún ruido; teñido de azul y gris como el tulipán que Catherine había colocado, solitario, en un vaso alto, extendía una pereza morosa en la que Catherine desplegaba, con los ojos semicerrados, nostalgias y deseos. Envuelta en la sábana de la cabeza a los pies, como la joven muerta que había visto enterrar en su sudario de lino en Túnez, supo de una beatitud triste que la llevó a buscar el placer sola. En el momento en que accedía a él se preguntó si Marc, por su parte, no se entregaba a semejantes extravíos; hasta estaba inclinada hacia su lado en el lecho y la soledad no hizo más que afirmar esta disposición. Ante la imagen de Marc en un cuarto de hotel que por azar veía absurdo y siniestro, creándose su placer experimentó un asco que se reflejó sobre sí misma. Se levantó con precipitación y corrió la cortina.

El cielo, la calle, los inmuebles, tenían el mismo tono que el cuarto. Era exactamente el grado sordo de luz de un eclipse de sol. Tuvo miedo de aullar y decidió salir. Se lavó los dedos para sacarles el olor vergonzoso. El rechazo hacia su cuerpo la llevaba a vestirse con un viejo pantalón y una camiseta gastada, pero como tenía idea de ir a las vísperas, se puso un vestido y debajo, como quien reviste una coraza de castidad, un panty.

De reojo buscó a Gonzague en las pocas tabernas abiertas, cada vez más decidida, a medida que lo buscaba, a renunciar a las vísperas por él. En el momento en que la necesidad de encontrarlo llegaba a un paroxismo verdaderamente doloroso que le daba estremecimientos, lo vio muy ocupado en indicar el camino a unos turistas y, liberada, huyó en seguida.

Las vísperas habían empezado. Catherine mezcló su voz al coro con satisfacción. Los sonidos, los olores, la penumbra dorada de la iglesia la reconfortaban tan completamente como si hubiera sido creyente. En este sereno paréntesis gozaba una "relajación" superior a la de un masaje.

Al salir la frenaron las dos hienas que hacían la colecta con sus bastones, inclinadas hasta el punto de que sus torsos eran paralelos al suelo. Los topos, las parcas, las hienas. Marc había sido pródigo en sobrenombres para esas dos viejas a quienes odiaba sobre todo cuando, en los cafés de la calle, se detenían para mirar con toda ignorancia, su tablero. Siempre tomaban vasos de vino blanco seco, mientras comentaban uno de sus espectáculos rituales, matrimonios o entierros, sin perderse nunca ni unos ni otros y llorando de buena gana cuando las cosas salían bien. Detenidas en el atrio, volvieron hacia Catherine sus gruesas caras igualmente globulosas:

—¡Señora Catherine, era tan hermoso cuando bajaba los escalones con su traje blanco!

—Volvimos a hablar de eso la otra noche, cuando la vimos correr con el helado y el champán, y nos dijimos que tal vez era su aniversario de boda. ¿Cuatro años, eh?

—Cinco —contestó Catherine, con las mandíbulas apretadas.

—¡Ah, qué bien le quedaba el vestido!

—¡Cómo pudimos llorar! La víspera habían enterrado al señor Soules, pero fue cero comparado con su casamiento.

Salvo algunas parejas que, dando la impresión de estar retenidas contra su voluntad o de surgir de un tren llegado con retraso, huyen con los codos apretados contra el cuerpo, la gente que sale de una iglesia forma una lenta masa de peatones que necesita varios minutos para disolverse. Catherine fue la más rápida de los que huían, casi corrió, con los ojos llenos de lágrimas.

—¡El sinvergüenza! ¡El sinvergüenza!

Apenas volvió a su casa, todavía sin aliento, se lanzó a la búsqueda de la foto de matrimonio donde resplandecía de alegría al lado de un Marc molesto. Había desaprobado el matrimonio con traje blanco y azahares, costumbre que consideraba grotesca y antipática, y hubiera logrado convencer también a Catherine, cuya franqueza reprobaba la exhibición simbólica de una virginidad sacrificada desde hacía mucho tiempo, si desde la edad en que era una niñita no le hubiera quedado el mito brillante y vaporoso del traje de novia querido con demasiado maravillamiento como para abandonarlo. Catherine encontró la foto y la miró bien, luego la rompió en cuatro pedazos; Marc era un sinvergüenza que ya ese día había estropeado su alegría y que desde entonces no había dejado de torturarla. Sabía que esta acusación era falsa, que Marc había sido durante años un marido gentil, y la injusticia de su reproche atizaba su cólera contra Marc.

Esa cólera cayó de golpe, como ciertos vientos, y Catherine, calmada de nuevo, creyó volverse loca frente a los pedazos de la foto sobre la moqueta. Para recuperarse necesitaba oír una voz. En casa de Marielle el timbre del teléfono se eternizó en vano. Hélène tampoco contestó; sin duda se había ido al campo. Con el pretexto de la gratitud, Catherine llamó a Christine; obtuvo la señal de "ocupado", insistió y chocó de nuevo con la ausencia. Alavoine proclamaba que no tenía teléfono, pero el año anterior enfermó durante una semana y le confió su número a Catherine, haciéndole jurar que no se lo daría "a nadie". Lo encontró en su agenda y apoyó el dedo en el disco, sabiendo que se exponía a una enormidad. No tenía ningún pretexto profesional y las relaciones que mantenía con su patrón no justificaban en absoluto una solicitud de ayuda, del tipo "estoy deprimida, anímeme un poco, por favor", ni un buenas tardes anodino seguido de consideraciones sobre la tristeza baudelairiana del tiempo. Por lo tanto estoy haciendo algo enorme.

El aparato sonó un momento antes de que se oyese la voz monocorde de Alavoine:

—Esta llamada es probablemente el producto de un error, pero si es a mí a quien busca sepa que no estoy para nadie. Excúseme.

La última palabra se vio abreviada por el corte final, después de lo cual se restableció el "sonido", igual a sí mismo. amplio, versión útil del aliento del mar prisionero en el fondo de una concha, del rumor abierto de una gran ciudad, del zumbido que la fiebre mantiene contra los tímpanos.

Catherine conservó por un momento el aparato contra la oreja. A pequeñas oleadas le invadió una risa en la que halló el alivio: querías oír una voz, hija estás servida, y sin riesgos, porque él nunca sabrá quién tuvo la audacia de perturbarlo. En su alegría también entraba la ternura y lo imaginaba alejándose pesadamente del aparato acallado, envuelto en un batín acolchado (¿por qué acolchado?) y calzado con viejas pantuflas de piel felpuda, porque siempre llevaba hermosos zapatos de otra época. Lo veía en su quietud reencontrada, sentado frente a un libro amigo y al lado de una taza de té rodeada de confituras (lo suponía goloso), o buscando faltas de francés en la copia que vorazmente se había llevado el viernes por la tarde.

De muy buen humor, se duchó, feliz de liberarse de la ropa y sobre todo de los panty debajo de los cuales había transpirado. A pesar de la falta de sol, la isla resultaba sofocante. Cuando se secaba, mientras imaginaba con apetito la cena que proyectaba en compañía de su libro, el timbre del teléfono la sacudió. Sólo se decidió a responder después de dudarlo y, molesta, reconoció a Marc.

—¡No, no contesté! Después salí... Esta mañana dormía, me queda el derecho, ¿no?

No tomes un tono de arpía. Se dio esa orden sin gran éxito. Se negó a la cena que proponía su marido y luego cedió, con la condición de que se hiciera en casa.

Refunfuñando sacó los bistecs y el queso de la nevera, abrió un bote de guisantes, puso la mesa apresuradamente, se decidió a vestir una bata, encendió un cigarrillo y se estiró en la cama desordenada. Tenía necesidad de acariciarse y sobre todo de hacer el amor, pero no tengas miedo Marc, no te violaré; ¡y ya que soy neutra a tus ojos buscaré un aficionado al que le convenga!

Lo detestó, se reprochó el haberle permitido venir, luego, una hora después, como tardaba, se desquició, persuadida de que si hubiera venido por fin tendría lugar la discusión y le permitiría ver claro. Finalmente apareció, intimidado, con flores.

Esa velada fue como sus últimos encuentros.

Marc tan pronto se instalaban en lo indefinido como mostraba una ternura calurosa, tan pronto abría un porvenir para ambos como se encerraba en una espera taciturna. Exclamaba:

—¡Ah, verás! nuestro último aniversario de boda nunca correremos el riesgo de confundirlo con otro.

O bien:

—Los acontecimientos, Catherine, son admirables. Si confías en ellos, como yo, ¡estás salvado!

Luego, con el rostro envejecido y los ojos demasiado rápidos, se perdía en frases en pasado condicional de las que parecía concluirse que él o ella debieron haber tomado conciencia a tiempo de...

—¿Comprendes?

Catherine suspiró. Él sonrió amorosamente y continuó, en futuro:

—¡Verás!

Hizo acopio de coraje y planteó las preguntas cruciales. ¿Continuaba con el divorcio? ¿Podrían volver a empezar juntos?

Apartó esos problemas con la cara imparcial de un médico al que un cliente quiere desorientar con síntomas secundarios.

—¡Es más complicado! Hay que jugar con cuidado.

—Quisiera saber qué esperas de mí.

—Hay que desconfiar de las palabras —anunció sentenciosamente—, no forzar los acontecimientos.

Se preguntaba si Marc no navegaba en la misma incertidumbre que ella. O tal vez no se animaba a detallar sueños que le darían vergüenza o le repugnarían. O a lo mejor era un gran sinvergüenza que ahogaba su deserción en el humo. En el momento en que ella se adhería a la última hipótesis, transportado por la melodía de su querido "no lamento nada", él tomó a Catherine entre sus brazos y bailó con ella besándola en la boca, en el cuello, con un frenesí alegre. Si yo tengo una neurosis, éste es su director de orquesta.

—¿Por qué me quitas con una mano lo que me das con la otra?

Pareció no comprender. Cuando la dejó le recordó que le había hecho creer a sus padres que si estaba en el hotel era para preparar un examen. Él prometió no equivocarse.

Al día siguiente no apareció y cuando le telefoneó, dos días después, fue para asegurarle a Catherine que no había olvidado la cena familiar en casa de los Daubigné. Se pusieron de acuerdo en encontrarse en el bar para entrar juntos.

# Diario íntimo del señor Daubigné

*25 de mayo*

*Frente a mi mujer practico la desconfianza y el control de mí mismo, pero creo que sabía mis inquietudes y la respuesta mitigada que me dio el doctor Salvy (o más bien el hijo, porque tuve la mala idea de seguir con el hijo cuando murió el padre), y viendo su cara aterrada grité estúpidamente: "¿Lo sabes?", cuando era imposible que lo supiera.*

*Afortunadamente Rose no notó nada, por más observadora que se crea, y me reveló el objeto de su inquietud: "Marc está en el hotel, es un desastre." No quisiera que Catherine sufriera demasiado, pero, después de todo, ¿por qué tendría que ser el único en sufrir?*

*Me gustaba tener un médico que me amenazaba con demasiada arrogancia sobrevivirme mucho tiempo. Llevó la cuestión al extremo de morir antes que yo. La condescendencia de su hijo, que está casi seguro de sobrevivirme, me agobia.*

*Imagino al padre: mi querido amigo, qué quiere, yo tampoco ando bien, hay que aceptar lo inevitable, nadie lo ha eludido nunca. El hijo se puso los anteojos que no necesitaba en absoluto y me indicó los nuevos exámenes a los que debería someterme. "En principio hágase esto, veremos más claro." "¿Aca-*

*so yo quiero ver más claro?" Por supuesto no le contesté eso porque nunca digo lo que me preocupa. ¿Por qué? No lo sé. Es demasiado tarde para preguntármelo, dada la rapidez de las turbulencias celulares.*

*El doctor Salvy me prescribió otros análisis y una biopsia. Tengo la orden en el bolsillo. No saldrá de ahí. Me queda el derecho de morir idiota. Busco los derechos que me quedan.*

*26 de mayo*

*Veo que ni por un momento pensé en confiarme a mi mujer. Sin embargo, Rose se hubiera sentido turbada y se hubiera considerado obligada a ciertas consideraciones con las que me hubiese beneficiado. Desde que mi madre está enferma se conduce perfectamente con ella. La muerte de mamá nos aportará, a ella y a mí, una dignidad fugitiva. ¡Y aun así! Rose terminará por discutir con el jefe de los enterradores sobre el número de lugares que quedan libres en la concesión.*

*Si me confiara a mi mujer ella se apresuraría a confiarse en nuestros hijos. Rose está hecha de tal manera que nada supera para ella la felicidad de ser mensajera de una mala noticia. ¡Y mis hijos, Dios santo! Aún no tenía ocho años cuando ya supe que Nicolás era un animal. Por vanidad paterna esperé que fuera un animal de presa. Y sólo es un animal de tiro, pero del tipo de los que conocí cuando todavía andábamos con dos caballos. Es el caballo que tira tanto como otro, quizá más, pero que cabecea por empecinamiento estúpido y recibe más golpes que avena. Estoy hasta las narices de ese caballo que no tiene suficiente imaginación para concebir que tendrá mi edad y que también se cascará, así como de la situación de Catherine.*

*Catherine es más fina. Hubiera podido no ser tonta. La ayudamos a serlo, su madre al enseñarle la religión de lo-que-corresponde y yo al callarme. Una vez, era muy joven, miraba una pequeña reproducción en bronce del pensador de Rodin (que le regalaron a mi padre sus empleados) y dijo que ese tipo se parecía a alguien que tuviera dificultades con un maldito crucigrama. Rose le explicó severamente que no tenía derecho de hablar así de una obra maestra consagrada y, aunque interesado, yo me callé. Hace un año, en una antología de citas, encontré una de Montherlant o de Valéry donde comparaban el pensador de Rodin con un aficionado a los crucigramas. En una palabra, Catherine tal vez no estaba programada por la naturaleza para ser tonta y trivial, pero fatalmente ha llegado a serlo porque su madre la acostumbró a creer que había que conformarse con lo que le decían, a seguir el ejemplo, y porque después de haber escuchado a su madre escuchó también, dócilmente, los sermones universitarios, y ahora los decretos de Marc sobre los acontecimientos, los libros, los filmes, acomodando con aire grave o sarcástico —según— las opiniones que recibe de* Le Monde *o de* L'Observateur. *Lo que dice Marc, Catherine lo repite adornándolo con algunas ideas de Marielle, que también son de apelación controlada. Ese par de tipos se ajustan bastante bien a la mediocridad de una época en la que la publicidad trabaja con ellos, quiere gustarles y alimentar sus sueños. Si se divorcian no será por las razones que inventa mi mujer, sino porque eso se hace. Imaginándomelos al corriente de mis males, pronunciando las frases y desplegando las atenciones que convienen, me siento confirmado en mi derecho al silencio.*

*29 de mayo*

*Pero sólo tenemos los derechos que defendemos, lo que no es mi fuerte. ¿Tal vez tenía miedo de mi miedo y necesidad de calmarlo un poco compartiéndolo? Es más probable que no haya resistido al placer de ser interesante a los ojos de Germaine. Resulta interesante que un hombre se explique con la muerte. Después de veintitrés años que Germaine me frecuenta no hay ninguno de mis prestigios iniciales que no esté dis-*

*minuido. A los dieciocho años, cuando era mi secretaria, creyó en mi omnipotencia y en mi total seducción. No tuve el coraje de dejarla ni de dejar a mi mujer. Me dividí. Me dejé a mí mismo. Todo ocurrió como si hubiera logrado perderme de vista.*

*Germaine piensa que le doy poco. Estoy seguro de que se equivoca, pero como lo piensa es verdad para ella. En realidad, las horas que paso con ella, que son escasas y fruto de una imaginación mentirosa, me parecen preciosas. Esto no impide que, si uno de mis amigos me contara que hace veintitrés años sedujo a su secretaria y aceptó que ella se pasara el resto de su vida recogiendo migajas, lo juzgase mal. No se descubren, ni los sentimientos, ni las emociones, ni las pasiones, ni las situaciones; se descubre el vivirlas. Por lo que yo he vivido, no me juzgo mal, pero por lo que Germaine ha vivido, comprendo que sufre.*

*Exigió el análisis y la biopsia. Iré. Esperaré los resultados. Experimento horror por lo que me amenaza, un horror aún más terrible que la situación misma.*

*Sin embargo, tengo buenos momentos. Esta mañana, la brisa que agitaba los árboles en los muelles, el deslizarse del agua, me dieron la ilusión de que la savia circulaba en mí y me sentí sano. Luego atravesé el puente a pie y supe que caminaba bajo el sol del infortunio.*

*Retuve esta frase de un moralista: "El indigno deseo de vivir de los viejos." ¿Por qué indigno? Toda una vida, finalmente, debería darme derecho a una juventud. De viejo, y no de joven, se debería tener la excusa de la edad y la locura.*

*Desde hace siglos, el mismo movimiento conduce a la sociedad de la que salí a no creer. Soy ateo muy trivialmente, al igual que Juana de Arco y Gilles de Rais eran creyentes. La ausencia de vida eterna, en el estado en que estoy, no es práctica. No me facilita las cosas.*

*Alejandro Dumas alegra mi existencia, pero no puede ayudarme a morir. Telefoneé a Catherine y subí a verla para pe-*

*dirle algunos clásicos, dándome cuenta de que si la literatura puede ser útil, es ayudándonos cuando llegamos a la vista del pasaje. Cuando volví a bajar, cargado de libros, mi mujer me miró con desconfianza, sospechando que había usado un pretexto para interrogar a Catherine a solas. Rose no está tranquila desde que sabe que su yerno duerme en el hotel. La curiosidad la quemaba, pero sólo pude decirle la verdad: Catherine no me hizo ninguna confidencia y sólo la encontré más distraída e indiferente que de costumbre.*

*El pensamiento contemporáneo no me ha satisfecho porque se empeña en convencernos de que descendemos de una pequeña especialidad química llamada ADN y que se ha provisto de brazos, piernas, ojos y espíritu por el juego ciego de azares innumerables, pero los clásicos no me han servido de mucho más. Ya no puedo participar ni en el desprendimiento de Montaigne ni en el frenesí de Pascal, y desde La Rochefoucauld hasta Dostoievski todos me desesperan en lugar de reconfortarme. Es fatal que las grandes obras no me aclaren porque son todas fruto de un desarreglo, de un enloquecimiento, de un escándalo, elementos que son precisamente los míos y contra los cuales, por lo tanto, no pueden armarme.*

*El recuerdo de que Aquel a quien amo ya no está es lo único que puede alentarme a morir. Ya no está, pero siempre lo tengo entre mi pulgar, mis otros dedos y mi palma; mi mano quiere deslizarse sobre Él, deteniéndose para provocar el lóbulo de las orejas, ahuecándose en los flancos, abriéndose abajo de los riñones. Su boca es inagotablemente fresca sobre la mía.*

*30 de mayo*

*Están hechos los análisis y la biopsia. Espero.*

*Lo soporto porque el gusto por la vida ha disminuido en mí con la edad. No tengo miedo de mi miedo, ni tampoco necesi-*

*dad de que me engañen. Estas dos frases merecen el cartel que Germaine, cuando era mi alegre secretaria de dieciocho años, blandía cada vez que yo fabulaba por teléfono. Era una hoja de papel en la que había escrito: "Mentiroso."*

*¿Por qué ocultar mi miedo? ¿Por qué mentirle a mi diario? Hay muchos tipos de diarios íntimos y los de los escritores están indirectamente destinados al público. Pero el mío está condenado a lo invisible. Mi problema —todavía no resuelto— es saber cómo asegurar la desaparición de mi diario al mismo tiempo que la mía. En efecto, mi situación está,* terminus a quo terminus ad quem, *limitada por lo que piensan de mí, cada una por su lado, Rose y Germaine, y por la imposibilidad en la que me encuentro de mostrar a las dos mujeres que más veo y las únicas que me importan, quién soy.*

*El laboratorio me prometió el resultado para pasado mañana. Temo la desesperación, que debería ser privilegio exclusivo de fanáticos, ambiciosos y aventureros. El hecho de haber nacido escéptico y sin ambición tendría que ponerme a salvo de ella. Pero pasado mañana, a lo mejor, seré un desesperado.*

*La palabra* desesperado *la emplean los periodistas para designar a los que ponen fin a su vida. Justamente yo no tengo derecho. El año pasado, cuando supe el suicidio de un escritor al que casi no había leído, Henry de Montherlant, le envidié el haberse ofrecido el lujo de actuar como un desesperado. Este gesto no está en mis medios. Al verme obligado a dejar lo que tengo a Rose, que a su edad no está en condiciones de ganarse la vida, y a través de ella a mis hijos, lo que cae por su peso pues yo mismo heredé de mis padres, suscribí un seguro de vida a favor de Germaine. Sería injusto que después de mi muerte Rose se beneficiara de mi asistencia y que ésta se le negara a Germaine. Ninguna póliza de seguro cubre el suicidio, y por lo tanto tendré que saborear in extenso mi agonía.*

*Esta perspectiva me transformó tanto que tuve el coraje de volver a ver al doctor Salvy. Aproveché una recomendación que me había pedido para el hijo de su portera, y fui a su casa con una carta que hubiera podido perfectamente enviar por correo. Me recibió y lo abordé. Quería saber si el veredicto del laboratorio era implacable, si la colaboración entre paciente y médico podía permitir acelerar el ritmo de las cosas sin que hubiera suicidio.*

*¿El padre me hubiera comprendido? El hijo me fulminó afablemente. Me contó que el mes anterior había hecho despedir a una enfermera que, de acuerdo con la familia y hasta con otro médico, interrumpió un goteo destinado a darle a un viejo una sobrevida de una veintena de horas.*

*Estaba muy orgulloso de haber firmado un manifiesto de médicos contra la liberalización del aborto. De motu propio volvió sobre esta hazaña agregando que la redacción de dicho manifiesto no lo había satisfecho del todo, porque hubiera deseado que en el texto estuviera incluido el derecho de los monstruos a la vida. Según él, aunque sea fatal el nacimiento de un monstruo, el proceso vital no debe interrumpirse, por respeto a la vida, pues ésta también existe en los organismos anormales, y a la ciencia, porque sin monstruos la teratología terminaría. Estaba encantado porque en su hospital hubo durante el año varios casos de anoxias neonatales, y todos los niños pudieron salvarse. Tuvo a bien explicarme que la anoxia consiste en una interrupción del funcionamiento del cerebro que tiene como consecuencia que el niño permanezca toda la vida infantil.*

*Con mirada apasionada trató de hacerme imaginar el ardor con el que trabajan los reanimadores que durante horas, días, luchan por arrancar a la muerte a esos pequeños seres que se ven condenados por sus esfuerzos a una disminución definitiva. A mi pregunta: "¿Piensan en lo que les espera a esos bebés y a sus padre?", me contestó que yo le parecía incapaz de comprender que los reanimadores eran técnicos que sentían el gusto del trabajo bien hecho y que ese trabajo con-*

*sistía en mantener la vida sin preocuparse de ninguna contingencia. Esta misión era lo esencial del juramento de Hipócrates. Para concluir me dio a entender que, si yo estuviera afligido por una enfermedad mortal, aunque fuera dolorosa en extremo, consideraría un deber, y al parecer un honor y un placer, el hacerme saborear mi agonía el mayor número de días y de horas posibles.*

*Ya había tenido una conversación análoga a propósito de mi madre con un médico de la clínica. Éste no me ocultó que, no sólo haría todo para prolongar el fin de mi madre, sino que, si sufría, no debía contar con él para obtener demasiada morfina. Me contó con indignación que un muchacho de quince años que se moría de cáncer había recibido tanta morfina que, durante sus últimos dos meses, hubo que desintoxicarlo. Habían considerado un deber agregar la prueba de la desintoxicación a los dolores de la enfermedad durante las últimas semanas de ese martirio. Porque, si entendí bien, afectaba al honor de la medicina que ese niño muriera desintoxicado.*

*Vivimos una de las épocas más espantosas de la historia. Hoy, el enfermo no puede dudar de su suerte ni del celo ciego que obligará a los técnicos en mantenimiento de la vida a hacerle degustar su muerte hasta la última gota.*

*31 de mayo*

*Desde hace unos años, mis siete horas de sueño me llevan más tiempo que mis diecisiete horas de vigilia. El infinito de mis noches me agota. Me duermo siempre rápido porque tengo miedo de que Rose todavía me hable y, para protegerme, yo deba fingir que duermo. No sé si Pascal tiene razón cuando da a los gestos de la fe el poder de engendrar la fe, pero a fuerza de fingirlo, en efecto, me duermo. Y es para despertarme al cabo de una hora, estirado al lado del sueño poderoso de Rose. La parada en esa estación dura una hora y media. Luego entro en un sueño de otro tipo, o más bien, hecho de una mezcla de materias; es tan aplastante como transparente, y muchas veces vuelvo a la superficie durante minutos de una duración inapreciable en los que enteabro los ojos sin que los sueños los abandonen. Sigue otro insomnio de media hora que desemboca en una otra media hora de sueño, otra media hora de vigilia... Por fin el sueño se hace profundo hasta que lo interrumpe el despertador.*

*Desde que el doctor Savy me ordenó los análisis, esos viajes nocturnos me agotan. Por la noche no logro distraer mis monstruos. Nunca he odiado tanto a Rose como durante la noche. Cuando uno se cree condenado a muerte es difícil compartir la cama de un carcelero con camisón floreado y que ronca triunfalmente.*

*La última noche tuve el coraje de levantarme, a sabiendas de que ella vendría a perseguirme porque, por profundamente que duerma, siente en seguida mi ausencia. En efecto, apareció en el salón. "¿Ahora te paseas durante la noche?" "Tengo insomnio, no es una novedad. La novedad es que me haya levantado. Sin duda, debí perdirte permiso. ¿Quieres que te despierte varias veces por noche para solicitar tu autorización cuando desee levantarme?" Sostuvo que mis idas y venidas molestaban su sueño. Le recordé que muchas veces había intentado dormir en el diván del salón y que ella se había opuesto. Ese pequeño match, que creo haber ganado, me hizo bien. En mi segundo insomnio me apresuré a levantarme. Esta vez no se movió. Me sentí decepcionado al verme privado de una disputa que hubiera distraído mi angustia. Me quedé plantado frente a un espejo, mirándome. Me parecía a los viejos que, cuando yo era niño, me impresionaban con su aparición en la escalera del señor Barronnier, el patrón de mi padre, durante la visita que le hacíamos para el 1 de enero. Vivía en un piso grande como una iglesia, con una escalera más ancha que la de una boca de metro y sin ascensor. A partir del segundo, cada descansillo tenía un asiento lustroso tapizado de tercio-*

*pelo. Pasaba frente a viejos sentados e inmóviles que miraban recto delante de ellos, respirando, como yo miro el espejo.*

*1 de junio*

*¡Y mañana, la cena de familia! La suerte abusa de mi paciencia porque la cree inagotable.*

# 3

Esa cena era una carga benigna. Se sentían contentos cuando terminaba, pero tampoco sufrían verdaderamente mientras duraba. Esa gente a la que sólo unía un lazo familiar no se sentían tan desdichados juntos, y la noción de carga venía más bien de la obligación que tenían doce veces por año de sacrificarse a la tradición.

El señor y la señora Daubigné reunían esas noches a Catherine, Marc, su hijo Nicolas, un año menor que Catherine, y a veces a la novia de Nicolas, que cambiaba a menudo sin lograr nunca la aceptación, salvo Paule, el año anterior, que pareció conveniente y luego desapareció en seguida. Nicolas, después de renunciar a terminar su bachillerato, probó infructuosamente en una escuela técnica, luego se declaró fotógrafo de prensa, vivió algunos meses con la certeza de que tenía asegurada la carrera en *Match* y, después de un año, la sensatez o la necesidad lo redujeron a obtener de su padre un lugar de representante en la firma de aguas minerales.

Los padres de Catherine cenaban temprano, por lo que la cita era para las siete y media. Cuando ella entró en el bar, Marc todavía no estaba, pero se encontró con Gonzague, quien se animó a tomarle la mano y hasta a acariciársela.

—Entonces, Marc y tú, ¿os separáis?

—¿Te lo dijo él?

Corrigió:

—¿Cómo has inventado eso?

—Tilly vive en el hotel Bizance.

Tilly, sobre quien la isla ignoraba si su nombre constituía el apellido o el diminutivo de un misterioso nombre de pila, era una linda muchacha de diecisiete años (o tal vez de quince) que desde hacía meses pasaba por amiguita de Gonzague.

—¡Qué tonto eres! —exclamó Catherine, admirando la naturalidad con la que mentía—. Marc tomó un cuarto en el hotel para estar tranquilo. Prepara un examen.

—Te observo.

—Debes convencerte que, si dejase a Marc, no sería para tomarte a ti.

Todavía encolerizada, lo miró y lo encontró encantador, pero vio a Marc y se apresuró a decir que tenían que irse en seguida. Temía, sin saber por qué, ver a Marc y a Gonzague juntos.

Esa noche la novia de Nicolas se llamaba Sabine, lo cual exasperó a Catherine, quien siempre había soñado con tener ese nombre, hasta el punto de que el día de su treceavo aniversario había suplicado a sus padres sin resultado que en adelante la llamaran Sabine y, además, firmaba así los raros artículos que escribía para *Style et Loisirs.*

Al contrario de la precedente, que vestía bluejean con chaquetilla de piel, Sabine llevaba demasiado adornos y estaba más bien endomingada. En cuanto a Nicolas, se le había espesado la barba y tenía un hablar pesado y descuidado. Nicolas nunca había contado demasiado para su hermana, excepto por ser varón y porque a ella le había satisfecho que la criaran con un varón. Pero cada detalle hería a Catherine, pues temía que confirmaran a Marc en la certeza de que era indigna de él. Por lo común se sentía más bien orgullosa de su familia, pero desde que adoptó la mirada que le adjudicaba a Marc, tenía vergüenza de la pesada soltura de Nicolas, de los pequeños gestos de su novia, de las tentativas de erudición de su padre. Éste no resistía nunca el placer de deslizar una cita latina. Estaba muy orgulloso de haber estudiado griego, aunque lo había olvidado, incluso el alfabeto, y sólo retenía en la memoria un verso de *La Odisea,* que únicamente podía recordar cuando había tomado un vaso de más. Lo que más hacía sufrir a Catherine era que en cada cena llevaba la conversación hacia los mismos temas, encontrando el modo de evocar la época en que fue prisionero y las trampas gracias a las cuales pudo ser repatriado. También se burlaba siempre de la Legión de Honor, cuando le había dado mucho trabajo obtenerla y la llevaba en forma de una cinta con cuya extrema delgadez pretendía demostrar su desdén y su modestia.

Catherine también consideraba con severidad a su madre. La condenaba sobre todo por tener una salud robusta, huesos sólidos y cierta manera de exagerar cuando iba a la cocina para traer una fuente. A veces, un poco por bromear, decía "mi yerno" al dirigirse a Marc, y esta fórmula del teatro de Labiche martirizaba a Catherine. También era sensible al hecho de que su madre y ella debían ejecutar los trabajos culinarios, mientras que en el vasto y sucio piso donde envejecía la madre de Marc lo hacía una sirvienta que no era ni portuguesa ni española, que era verdadera y pertenecía a la familia desde hacía veinte años.

Nunca Catherine había sido sensible a lo que distinguía a los Daubigné, voluntariosos negociantes o pequeños industriales, de los Esmelain, que desde hacía más de un siglo aportaban a Francia un tributo de altos funcionarios cuya nobleza burguesa era más exigente que la verdadera.

En casa de la señora Esmelain, una cocinera preparaba una mala cena, mientras que en casa de los Daubigné la comida era excelente, pero llevaba ostensiblemente la tara de haber sido preparada por la madre de Catherine, que no desdeñaba que la felicitaran. También Catherine se avergonzaba del confort que reinaba en casa de sus padres cuando lo comparaba con la altiva declinación del lugar donde la señora Esmelain ultimaba su reinado. El señor Daubigné había salido de la Central antes de bifurcarse en la venta de aguas minerales, pero la Central visiblemente no era una escuela para la familia de Marc, y las bifurcaciones profesionales sólo se consideraban bien si consistían en pasar de la Inspección a la Banca, de la Carrera a la Publicidad, del Consejo de Estado a los Seguros, pasajes de gran altura que era evidente que no podían compararse con los avatares de un titulado de la Central que trabajara en los Ferrocarriles Nacionales y terminara en las botellas. Para Catherine, su padre resultaba penoso cuando simulaba despreciar su cinta de caballero de la Legión de Honor, mientras que la familia de Marc, sin hablar de ello, llevaba las medallas en desorden y a veces estaban sobre los sillones. En una palabra, durante esa cena Catherine sufrió al darse cuenta de que, además de no poder retener a su marido por los sentidos, tampoco podía igualarlo socialmente.

El estado de la abuela (la madre del señor Daubigné) se abordó sin límites. Hasta algunos pudores de vocabulario a los que recurrieron le parecieron de una abominable vulgaridad y la hicieron enrojecer, y sobre todo el empecinamiento con el que su padre, después del empleo de la palabra *tumor* —fuera de lugar en la mesa—, creyó delicado utilizar *maligno* en vez de canceroso. Otro dolor: Catherine, sin experimentar una adhesión desenfrenada por su abuela, más bien le tenía afecto y sentía pena de saber que la anciana, sin la menor duda, iba a morir. Sobre todo se asombró de que su padre no estuviera trastocado por la conversación que acababa de tener con el médico. El señor Daubigné, en suma, tomaba la muerte de su madre como algo muy triste y natural, al igual que las intemperies y los impuestos. Otro sufrimiento más: ya que Marc había decidido divorciarse consideraba inconveniente que los secretos familiares se ventilaran delante de él. Se llegó a debatir un problema de política familiar interna consistente en saber si se debían aprobar las intervenciones que prolongarían la vida de la abuela, y por lo tanto sus sufrimientos, sin garantizar una supervivencia superior a unos meses. No sólo sobraba la presencia de Marc, sino también la de la novia de Nicolas. Ésta, sin embargo, fue categórica:

—No hacer todo —declaró— es una manera hipócrita de practicar la eutanasia.

—En cierta medida —dijo Nicolas—, la eutanasia...

—La eutanasia —cortó Marc— puede considerarse bien desde un punto de vista religioso, bien desde un punto de vista jurídico, bien desde un punto de vista...

—Voy a decirles algo —soltó el señor Daubigné, engolando la voz para darle autoridad—, la eutanasia, lo mismo que la existencia de Dios, el aborto, la pena de muerte, la polución, el automóvil, la tortura, la igualdad sexual o la vivisección, es un tema que tiene el poder de volver imbéciles y empecinados a los seres inteligentes y abiertos.

Apenas tuvo tiempo de encontrar torpe lo dicho por su padre y de sentir vergüenza por eso frente a Marc cuando éste se puso a reír:

—Es muy astuto lo que usted dice. Extrañamente tiene razón.

—Mi querido amigo —lanzó el señor Daubigné con la autoridad que confiere el éxito—, de vez en cuando tiene a bien asegurarme que mis opiniones no son demasiado idiotas y se lo agradezco, pero siempre que me hace esa concesión con aire sorprendido me da que pensar.

Al ver que se había apuntado un tanto, según una expresión de su mujer que le gustaba emplear, volvió a su propósito:

—Sería interesante continuar con la enumeración de los temas a evitar: la educación sexual, los judíos y, para ser justos, agregaría que el empleo del latín en la iglesia, mientras que por mi parte difícilmente puedo resistir el plantear este tema y escuchar a mis contrincantes con la deseable serenidad.

—¿No es partidario de que sigan hablando en latín en la iglesia? —preguntó la novia.

—Me las arreglaré de una manera u otra —exclamó el señor Daubigné, cuya voz cuando se enojaba, se debilitaba y se volvía aguda como la de una mujer—, pero habrá latín en el entierro de mi madre.

—Si lo deseas, podrás conseguirlo —observo Nicolas con espíritu de conciliación.

—No es fácil —cortó la señora Daubigné—. En nuestra parroquia plantearía enormes dificultades. De todas maneras —agregó suspirando con fuerza—, no será tu padre quien se ocupe de eso. Caerá sobre mí, ya estoy acostumbrada.

—En el fondo, mi madre no estudió latín y tampoco le importa nada. Podría pasarse sin él, pero yo lo quiero.

—¿Por qué quiere el latín? —preguntó Marc.

—Pompidou tuvo derecho al latín ¿por qué tendría que privarme yo? Es verdad que experimentaría serias dificultades con un texto de latín del quinto curso. Pero me acuerdo lo suficiente como para pescar algunas palabras aquí y allá, y hasta pedazos de frases, lo cual hace que en la iglesia escuche con delectación sonoridades que no me son del todo desconocidas, ya que cada tanto me doy cuenta de que se trata de pan, tinieblas, pastores, ángeles o vanidad, y sin embargo, evito la desazón que me produciría el conocimiento literario que un texto tan trivial y aburrido no dejaría de darme.

—¿Usted es o no creyente?

—Mi marido es libre pensador —exclamó orgullosamente la señora Daubigné, agregando—: y yo no soy muy practicante.

—Soy integrista, señorita, y usted sabrá que es muy raro que un integrista sea creyente. Justamente porque no soy muy creyente necesito la pompa, el incienso, el latín, en una palabra una liturgia, es decir, una puesta en escena. Esta puesta en escena me da acceso a lo sagrado y me deja la ilusión de que no asisto a una aburrida comedia, sino a la celebración de un misterio tradicional.

—Es muy posible —cortó la novia—, pero aceptará una cosa: no se habla latín en China. ¿Entonces?

La pregunta desconcertó al señor Daubigné, lo que molestó a Nicolas porque se sentía responsable de su novia. Sacó una conclusión admisible para todos:

—En el fondo, para el latín como para otras cosas, a cada uno según su gusto.

—En cuanto a usted, Marc —continuó la señora Daubigné—, supongo que en el examen que prepara el latín casi no ocupa lugar.

Catherine, desde el comienzo de la cena, esperaba el momento en que su madre atacaría para saber algo más.

—En Ciencias Políticas —respondió con desgana Marc— sólo se recurre a algunas fórmulas latinas, en cambio los pasajes en inglés se multiplican. Y en las notas se llega a traducir el latín, pero no el inglés.

—Es un signo de la época —dijo el señor Daubigné.

—Hace seis años ya preparó un examen, me parece.

Marc respondió que al igual que el Ejército, que ofrecía a los oficiales la posibilidad de asistir a la Escuela de Guerra para mejorar su competencia y su carrera, también la banca ofrecía a los menores de cuarenta y cinco años el medio para acceder a los cuadros superiores. Habló del centro de estudios superiores bancarios, del A.P.B., del C.P.A., precisó que lo había intentado pero que su matrimonio, lo apartó de una tarea que le devoraba sus raras horas de libertad, y concluyó diciendo que bruscamente se le ocurrió la idea de preparar una nueva oposición, la de licenciado en Ciencias Políticas.

—De hecho —observó Marc—, es justo el momento, si quiero estudiar un poco, de que vuelva a mi retiro.

Nicolas y la novia aseguraron que también para ellos había llegado la hora. Entre Catherine y sus padres, cuando estuvieron los tres, se estableció un silencio al que puso fin la señora Daubigné al recordarle a su marido que en su taller había preparado encuadernaciones con cola o algo de ese tipo y que antes de acostarse debía ocuparse de eso. Apenas estuvieron solas, la señora Daubigné decretó:

—Engordaste y Marc tiene mala cara.

Catherine se llevó un dedo a la cintura de la falda, inquieta de haber engordado. Intentó protestar, pero la señora Daubigné agregó:

—No se empieza a preparar un examen en el mes de mayo. Guarda tus secretos, hija. Te conozco, siempre fuiste así, sólo cuentas lo que quieres perder.

Catherine dudó entre una enérgica negación o una semiconfidencia y se entregó a ésta:

—No creo que sea grave. Hay problemas entre él y yo.

—¿Te engañó?

—No, creo que no.

—¿Y tú?

—Yo no.

—¿Os aburrís juntos?

—Yo no.

La señora Daubigné estaba, al mismo tiempo, contenta por haber logrado en un round muy breve que su hija confesara la existencia de problemas serios entre ella y su marido, y decepcionada porque no podía captar la naturaleza de tales problemas. Se dejó desconcertar cuando Catherine pasó a las preguntas:

—¿Tú lo engañaste alguna vez?

—¿A quién?

—A papá.

La señora Daubigné se calló, y luego, recobrando su habitual energía, profirió:

—Si hay algo que me asquea son las conversaciones de mujeres. Entre una madre y una hija me asquea mucho más.

—Entonces, ¿por qué me haces preguntas?

—¿Quieres saber si engañé a tu padre?

—Te pregunté eso porque me permitiría comprender ciertas cosas que me conciernen en este momento.

La señora Daubigné tomó la bandeja sobre la que estaban las tazas de café, la llevó a la cocina haciendo temblar el piso, volvió también vivamente y, antes de sentarse, declaró con circunloquios que no le eran habituales:

—Tendría perfectamente el derecho de decir que nunca engañé a tu padre, porque en realidad, si bien me ocurrió una vez, fue en el otro extremo del mundo y no significaba nada.

—¿Cuándo te ocurrió?

—Debías de tener ocho años. Fuimos a la Bourboule por la garganta de tu hermano. Sin tu padre. En esa época es evidente que tú no comprendiste nada, pero, aunque tu padre fuera todavía un poco joven para una pasión senil, se volvió loco por su secretaria. Una muchachita nada desagradable y bastante vulgar.

—¿Tú lo sabías?

—Eso se sabe en seguida.

—Por lo que te conozco debiste hacerle la vida imposible.

—En todo caso salimos de vacaciones sin él y el médico de Nicolas, al que vagamente puse al tanto de la situación para lograr una receta de somníferos, se interesó mucho por mí. Yo casi no creía en sus sentimientos, pero siempre es agradable para una mujer joven ser deseada, sobre todo cuando su marido desea a otra mujer. Eso fue lo que ocurrió.

—¿Papá lo supo?

—Es la última cosa que le hubiera contado.

—¿Y la secretaria?

Con ese estilo campesino que era difícil saber si respondía a su naturaleza o a su afectación, la señora Daubigné afirmó:

—Quería que se casara con ella. Tu padre a lo mejor lo deseaba, pero nunca se hubiera atrevido a pronunciar la palabra divorcio delante de mí.

Catherine bajó los ojos. Era la primera vez que su madre y ella penetraban en el laberinto de las confidencias, y la pregunta que iba a hacerle le parecía aún más audaz que las otras.

—Después de eso, durante los años que siguieron e incluso hoy, ¿puede preguntarte cómo ha sido entre vosotros..., desde el punto de vista...?

—¿En la cama?

—Sí.

Sin duda tomada por el vértigo de lo insólito, la señora Daubigné no vaciló al responder:

—Progresivamente, sin problemas, dejamos de practicar esas relaciones. Yo no las necesito en absoluto. Ni pienso en ellas. En cuanto a tu padre, supongo que con todas sus salidas bajo el pretexto de los Amigos cada tanto encuentra la manera de echar una cana al aire. ¡Que le aproveche!

Desde la época en que era estudiante Catherine había conservado la costumbre, cuando quería reflexionar, de caminar arriba y abajo. Mientras caminaba preguntó:

—Pero entre las amigas de tu edad, la señora Riberolle, por ejemplo, o la señora Raviar, tienes la impresión de que las relaciones con sus maridos...

—¿Te figuras que hablamos de semejantes tonterías? Las tres tenemos buenos matrimonios sólidos. Jugamos al bridge. Nos contamos nuestras vacaciones. Ellas me hablan de sus nietos, ¡porque ellas sí los tienen!

La señora Daubigné se interrumpió en seco y preguntó:

—Catherine, ¿no tendrás malos pensamientos?

—¿Qué quieres decir, mamá?

—¿Estás bien? ¿No piensas en hacer una tontería...?

—¿Cuál?

—En tu situación nunca se sabe.

La semisonrisa de Catherine inquietó totalmente a su madre y le dio un impulso imprevisible:

—Yo siempre tuve los nervios más sólidos que tú, ¡y sin embargo!

Apoyó las manos en el borde de la mesa y se levantó. La fisonomía de la buena mujer estaba tan poco dispuesta para reflejar una emoción profunda que en principio experimentó cólera:

—En Brévinville forcé el secreter de tu padre, tomé su revólver, que estaba cargado, ¡y volví a París! ¡Os dejé solos, a Nicolas y a ti, a pesar de vuestra edad!

—No me acuerdo...

—Eran las vacaciones de Pascua —continuó la señora Daubigné con voz enronquecida—. Tu padre se había quedado con ella. Quería matarme aquí, en el hall, para que me encontrara al volver de pasar la noche. Luego la odié y corrí a esconderme para espiarlos. Caminaban tan cerca uno del otro que temí herir a tu padre. Subieron al coche y los seguí en taxi.

—¿Qué le dijiste al chófer?

—Que seguía a una hermana menor que salía con un hombre casado. El auto se detuvo delante de la casa. Si hubieran subido los dos a nuestra casa, los habría matado. Ella se quedó en el auto. El entró solo. Yo quería disparar sobre él. Pensé en vosotros. Tal vez sentía que había perdido la cabeza y buscaba una escapatoria. Volví a Brévinville.

—¿Y papá qué dijo del secreter forzado?

—A la noche siguiente os desperté, a tu hermano y a ti, y os dije que había un hombre en el jardín.

—Recuerdo que lo vi por los postigos entreabiertos. Era muy grande, con barba.

—Después hice como que forzaba el secreter para defendernos.

—¿No había nadie en el jardín?

Catherine recordaba que después de esa alerta sufrida con

terror, pero también con curiosidad, no había podido volver a dormirse, y que al día siguiente, drogada por la falta de sueño, erró por aquel jardín que había dejado de ser protector y amistoso porque había cobijado el deambular nocturno del ogro; salmodiaba: "Jardín, ¿por qué me has hecho esto a mí que era tu amada?", mientras observaba el vuelo de una gaviota blanca como los manzanos en flor a través de un cielo tormentoso. Que un mismo blanco vistiera un plumaje y una floración probaba que el color mentía, como el jardín.

—Si te conté estas tonterías de las que hoy me avergüenzo, es para que reflexiones antes de perderte, Catherine.

—¿Por qué te avergüenzas?

—Porque esa historia no responde a mi modo de ser.

—A lo mejor revela tu verdadera naturaleza.

—¡No se lo cuentes a nadie, prométemelo! ¡Y sobre todo no se lo cuentes a Marielle! ¿Sabes? Lo que más me irrita es no saber cómo pude enloquecer por tu padre.

También Catherine sentía vergüenza. Lamentaba que su madre le hubiera confesado una debilidad. De pequeña había envidiado a Marielle por poseer una madre dulce y débil, que lloraba en sus brazos, pero se sentía orgullosa de tener que afrontar una madre acorazada. Que esa ciudadela se hubiera derrumbado por un momento la desconcertaba penosamente. Cuando estaba enojada, Catherine bostezaba. Sonrió para hacerse perdonar esa marca de irrespetuosidad y aludió a su fatiga.

—¿Estás segura, Catherine, de que no deseas contarme?

—No comprenderías.

## Diario íntimo del señor Daubigné

*5 de junio*

*La buena nueva llegó a tiempo. Me pregunto, de ser el veredicto el que yo temía, dónde hubiera encontrado el suficiente dominio de mí mismo como para poner buena cara en la cena de familia. Pero esa prueba todavía no era para hoy. El doctor Salvy se vio reducido a ordenarme un régimen benigno y a tomar algunos específicos. Me estrechó la mano amistosamente. Me reintegro a su vivero.*

*Explosión de alegría de Germaine. Nunca había creído en lo peor, porque tenía demasiado buena cara, etc. Con aire distraído me preguntó en seguida si Rose se había sentido feliz al conocer el resultado de los análisis. Trampa. Le aseguré que era la única a la que había confiado mis inquietudes. Le renové esa seguridad. Sin embargo, su rostro se cerró. Se tomó tiempo para decidirse a formular la pregunta. Quería saber qué habría pasado si me hubieran descubierto una enfermedad grave y obligado a quedarme en cama. Paso a paso llegó a lo que le importaba: ¿con quién, en los brazos de quién moriría yo?*

*Por primera vez Germaine presiona, exige. Sobre el aspecto de mi muerte es intratable. La quiere para ella sola. No se contenta con promesas. Tendría que anunciarle a Rose que no moriré en su compañía.*

*Después de veintitrés años que nos tratamos cotidianamente, Germaine, sin perder ocasión para quejarse o indignarse, nunca me ha puesto entre la espada y la pared. Es la primera vez que recibo un ultimátum. Debo señalar que tampoco Rose me presionó ni me exasperó jamás, por lo que no tuve que afrontar el sobresalto que me hubiera dado el impulso de abandonarla. Por su parte, esto puede pasar por una malicia suprema. Germaine, al no exasperarme, cometió un error supremo: no me casé con ella. Hoy se rebela, y no es para obtener el vivir conmigo, sino el que yo muera con ella.*

*Odio a Rose, lo que sin duda es una manera de estimarla. En cuanto a Germaine, la compadezco demasiado para llegar a odiarla. Y no es que Germaine sea más compasible que Rose. Pero nunca pude hacer nada en contra del sufrimiento social que soporta Germaine, como no fuera afligirme y disertar. Preferiría la vida de Germaine a la de Rose, a quien sólo le doy trampas, pero la presión social es tan fuerte como estúpida y una mujer de cuarenta y un años que nunca se casó, que es la amante de un hombre casado, se ve en la mirada de los otros como irregular. Para una mujer, la dificultad de vivir irregularmente estriba en que necesita la aprobación de los demás. Desearía de buena gana que el movimiento de liberación femenina, si no puede imponer sus miras a todos, al menos consiga imponérselas a Germaine, que así se liberaría de las preocupaciones que arruinan su existencia aun en los momentos brillantes, por ejemplo, cuando concentro todo mi poder adquisitivo para llevarla a un hotel muy hermoso de Cannes o Taormina. Creo que es sincera cuando dice que la vida de una irregular le gustaría, pero que le sería imposible llevarla sin sufrir por ello en el medio donde navega. Se imagina muy satisfecha por su suerte en la piel de una irregular que frecuentara artistas, escritores, una aristocracia indiferente a las convenciones de la pequeña burguesía; pero en su casa, en su oficina, frente a su familia, está frenada constantemente por la morosidad de la mirada social. Llegó a pensar que, para tener el derecho a ser una irregular, hay que aceptar el deber de ser excepcional. Después de leer un artículo que anunciaba un libro de Edmonde Charles-Roux sobre Coco Chanel, me dijo: "Juana de Arco, George Sand, Cleo de Merode, Coco Chanel, Simone de Beauvoir tenían derecho a ser irregulares. Yo no." Y en seguida exigió que, para morir, le pertenezco. Arrebatarle el amante a la mujer legítima cuando él atraviesa la prueba decisiva le parece, por lo extraordinario de la empresa, un privilegio cuya excepcionalidad justifica la irregularidad de una unión. En lugar de verse como la ven los otros, se identifica con las heroínas románticas que admira, las que huyen llevando bajo el brazo la cabeza cortada de sus amantes.*

*La cena de familia tuvo lugar, tan inútil y aburrida como las precedentes. ¡Me indigno cuando recuerdo el dardo final de Germaine, que suspiró y dijo que debía sentirme muy feliz al reunir a toda la familia en torno de mí! Nicolas estaba escoltado por una tonta que sobrepasa a las precedentes en estupidez y arrogancia. Rose sólo tenía ojos para Marc. Esperaba esta cena engolosinada para satisfacer su curiosidad. Ya imagina a Catherine divorciada. Es evidente que no puedo creer que Marc duerma en el hotel porque prepara un examen. Supongo que encontró ese pretexto para estar un poco tranquilo y un poco solo. Naturalmente, Rose ve en ese acontecimiento la confirmación de sus previsiones. Yo creo que Marc tiene necesidad de soledad, lo que hace crecer mi estima por él. Es un esnob que sigue ciegamente el reglamento de su grupo y vota por Krivine y Mitterrand, aunque haciendo votos por Giscard; pero esta necesidad de soledad prueba que lo mismo tiene una naturaleza. Tuvo el error de no prever un violín de Ingres liberador, como la encuadernación, y se ha visto obligado a inven-*

tar un examen poco plausible que apenas podrá usar unas pocas semanas o algunos meses.

Desde el comienzo de la cena me pregunté si los acosaría o no con mis recuerdos de guerra. Es verdad que siento placer en contarlos, tanto más porque en el curso de los años los adorné y ahora ya tienen la forma conveniente. Como los conozco de memoria, ~~me~~ procuran la ventaja de estar tranquilo mientras los recito y de pensar en otra cosa. Lo que no nota ninguno de esos brutos es que mis relatos nunca tienden a valorizarme, muy por el contrario. Privo a mis actos de todo prestigio al burlarme de mí mismo y al arrastrar a los otros a burlarse. Y los otros olvidan que soy yo el que les da esas armas contra mí y las usan ingenuamente, creyendo agarrarme en flagrante delito de ridiculez cuando soy yo quien les ofrece ese banquete. Esto no me desagrada, pues me gusta sufrir las injusticias y experimentar resentimiento, gracias a lo cual he podido soportar a Rose. Pero me cuido muy mucho de contarles los recuerdos que me importan, como por ejemplo, la muerte, a mi lado, de Romier, en una fecha, 18 de junio, que ha hecho de mí un enemigo personal de todo aquel que alardea de ese día delante de un micrófono.

La nueva borrica de Nicolas me dijo, para reprenderme: "Si con motivos o sin ellos usted está por el latín en la iglesia y no hace enterrar a su madre en latín, es porque no la ama." Es muy parecida a Rose: hace regalos a la gente sin preocuparse por lo que les gusta, sino por lo que a ella le gusta. Me arruinó uno de nuestros raros viajes al extranjero pasando fraudulentamente divisas y productos; ese tráfico excitaba su placer mientras a mí me envenenaba, cosa que yo no disimulaba. Terminado el viaje, lo que me ponía fuera de mí era la pretensión de Rose de tener derecho a mi agradecimiento y a mis felicitaciones, muy orgullosa de haberme hecho ganar X francos e incapaz de ver que yo prefería, a esos X francos, mi descanso. Ocupadas en sí mismas, Rose y la borrica son incapa-

*ces de imaginar al otro. Rose habrá pasado su vida al lado de alguien a quien tomará por mí.*

*Durante esa cena, por el contrario, Marc me disgustó menos que de costumbre. Le encontré cierto carácter. Pero si creo a Rose, que se jacta de haber "confesado" a Catherine después de la cena, corro el riesgo de perderlo bastante pronto. Es mi sino.*

# 4

—Catherine, ¿cuántos hombres tuviste antes que yo?

Las luces se iban apagando en la sala; el camarero pasaba la escoba incluso por entre los pies de los últimos clientes.

—Jonathan desea que nos vayamos —observó Catherine.

En la calle, un viento cortante incitaba a caminar rápido. Catherine invitó a Marc a tomar el último vaso en la casa de ambos. Volvieron a encontrarse sentados al lado de la mesa redonda, como antes, y Marc repitió:

—¿Cuántos tuviste?

Ella movió imperceptiblemente los labios; luego recapituló, contando con los dedos.

—Con Riquet, cinco... no, seis.

Levantó los ojos hacia él.

—¿Es más de lo que creías?

—¿Me has engañado?

—Nunca desde nuestro matrimonio.

—¿Y antes?

—Cuando te conocí estaba Riquet. Tuve problemas en separarlo de mí. Me llevó dos o tres meses.

—Con Riquet estabais juntos, no cuenta. Pero, ¿aparte de él?

—Una vez. Un mes antes de nuestro matrimonio. En un tren, de noche. Fue absurdo. Todas las chicas, o la mayoría, tienen recuerdos de este tipo.

—¿Tienes otros de ese tipo?

—Sí, tengo otro recuerdo que me sorprende. Tres meses antes de conocernos. Con uno de mis profesores.

El no había tocado su vaso; su cigarrillo se consumía en el cenicero. Esperaba con las manos extendidas sobre las rodillas.

—Marc, me caigo de sueño...

Era verdad, pero sobre todo tenía deseos de respirar, de reflexionar antes de continuar la confidencia de recuerdos incómodos. Se comparó con esos personajes de Corneille que interrumpen la acción para monologar y considerar, en el estado que están, a qué se exponen y qué persiguen. En el liceo le había gustado mucho Corneille, pero luego se había desinteresado de él, cuando comprobó que no se manejaba entre la gente que frecuentaba.

—Con otros hombres sentiste impresiones fuertes y te equivocaste al creer que el matrimonio las prohibía.

—¿Qué debo hacer?

—Para empezar, contarme en detalle los recuerdos que me has ocultado.

—No me hacías preguntas. Creías que mi vida había empezado al encontrarte.

Se puso a reír, de una manera cortante y fresca, que exasperó la atención de Marc.

—Ese tipo, en el tren...

—¡Esta noche no, Marc!

—El profesor, si prefieres.

—Marc, me caigo de sueño.

—¡Buenas noches, entonces!

Se dio vuelta y escuchó golpear la puerta. Apenas se acostó comprobó que estaba tan agitada como adormecida. Se levantó para tomar un somnífero que multiplicó su fatiga sin calmar la agitación. Por primera vez tenía la impresión de comprender qué esperaba Marc.

Se convertía en un espacio donde las ideas se movían con gran velocidad, separándose o asociándose con una precisión acrobática. Ya había saboreado ese inquietante placer cuando, en vísperas de un examen, tomó anfetaminas. Leía, debajo de sus párpados cerrados, un relato del acontecimiento-coche-cama donde los pasajes que apasionarían a Marc estaban en cursiva.

El tren va de París a Nimes, donde Marc ha invitado a Catherine para Pascua. A Catherine siempre le han gustado los viajes en tren: aprecia particularmente los coches-cama y saborea el viaje. El coche-comedor está poco animado. Se sienta a una mesa desierta, pero en seguida un hombre joven se levanta y se coloca junto a ella. Le confía, con voz ronca y burlona, con perfecta autoridad, que le satisface cenar al lado de una linda jovencita.

El muchacho es pequeño, macizo, pelilargo. El rostro tiene finura, pero las expresiones de su fisonomía, duras y cínicas, lo hacen pesado. Ella constata que tiene lindos ojos, espantosas uñas cuadradas, sucias, mal cortadas, y permite que él la sumerja en el reconocimiento de que nada puede ser más excitante para una burguesa que *darse a un truhán de paso.*

Recuerda el tiempo que pasó en un correccional, su reciente arresto, seguido por una libertad provisional. El camarero redacta dos cuentas separadas, que pone sobre la mesa. Ella, careciendo de moneda fraccionaria, extrae de su bolso un billete de cien francos y el truhán, como si fuera lo más natural del mundo, pone su cuenta sobre el billete. Sin animarse a protestar, Catherine, furiosa por haber invitado a cenar a ese pillo contra su voluntad, incluso más inquieta que furiosa, se levanta. El muchacho se levanta y se aparta. Atraviesa detrás de ella el coche-comedor.

Ella apresura el paso, empuja las puertas, vacila entre los coches, impaciente por llegar al abrigo del coche-cama que, por suerte, está cerca.

Cuando entra en el corredor, éste aparece desierto. Con zancadas torpes llega hasta su cabina, pone la mano en el picaporte y se siente abrazada.

Primero lanza un grito, luego protesta, logrando sólo ponerse de frente al individuo que sigue teniéndola en sus brazos mientras le asegura que no se pueden separar así.

No puede evitar los besos *autoritarios y profundos del muchacho que le levanta la falda.* Muere de *vergüenza* pensando que el revisor del coche-cama o un viajero puede sorprenderlos en cualquier momento.

Al cabo de un razonamiento que es producto de su educación, considera preferible que la escena inconveniente tenga lugar al abrigo de las miradas, en el secreto de la cabina. Con la mano libre abre la puerta. Apenas entra él, la cierra, y como Catherine intenta argumentar, empieza a desvestirla. Ella deja de defenderse. Mientras él a su vez se desviste, ella hunde el rostro en sus brazos y, con los ojos cerrados, vergonzosa y consentidora, saborea *la espera del sacrilegio.*

El cuerpo de él es de un blanco grisáceo, sólo tostado en los brazos y alrededor del cuello. Muchos sacrilegios se perpetran al mismo tiempo, porque el acto que se desarrolla profana, no sólo *su unión con Marc, sino el respeto que tiene de sí misma.* Intenta escapar y casi lo logra, lo que le vale, además de injurias *despreciativas,* bofetones sonoros que alcanzan a todo su cuerpo, hasta el final de una posesión que se ha transformado *en violación.* Sufro una violación, se dice.

Después de volver a vestirse con una velocidad aturdidora, el pequeño truhán, sin siquiera cerrar la puerta detrás de él, desaparece como un sueño. Algunas horas más tarde, cuando en el andén de la estación de Nimes Catherine cae *en brazos de Marc,* ni se le ocurre la idea de confiarle en seguida o más tarde la aventura de la que ha sido *víctima.* Desde entonces, ¿cuántas veces la ha evocado para sí misma? Es imposible saber cuántas veces movilizamos un recuerdo. En todo caso, no lo ha expulsado de su memoria. Ahora descubre que, a pesar de la vergüenza que conserva de él o a causa de ella, y aunque ese recuerdo la haga sufrir, no lamenta el acontecimiento que tuvo lugar.

Saltó de la cama, encendió la luz, encontró una hoja de papel, y empezó a escribir. Lo hizo hasta tarde y se durmió sin querer pensar la hora que podía ser.

La despertó una voz en el teléfono que no le era desconocida. No pudo identificarla, como ocurre a menudo cuando oímos por primera vez, al otro lado del hilo, a alguien con quien acostumbramos a estar en contacto directo. Apenas despierta, estremeciéndose de fatiga y con los párpados doloridos, Catherine, desconcertada por la voz, se sintió al borde de las náuseas. La voz declaró que era la del señor Duthieu-Lavige.

Se vio obligado a repetir sus explicaciones. De ellas surgió que Marc había ido a verlo para firmar su negativa a volver al domicilio conyugal, y que Catherine debía hacer cuanto antes su petición de divorcio.

—Es necesario que esta semana pase por mi bufete. La leerá. Verá si los términos le convienen. Naturalmente los perjuicios que enumera contra su marido son ficticios. Hay que inventar un poco para disimular el consentimiento mutuo, ¿comprende?

—¿Está seguro de que Marc ha firmado eso?

—Recibí el documento. Está en el legajo. Se lo mostraré... Bien, ¿qué día podríamos vernos?

Ya que Marc, sin comunicárselo, se había apresurado en cometer el primer acto de beligerancia, rivalizaría en velocidad con él. Obtuvo una cita para esa misma tarde y colgó.

La calle estaba mojada por una lluvia fría. Catherine, que se había olvidado de cerrar el cristal debió secar el asiento. Por distracción, cruzó con luz roja un semáforo y al aparcar dañó ligeramente el costado. Provisoriamente habían convenido, ella y Marc, que éste le dejaba el uso del auto, fuera de pedírselo cada vez que lo necesitara. Decidió devolvérselo.

La oficina estaba colmada. Tarzán, que los días de lluvia cambiaba su gorra por un viejo sombrero impermeable de pescador, protestaba contra el peso del paquete que le habían confiado y aseguraba que no era compatible ni con el reglamento sindical ni con el equilibrio de su bicicleta. Strauss criticaba la compaginación de su último artículo, cuya lectura era desagradable porque estaba distribuido en cinco partes a través de treinta páginas. Sentado en el sillón de Catherine, Pilon, el académico, contaba el artículo que tenía ganas de escribir sobre el bosque de Fontainebleau, y Marielle, mientras discutía por teléfono, lograba contestarle a todo el mundo, lo que casi hizo sonreír a Catherine, conocedora del placer que la vanidad de su amiga obtenía de esas pequeñas escenas en las que se hacía la ilusión de ser la gran dueña de la prensa en un filme norteamericano.

En cinco minutos Marielle logró liquidar a sus visitantes, incluido el académico. Le hizo señas a Catherine para que se sentara.

—He de hablarte.

—Si me olvidé de algo o si me equivoqué, te lo ruego, no me hagas una escena. Estoy fatal.

—En efecto, tienes mala cara. Pero no tengo intención de acosarte.

—¡Mucho mejor!

—¿Recuerdas que le iba a pedir un aumento a Alavoine? Tuve razón en no hacerlo. En la revista están por ocurrir grandes acontecimientos.

Bajó la voz:

—Francisco I me telefoneó anteayer.

La revista pertenecía a un grupo cuya sede estaba en la calle Francisco I y el nombre del rey había sustituido a las iniciales de la sociedad (C.P.G.A.).

—Te doy los detalles —continuó Marielle—. En una palabra, quieren verme. Primero me recibió la señora Hallain, muy amable. Luego, como una madre superiora que sondea la vocación de una novicia, me preguntó si de verdad me gusta mi oficio y si, en el caso de que me casara, no me apresuraría a dejarlo todo. Le dije la verdad: no puedo imaginarme de otra manera que apasionada por un trabajo. Entonces me aseguró que esa respuesta confirmaba la opinión que se había hecho de mí y me introdujo en el sagrario. El señor Riésinger me esperaba de pie detrás de su escritorio. Me anunció que al señor Alavoine debían confiársele otras responsabilidades, y se preguntó si en lugar de llamar a un nuevo jefe de redacción no sería más simple que yo ocupara las funciones que quedaban vacantes. En una primera etapa el nombre de Alavoine seguiría en el staff y yo ocuparía las funciones sin tener el título. No podré almorzar contigo como habíamos previsto. Me invitaron a casa de Francis, en la plaza del Alma.

—¿Y Alavoine?

—Ya iba a la calle Francisco I para ocuparse de los álbumes turísticos, y creo que lo limitarán a ese servicio. No sé si está al corriente, pero no tardará en ocurrir, porque la señora Hallain precisó que me ocuparía de sus funciones a partir del mes próximo.

—¿Vas a dejarme sola?

—Nos veremos lo mismo. Y haré que te aumenten el sueldo, te ocuparás de una parte de mis antiguas funciones. Además, esas historias de oficinas son provisorias: estamos destinadas a instalarnos con los otros en la calle Francisco I.

—¡En ese building!

—No será antes de un año. Y no le hables de esto a nadie, sobre todo a Alavoine.

Tras dos golpes tímidos apareció el rostro rechoncho de Yvette. La menor emoción cavaba dos hoyuelos en las mejillas de la jovencita.

—Disculpe, señora Esmelain, pero vengo del despacho del señor Alavoine, que me dijo que la esperaba.

—¡Ve! —dijo Marielle.

En el corredor, Catherine sintió que Yvette se retrasaba y buscaba su mirada como si tuviera algo que decirle. Yvette se decidió bruscamente:

—Esta mañana fui la primera en llegar. Subí como de costumbre a depositar el correo sobre el escritorio del señor Alavoine y lo encontré dormido en el canapé. Pasó la noche allí. A lo mejor está enfermo o tal vez le ocurrió algo.

El mentón azulado de Alavoine confirmaba la suposición de Yvette y Catherine, turbada, casi no llegaba a concentrar su atención. Por fin comprendió que Alavoine se había indignado por el título de una de sus rúbricas y se asombraba de que Catherine no compartiera su emoción.

—Pero señor, usted sabe bien que todos los meses sacamos un informe a propósito de un elemento de amoblamiento o decoración. El último mes se titulaba el informe de los muebles de jardín; el mes anterior, de las lámparas, y este mes...

—¡El informe de las sillas!

—Ya que concierne a las sillas...

—¿El sentido del ridículo la ha abandonado? Me estremezco de pensar en las enormidades que saldrán en esta revista cuando ya no esté yo. En una palabra, encuéntreme otro título que no sea ni informe de las sillas, ni pie de sillas, ni...

—¡Ah, comprendo! ¡El informe* de las sillas, en efecto! ¡Y nadie se dio cuenta! Lo mejor será que titule: *Informe: "sillas"*.

---

* *Dossier:* en francés quiere decir respaldo e informe, es decir, resultaría este título: El respaldo de las sillas. *(N. de la T.)*

Aprobó, pero en lugar de poner fin a la entrevista abrió una de las hojas de la puerta-ventana. Al no saber si tenía que irse, quedarse o seguirle, Catherine esperó.

—¡Venga a ver el hermoso gato!

Catherine se le reunió en la terraza. Un gato de un negro lujurioso estaba encaramado, bastante alto, en el castaño vecino. El cielo era bajo y uniforme; lloviznaba y los árboles se habían oscurecido.

—De noche —dijo Alavoine—, en estos jardines hay una vida salvaje.

Alavoine evitaba tan constantemente mirar a sus interlocutores a los ojos que Catherine se estremeció cuando recibió su mirada en plena cara.

—Hace mucho —prosiguió, bajando la voz—, que me pregunto si en esas hierbas y en esos matorrales habrá serpientes.

—¡Serpientes! ¿En pleno París?

Se acercó a ella, que no se animó a retroceder.

—Compré.

—¿Qué compró?

—Compré serpientes en el muelle de la Mégisserie. Culebras. Esta noche las arrojé al jardín.

Catherine había retrocedido hasta el escritorio. Maquinalmente, sacudía sus cabellos mojados por la lluvia.

—Una se me escapó. Me pregunto si se quedó aquí.

—¡Aquí! —exclamó Catherine, inspeccionando la alfombra alrededor de sus pies.

Alavoine, mientras volvía a sentarse, le sonrió:

—La culebra no es mala en absoluto. Es como una lagartija, sólo que no tiene patas. Los mamíferos se horrorizan por los seres que no tienen patas, salvo si viven en el agua. ¿Quién pasó a máquina la entrevista de Maurice Raye?

—Yvette, señor.

—¡Admire por usted misma!

Catherine recorrió con una mirada el párrafo que Alavoine

había marcado. Maurice Raye evocaba, en la época de los comienzos de David, la crisis que se había abierto entre dos maneras de pintar según se subrayara el color o el trazo. Una marca indignada de lápiz destacaba el comienzo de la frase siguiente: "La competencia de la pintura y del destino..."

—¿Qué me dice?

La ira le dio la voz de un homosexual. Catherine optó por hacer como que comprendía. Sin comprometerse demasiado, sacudió la cabeza.

—En un texto claro, concreto, riguroso, el hecho de que Yvette haya podido leer *destino* en lugar de dibujo* prueba que hasta alguien primario como ella está sumergido por el pathos de la crítica moderna que pone estructuras y metafísicas por todos lados.

Catherine aprobó:

—En efecto, destino en lugar de dibujo...

—¡A esto nos han llevado los Malraux! Esos charlatanes ahogan su ignorancia y su insensibilidad con el destino y una decena de palabras también vacías. Que el mal haya alcanzado hasta Yvette, ¿sabe qué prueba?

—Sí, señor.

—¡Prueba que los tiempos están revueltos!

Se levantó, agitó sus anteojos y declamó, sonriente:

—Muere, no harás sino vivir un largo y vano esfuerzo.

—Es de Corneille —dijo Catherine.

—¡Ah! ¡Bueno!

La despidió con la sonrisa benevolente que se le dirige a un niño precoz.

Atravesó el despacho cuidando no poner los pies sobre una serpiente y bajó la escalera, perpleja. Encontró a Tarzán y a Yvette que discutían con Marielle el comportamiento de Alavoine.

* *Destin* (destino) y *dessin* (dibujo). *(N. de la T.)*

—Lo conozco desde siempre —exponía Tarzán—, pues hace quince años que estoy aquí, los hará en enero, y él ya estaba cuando llegué. Nunca tuve de qué quejarme, ni él de mí. Les diré que nos estimamos. En el tiempo en que yo traía mi comida al mediodía él venía a charlar. Le ofrecía un vaso de vino y lo aceptaba.

Yvette pareció sorprenderse de que se pudiera emprender una verdadera conversación con Alavoine.

—¿De qué podían hablar? —preguntó.

—Política. No la política de hoy, que casi no es interesante, sino la de antes. Teníamos recuerdos.

—¡Pero usted es comunista, señor Tarzán! —observó Marielle.

—Bueno, primero estuve en la S.F.I.O.,* antes de entrar en el Partido. El señor Roger es de derechas. Eso no impedía que en nuestra juventud, tanto él como yo, viéramos las mismas cosas y sintiéramos placer de hablar de ellas. Hoy los jóvenes del Partido no han visto nada de eso; son amables, pero no tienen conversación. Y lo mismo sucede con el deporte. Si a un joven le muestro esta foto del tiempo en que era corredor de bicicleta, estoy en el rincón de la izquierda, es normal que no me reconozca con cuarenta años menos; pero que no le digan nada los dos que están delante, aunque yo les diga los nombres...

De un grueso portafolio de ministro sacó una foto, que dio a contemplar a su auditorio.

—Mientras que el señor Roger, en seguida reconoció a Leducq y Antonin Magne. Lo que prueba —agregó volviendo a guardar la foto en el portafolio— que cosas fuera de lo común como lo de esta noche no tienen que ver con el señor Roger. Para mí, se sintió agotado y se quedó dormido.

* Sección Francesa de la Internacional Obrera, nombre del Partido Socialista francés desde su congreso unificador de 1905 hasta la creación, en 1969, del Nuevo Partido Socialista. *(N. de la R.)*

—Se quedó para arrojar serpientes al jardín de al lado. Hay una que escapó y que está escondida en el escritorio.

Yvette perdió su reserva y saltó:

—¡Yo no quiero volver a subir a su despacho!

—Es una culebra —dijo honestamente Catherine.

—Una culebra no es peligrosa —aseguró Tarzán—. Come gusanos, es útil a la agricultura, y el señor Roger gusta mucho de las plantas. Hasta una vez dijo: yo les doy suerte a los árboles. Ha traído las culebras para el bien del jardín.

Las diferencias jerárquicas —esto impresionó a Catherine— se habían borrado entre ellos porque Alavoine cometió un acto insólito. El entendimiento se había aglutinado contra el poder inquietante de lo anormal. Recobrando su dominio habitual sobre los acontecimientos cotidianos, Marielle puso fin a la sesión. Le confió a Tarzán un legajo que debía entregar urgentemente en Francisco I e interrumpió los movimientos de Yvette, que seguía obsesionada por la culebra, asegurándole que los animales pequeños no se comían a los grandes. Apenas estuvieron solas, Catherine hizo la pregunta que la desasosegaba.

—¿No crees, Marielle, que Alavoine ya sabe que va a cambiar de puesto, que va a perder su despacho y sus árboles y que... eso trabaja en él?

—En todo caso, eso no nos concierne.

—¡Qué bien! Te olvidas que entraste aquí como secretaria y que fue él quien te hizo subir.

Marielle se levantó. Había estallado en una risa bastante artificial. Revolvió el pelo de Catherine prolongando su risa, que interrumpió de pronto para declarar:

—Alavoine me hizo lo que soy porque le resulto útil. Gracias a mí, ese perezoso no tiene gran cosa por la que fastidiarse. Además, si quieres detalles debes saber que, para proponerme ser su adjunta, lo que duplicaba mi sueldo, me invitó a almorzar en el *Decameron*...

—¿Dónde está el mal?

—Volvimos a pie por la calle du Bac. Me explicó que se sentía contento de agradarme y que seguramente estaría contenta, yo también, de agradarle subiendo a tomar un vaso con él.

—¿Subir adónde?

—A ese hotel que te mostré. No tiene cartel, y los postigos están siempre cerrados.

—¿La casa de citas?

—Sí.

—¿Y entonces?

—Tuvo lo que quería. Comprenderás que no me sienta obligada a ninguna gratitud hacia él. Cada uno jugó su papel y no voy a llorar ahora que ha perdido el suyo.

Marielle se apartó, apoyó una nalga en el escritorio de Catherine y sonrió como alguien que se divierte con un recuerdo.

—Es un tipo raro: a mí me había desnudado y él seguía completamente vestido, conservando hasta su abrigo. Tiene algo de anormal. ¡Bueno, ahora a trabajar, esta mañana no hemos hecho nada!

Hasta la hora del almuerzo, Catherine estuvo lo bastante absorbida por su trabajo como para lograr apartar el recuerdo de la llamada telefónica del abogado. Pero ante la inquietud que sintió al recordar que Marielle almorzaba en Lipp con la gente de Francisco I se supo incapaz de asumir la soledad de un almuerzo y se preguntó con verdadera angustia cómo ocuparía las dos horas que la separaban del momento en que las oficinas volvieran a tener vida.

Caminó por la calle du Bac, sin objetivo, bajo una lluvia ínfima y tibia. Más que deambular por ese barrio que conocía demasiado familiarmente, se le ocurrió primero la idea, luego el proyecto, de visitar a pie los alrededores de la Madeleine, donde se desarrollaba gran parte de la vida de Marc. El metro la depositó en la Madeleine. La esperaba la misma lluvia inconsistente. Catherine primero se detuvo frente a la fachada pálida y sólida del banco donde trabajaba Marc. Luego la lluvia se hizo más intensa y obligó a Catherine a refugiarse en un vestíbulo. Esperaba sin pensar. Miraba los rostros, la ropa de los transeúntes, y escuchaba cómo los autos chirriaban en la calzada húmeda.

# 5

A Marc no le gustaba su oficio. A veces desayunaba o tomaba una copa con uno u otro de sus colegas del banco, pero evitaba a los que no podían dejar de hablar de la oficina, bien mediante triviales charlas con respecto a los tics de trabajo o, muy a menudo, a la vida privada tanto de los directores como de los conserjes, o bien continuando las discusiones de los problemas profesionales. Garuel, con el que almorzaba, presentaba otro inconveniente: cada quince días más o menos le infligía a Marc una comida durante la cual, a propósito, volvía sobre la guerra de Argelia.

Se habían conocido durante la milicia en un regimiento de blindados en el que eran alféreces. Garuel apreciaba su incipiente autoridad mientras que Marc estaba descontento porque no le gustaba ni mandar ni obedecer. En todo caso prefería recibir órdenes que darlas, ya que la ausencia de responsabilidad le dejaba la mente libre. El tiempo que le dejaban sus funciones para soñar libremente lo pasaba, una parte reconsiderando su fracaso en el E.N.A.,* y el resto meditando sobre los tormentos que le infligía Mine. Esta, desde París, le escribía

* Escuela Nacional de Administración. *(N. de la R.)*

todos los días durante un mes, luego se callaba durante tres semanas, exigía una conversación telefónica difícil de obtener y se ausentaba en el momento de la llamada, enviando al día siguiente un telegrama de amor que desafiaba el pudor del correo. Estudiaba arte dramático en los cursos Simon, rodeada de compañeros y accesible a las tentaciones de quienes podían pretender ayudarla en su carrera. No cabía que se dieran las circunstancias para que Mine lo reemplazara, ya que había nacido infiel. En el fondo de un puesto, cercado por las púas de las trincheras, en su jeep, agobiado por el viento, en la cantina, cuando llegaba el último a la mesa, Marc había pasado un año preguntándose qué sería del cuerpo de Mine en el momento que lo evocaba. La Argelia que Garuel evocaba obstinadamente con frases inconclusas, no era la de Marc.

El restaurante que frecuentaba era ruidoso y rápido como una cantina. La ceremonia se desarrollaba pronto. Los dos la cumplían tomando café en el mostrador del bar de al lado. Era raro que Garuel, entre dos recuerdos, no deslizara:

—Ese pobre X, hay que convenir que creía férreamente en su Argelia francesa. No era el único, y a lo mejor, en cierta medida, en el fondo, las cosas hubieran podido...

Marc no tenía la caridad de interrumpirlo para ahorrarle la pena de dejar su frase en suspenso. Sin pensarlo mucho, sabía que su compañero lo buscaba a falta de otro auditor: en una sociedad que se dedicaba a olvidar que había hecho una guerra en Argelia, Garuel que no lo olvidaba o no podía olvidarlo, bien fuera porque sus recuerdos le obsesionaban o porque los saboreaba como los de la única aventura que había vivido. El caso era que necesitaba a Marc. En Argelia, su amistad había sido forzada, debida a una formación común que los acostumbró a las mismas contraseñas; pero apenas se prolongaba la conversación entre ellos aparecía el aburrimiento. Sin embargo, Marc siempre sentía un impulso cordial cuando veía la cara triste de Garuel. Se cruzaban a menudo en los corredores del banco; se daban la mano sin detenerse y se decían: "¡hola viejo!", "¿cómo va?". Para ser agradable a Marc, sus relaciones hubieran debido limitarse a esos breves y calurosos contactos de pura camaradería.

La tormenta había terminado. El cielo se aclaraba y, segundo a segundo, cobraba intensidad, como un cielo de teatro, reflejándose en el brillo de la calzada todavía líquida.

—Tengo que irme —dijo Marc.

Cuando salía escuchó que Garuel pedía una caña. Por lo común prolongaban sus encuentros tomando cerveza en el mostrador. Descontento de sí mismo, descontento de los otros, Marc reprobó la calidad de la luz que se extendía sobre la ciudad. El cielo, desgarrado, se repartía en pedazos de un azul chillón, en masas de nubes oscuras y lívidas entre las cuales el sol lanzaba algunos rayos acerados que alumbraban sobre los techos luces blancas, cegadoras y, según Marc, venenosas.

De pequeño odiaba la ciudad porque le tenía miedo. El mínimo pedazo de campo lo tranquilizaba. Se había sentido invadido por el miedo cuando descubrió que la ciudad era en su totalidad un producto de los hombres, de hombres que la habían hecho así antes de que él naciera, imponiéndosela, definitiva como una prisión. El cuarto en el que nació daba a un mar de zinc erizado de chimeneas. Por el apartamiento corrían, torciéndose, caños llenos de agua y de gas. En principio, todo metal le daba horror. Y en París el metal aprisionaba hasta las menores veleidades de vegetación, se levantaba como tutor para acorazar los árboles de las avenidas, se ondulaba en arcadas para aprisionar el césped de los jardines públicos. Además, Marc desconfiaba de los árboles y plantas de la ciudad, que siempre habían sido queridas e instaladas por hombres, como todo lo demás. De ahí su emoción cuando el azar le permitía encontrar entre dos baldosas una brizna de hierba o, al borde de un desagüe, una mancha de musgo, vegetales que habían nacido solos y sobrevivían a pesar de quienes estaban encargados de aplicar el plan de abstracción tiránica concebido por la sociedad.

Atajó por la calle de los Mathurins y se dejó atraer por el follaje del square Luis XVI. Ese square le parecía menos triste que los otros porque estaba consagrado a la tristeza, rodeando monumentos dedicados al recuerdo de los supliciados. Su melancolía estaba justificada.

Los jardines públicos son salas de espera. Algunos adultos tratan de leer, algunos niños de jugar; una jovencita recita su lección a una compañera que la sigue con el libro. El viejo de mirada vacía que una mujer fuerte con blusa blanca deposita todos los días en una silla y viene a buscar una hora después, encarna para Marc la vocación de ese lugar consagrado al paso del tiempo. Del mismo modo que se ocupa un lugar en un vehículo para ir de un punto a otro en el espacio, así también se ocupa un lugar en este square para ir de un punto a otro en el tiempo. Todos los huéspedes del square, o casi todos, saben exactamente el número de horas o de minutos cuya fuga esperan.

Los pesados rayos de sol que golpeaban el césped levantaban una neblina en la que concentraba el olor de la vegetación, pero Marc no se engañaba: salido de hierbas y hojas domesticadas, este olor no era el de la campiña. Si había un lugar en el que Marc medía el error que había cometido al destinarse a oficios prisioneros de la ciudad, era aquí, en este cercado donde el coro de los motores de los automóviles desencadenados en el bulevar Haussmann sofocaba el canto de los pájaros.

No tenía aún ocho años cuando su madre le impuso su destino profesional. Sólo le había dejado elegir entre el Consejo de Estado, el Tribunal de Cuentas, la Inspección de Finanzas y la Carrera (diplomática). A veces había admitido que Marc "hiciera" el Politécnico y que "saliera" en Aguas y Bosques, lo que le permitiría casarse luego con la dueña de un castillo. Lo empujó, pues, por un corredor que conducía a Ciencias Políticas y terminaba en la E.N.A., recién fundada. Se había dejado canalizar. Decía: "Cuando esté en la E.N.A...." Nunca entró. Ni siquiera fue admitido. Cuando visitó el servicio de empleo de los ex alumnos de Ciencias Políticas miró por última vez el jardín inaccesible de la Escuela Nacional de Administración. Lo colocaron en una compañía de Seguros, de donde su madre lo sacó para introducirlo en un banco en el que uno de sus hermanos tenía relaciones. Esta fue la última intervención de la señora Esmelain en la vida de su hijo.

Aunque Marc se consideraba bastante de izquierda, había sido sensible al prestigio romántico de la Banca, esa vieja aventurera a la que la sociedad del siglo XIX había dado campo libre. Pero, entre lo que había leído, lo que había oído por boca de su padre y de sus tíos y las tareas a las que se vio restringido, había una penosa distancia. Después de la guerra, los bancos de negocios se habían convertido en bancos de depósito. Marc erró de negociado en negociado y acabó por volver al primero, que por deprimente que fuera le parecía mas cercano a la vida. Hasta había terminado por tener una suerte de especialidad en el estudio de las obtenciones de crédito. De esta manera tenía la impresión de participar en las aventuras de las empresas que, al solicitar créditos, se encontraban en una posición lo bastante azarosa como para correr el riesgo de que se los negaran. Pero carecía de menor poder de decisión y se consideraba a sí mismo como un mirón resignado.

Nunca se pudo sobreponer de su fracaso en la E.N.A., y si el Mayo de 1968 lo precipitó todas las noches a la calle, ayudando a cortar árboles y levantar el pavimento, fue proque vio en esos motines la imagen de una insurrección contra la E.N.A. Se odiaba sobre todo por haber cedido al prestigio de esa escuela hasta el punto de que, al ser rechazado por ella, se había resignado a una suerte mediocre, mientras que algunos de sus compañeros menos impresionables se presentaron a concursos más fáciles e hicieron carreras ambiciosas en el límite de la administración y la política. Pero para Marc había pasado el tiempo de reaccionar y, a los cuarenta años, tenía que admitir seguir haciendo las mismas cosas con la sola perspectiva de obtener el puesto de su jefe en diez años, para jubilarse como subdirector o director de una pequeña sucursal.

Con los ojos bajos, Marc seguía el camino central del jardín. Este amigo de la naturaleza anárquica tenía necesidad del orden o, lo que era equivalente, de la ilusión del orden. A través de su vida quería encontrar el hermoso rostro de la unidad. Era imprescindible que, quince años antes, su fracaso en la E.N.A. no hubiera sido fortuito sino significativo. Contrariamente a sus compañeros, la mayoría obnubilados por sus estudios y sus virginidades, él decidió preferir una pasión a una oposición. Descuidó la preparación de su acceso a una casta porque estaba hecho para otras prisiones, la primera de ellas preparada por Mine. Era eurasiana de músculos redondos y nalgas profundamente cavadas, tenía el arte de conmover y miraba a través de ojos iluminados por un egoísmo que no le pertenecía por derecho propio, sino que parecía haberle sido transmitido por una misteriosa secta femenina. Al lado de ese ser que tenía algo de gato, de piano, de estafadora, en siete años Marc no había conocido un momento de aburrimiento. Al dejarla no había dejado a una mujer, sino que había abdicado de una parte de sí mismo, como quien renuncia a un deporte o un arte para el que se creía dotado. En Mayo de 1968, porque tenía el olor del barrio amotinado, Catherine le había devuelto en unos minutos la facultad de poder sentir una pasión. Había hecho todo el trabajo él mismo, inventando una muchacha que lo deslumbraba porque era una mezcla bien dosificada de estratagema y temeridad, de instinto y de pudor, de reglas y de sinrazón. Un discurso de De Gaulle calmó los motines. El espectáculo de Catherine en medio de sus padres, luego Catherine de vacaciones a la orilla del mar, exterminó toda ilusión y Marc se resignó a practicar un oficio que no le gustaba, al lado de una mujer que lo decepcionaba pero a la que se había acostumbrado a amar mucho. Unos meses antes, cuando pasaba una semana de vacaciones sola, en Túnez, Catherine no había contestado a medianoche a una llamada telefónica que habían convenido. Su autobús se había retrasado por una inundación, pero Marc, por un momento, no había imaginado ese contratiempo trivial, ni siquiera que pudiera estar en la cama de otro, lo que no hubiera dejado de ser así en la época de Mine. En aquel momento la creyó muerta, y esa muerte le resultó aplastante, intolerable. Luego de una noche pasada junto al teléfono, Marc, tranquilizado, se sintió inquieto: ese amor profundo que acababa de descubrir por Catherine se desperdiciaría si lo dejaba languidecer sin llevarlo a sus extremos.

Ahora, con los ojos siempre bajos, Marc trataba de alcanzar una visión armoniosa de su vida: al igual que a los veinticinco años había despreciado una carrera-entre-los-otros por una aventura única, así también a los cuarenta perdía sus días en un banco insulso para mantener toda su atención en la conducta de una pasión.

—¿Te molesto? —preguntó Catherine.

—Pues claro que no... —Y añadió:— En absoluto.

—Si tienes tiempo, me gustaría sentarme.

Con la punta de los dedos limpiaron las sillas de marcas de lluvia y se sentaron uno al lado del otro, frente a dos colegialas. A su izquierda, un anciano se resarcía de su inmovilidad para dibujar círculos en la grava con la punta del bastón.

—Si se pudiera sumar —dijo bruscamente Catherine— todo el tiempo que pierden los seres humanos en dibujar redondeles en la tierra, en trasvasar arena de una mano a otra, en apelotonar la miga del pan o en tamborilear sobre las mesas, estoy segura de que...

Enrojeció en seguida y balbució:

—Te encontré casi de casualidad. No tenía hambre y preferí dar una vuelta y elegí tu barrio, es decir, donde estás durante el día.

Agregó que lo había visto en el momento en que entraba en el square, sin animarse a confesar que lo había seguido por las calles Tronchet y de los Mathurins y que lo había mirado caminar con ternura; caminaba pesado y duro como un viejo, aunque con el paso decidido, como algunos viejos que tienen principios, es decir, conmovedor como un niño... por poco que se lo quisiera.

—Qué barrio tan extraño —dijo Marc—. Una vez, en la época en que todavía circulaban los autobuses con plataforma, tuve como vecino a un bombero. Estábamos acodados en la baranda y comentaba los edificios frente a los que pasábamos. Desde un único angulo: el del incendio. Recuerdo que el que más excitó su emoción fue el Gran Palacio, a causa de sus vidrieras. Parece que cuando se derriten sobre la cabeza de alguien es sensacional. Yo a este barrio lo considero desde el ángulo del banco. De la banca, de las finanzas, de las altas cimas del derecho. Está limitado por el Tribunal de Cuentas, en la calle Saint-Honoré, el Consejo de Estado en su Palacio Real, la Madeleine, que se parece a la Bolsa. Y San Agustín, donde eran enterrados los banqueros del siglo pasado y las sortijas que los pequeños ahorradores reemplazaron para engrosar nuestros depósitos. Cuando lo recorro encuentro casi a cada paso las proas o los flancos de bancos ilustres, tanto en el bulevar Haussmann como en la calle de La Ville l'Eveque, hasta el punto de que me resulta difícil admitir que la capilla expiatoria de este square no sea el fruto de una especulación bancaria.

—¿Y nunca —preguntó ella— tuviste deseos de pasearte un poco por el mío, durante el día? ¿Por la calle du Bac?

—Te imagino. Te veo trotando con Marielle hasta un restaurante o una taberna, o llegando hasta la calle de Sèvres para mirar los escaparates.

Una de las dos colegialas se inclinó para recoger del suelo, detrás del banco, una cantidad de pequeños objetos que habían caído de su portafolio; la flexión de su cuerpo lo revelaba debajo del abanico de su falda plisada. La mirada de Marc quedó detenida en la jovencita mientras ella conservó esa posición.

—¿La has deseado?

—He sentido un placer teñido de melancolía por la imposibilidad de desahogarlo.

—¿Porque no querías? ¿Porque no tiene ni quince años?

—Mientras miraba a esa niña imaginaba que eras tú quien se inclinaba delante de una pareja de desconocidos.

—Marc ¿me eres fiel?

—Por supuesto.

—¿Y quisieras que te fuera infiel?

—Pero obediente.

Agregó, con voz uniforme, como si la proposición cayera por su peso, que Catherine podía aprovechar los servicios del square para quitarse la ropa interior superflua. Catherine se levantó, aparentemente dispuesta a obedecer, pero todavía dudosa. Insistió, con una voz que se había vuelto sorda y precipitada, manteniendo los ojos bajos. Se hubiera dicho que lograba un placer ahogado al emplear la palabra *bragas* y *desbragarse,* que repetía sin necesidad. Levantó los ojos cuando Catherine volvió a sentarse.

Examinó a Catherine, a quien su aspecto empecinado la hacía parecer resfriada, enrojeciendo su nariz; una rosa semejante a un barniz se había extendido sobre la superficie de sus ojos, disipándose rápidamente para reaparecer con cada pestañeo; su labio inferior se había alargado como el de, pensó Marc, esas retrasadas que se ven en los pueblos de los Alpes, sentadas sobre un cercado, con las piernas colgantes y la fisonomía tonta. ¡Qué bobalicona!, se dijo. Su conclusión lo sorprendió: la amo. Pero, en realidad, ¿por qué?, se preguntó en el mismo minuto, mientras clasificaba la pregunta de poco interesante porque estaba desprovista de respuesta.

—Catherine, te pedí...

—Me despertó la voz de nuestro abogado. Supe que, sin decírmelo, recibiste a un oficial de justicia y firmaste los papeles... Esta tarde iré a firmarlos. Te obedezco divorciándome. Por hoy es suficiente.

Marc guardó silencio durante un momento, luego declaró que Catherine debía confiar en él para la conducción de los acontecimientos. Se calló porque lloraba.

La miró silenciosamente. Por fin la tomó de la mano, y con una voz que iba más rápida que su pensamiento, que vacilaba, dijo:

—Catherine, mi querida, si quieres paramos este divorcio, renunciamos a él. No vayas a ver al abogado, le telefonearé. No llores...

Ella negó con la cabeza. Con empecinamiento repitió su rechazo. Por fin dijo, con un tono que pese a sus lágrimas era bastante firme:

—Lo dicho, dicho está.

Ahora era ella la que se había convertido en un espectáculo para la colegiala que, en voz baja, comentaba con su compañera las lágrimas adultas que corrían. El sol que infligía a las plantas un tufo malsano desapareció de pronto; el cielo se cubrió. Una penumbra más violeta que oscura envolvió el jardín con una claridad metálica que exageró los verdes. Marc y Catherine experimentaban juntos ese cambio atmosférico.

En los squares, la presión de la vida urbana se manifiesta en ciertos momentos. Hay horas en las que se vacían y otras que introducen nuevos huéspedes en el paréntesis. Un poco antes de que un sonido divulgara que eran las dos en los diferentes relojes de los alrededores, se produjo un movimiento. Huidas, primero lentas y luego apresuradas, se multiplicaron. Las dos colegialas dieron la señal. Aunque no se tratara de llevarlo a algún trabajo, la mujer fuerte de blusa blanca vino a buscar al viejo, sin duda porque en su programa consideraba esas dos horas como una cifra redonda. Los niños continuaban corriendo. Marc y Catherine se levantaron.

—¿A qué hora tienes que estar? —preguntó Marc.

—Vas con atraso —le dijo ella—, apúrate.

—No quiero dejarte —declaró Marc.

Tenía prisa por estar sola, sin deseo y sin modo de emplear su soledad. Se impacientó. Se separaron. A cambio de irse dócilmente Marc obtuvo una cita a las ocho en el bar de las Sirenas, en la isla Saint-Louis.

Apenas estuvo sola, Catherine tuvo que enfrentarse al tiempo. Habrían de pasar dos horas y media antes de que fuera legítimo ir al encuentro del abogado. No se trataba de ir a trabajar. Decidió entrar en el primer cine que encontrara y, mientras lo buscaba, conseguir en un café un teléfono que le permitiera prevenir a Marielle de su fuga. El café en el que entró para descender hasta la cabina telefónica estaba lleno de seres humanos que, como en el square, esperaban. Sus miradas eran vacías; unos dejaban pasar a Catherine con una indiferencia espantosa, como si fuera transparente; otros la desvestían. Llegó temblando a la cabina. Sabía que acababa de perder lo que le había dado el matrimonio: una seguridad de comportamiento cuando entraba donde las miradas tenían derechos. El proyecto de divorcio no había cambiado su rostro ni su comportamiento, y las miradas de los hombres eran idénticas un mes antes, sí; pero entonces las interpretaba de otra manera. No son los acontecimientos los que importan, sino la opinión que nos hacemos de ellos. Después de hablar con Marielle y lograr, en honor del abogado, un permiso para la tarde, Catherine, sabiendo que era tonto emplear el teléfono para obtener confidencias de una persona con la que se comparten los días, no pudo dejar de preguntarle:

—¿Qué hiciste cuando te divorciaste?

A los veinte años Marielle se había casado para divorciarse dieciocho meses más tarde.

—No fue muy divertido —respondió Marielle—, pero tampoco muy penoso. Era extraño. Estábamos los dos de acuerdo en que no se podía hacer nada mejor.

—Quiero decir, en tu contacto con la gente ¿te cambió eso?

—Ya me tomaba un poco en serio al casarme y el divorcio me dio la certeza de que yo era muy interesante. Además, tú me admiraste mucho.

Cuando Marielle se puso de novia Catherine juzgó prodigiosa la velocidad con que la joven había conquistado a su marido, y en consecuencia recibió la noticia del divorcio favorablemente, porque se sentía enervada de pensar que un ser humano se animara a ejercer una autoridad sobre Marielle. Así también por la mañana, había sufrido realmente al saber cómo Marielle se había sometido a las exigencias de Alavoine.

La imagen de la desnudez de Marielle humillada por el paleto de Alavoine volvía a su mente, la perseguía. La asociaba con la de Marc imprimiendo su mirada en los muslos de la colegiala inclinada y, de golpe, sintió tal horror por el erotismo que se alejó de los dos primeros cines que encontró a su paso porque las fotografías que exponían eran chocantes para la pureza. Se repetía que era tonto, que ese tipo de filmes estaba de moda, y por lo tanto era inocente, pero sus reflexiones no sirvieron de nada y terminó por hundirse en una sala donde se proyectaba un filme maniqueo en el que aprendices revolucionarios se purificaban en la praxis; el incendio de la central eléctrica estaba bastante bien, y la persecución en auto donde aplastaban a un pobre perro muy lograda, pero Catherine se impacientaba. Tenía prisa por estar en presencia del señor Duthieu-Lavige.

En el metro hizo rápido las combinaciones. Llegó con adelanto a la calle Nonnains, frente al inmueble vulgar donde vivía el abogado. Aprovechó para subir la escalera a pie.

Catherine llamó y una vieja mucama con delantal blanco abrió sin mirarla, introduciéndola en una antecámara aplastada por un tapiz rústico del siglo XVIII, luego en un salón sombrío colmado de muebles antiguos y mediocres. De las paredes colgaban objetos de bronce y retratos bituminosos, aparentemente de familia. Frente a Catherine, en una consola Luis-Felipe un poco torcida, reinaba una figura que representaba el triunfo de Baco. El dios aparecía echado sobre un carro barrigón y con la punta de los dedos retenía un cetro con guirnaldas de pámpanos. Para tratar de agradarle, las mujeres que hormigueaban alrededor del carro llenaban copas, le tendían racimos de uvas y coronas de flores, mientras que entre las patas de los leones que arrastraban el carro revoloteaban amorcillos. Encima del dios, muy negro todavía, aunque ya amarillento en los bordes, un grabado representaba a un abogado con toga que bajaba los escalones del Palacio.

La morosidad del lugar se acentuaba con el chirriar de un reloj de péndulo del XIX cuyo cuadrante estaba coronado por Cronos armado con su hoz; Catherine, por primera vez, concibió su divorcio como una empresa incitante que ampliaba su porvenir. El estado de joven divorciada le pareció tan delicioso como el de Célimène. La composición del salón le dio un repentino gusto por la impertinencia, y aun antes de concebir el proyecto lo ejecutó, despojándose de unas bragas y un sostén que guardó en su bolso. De esta manera negaba la solemnidad del salón y de las fórmulas jurídicas que Duthieu-Lavige no dejaría de asestarle.

Reservando su cazadora y sus blue-jeans para sus salidas por la isla, el abogado apareció con un traje gris acero, camisa blanca y corbata gris ratón. Estrechó la mano de Catherine con una sonrisa de circunstancias y la hizo entrar en el despacho, que era réplica del salón. Empezó a hablar, con un legajo abierto delante de él, cuyas hojas pasaba poniéndose los anteojos cada vez que iba a leerle algún fragmento a Catherine.

A veces llevaba su amabilidad hasta burlarse él mismo de la jerga de ese procedimiento.

—Es franglés —murmuró con una sonrisa de hombre que se siente superior a las circunstancias y condesciende a satisfacerse a sí mismo mentalmente—, siempre hablan de franglés pero no hay nombre para la mezcla del latín y mal francés que constituye el lenguaje judicial.

Recobró su exposición. Catherine no escuchaba. El Querido Maestro* sigue hablando mientras yo estoy desnuda debajo de mi falda. Cuando, después de haberle hecho firmar varios ejemplares de un texto dactilografiado, la acompañó a la puerta, sintió deseos, y en verdad estuvo a punto de hacerlo, de preguntarle si era de verdad homosexual y que un año antes había tratado de suicidarse en honor de un joven que vendía ostras en el Quai de la Tournelle. Desde el fondo del piso llegaban gritos de niños que se perseguían girando sin duda alrededor de una mesa.

En casa del abogado, donde las ventanas estaban ahogadas por capas de cortinas, Catherine tuvo la impresión de que el día se oscurecía; por eso parpadeó al encontrarse en la calle, sorprendida de la claridad del día. Sólo quedaban algunas grandes nubes blancas y apacibles en un cielo cuyo azul era ahora suave y nítido. Lo que persistía de humedad daba cierto espesor al aire, y el calor hubiera sido pesado a no ser por frecuentes golpes de viento cuyo impulso aumentó cuando Catherine llegó al puente Marie. La falda escocesa era de una lana muy liviana que se estremecía y dejaba filtrar los movimientos del aire. A cada paso, Catherine sentía su secreta desnudez. Era la primera vez que ella, una mujer razonable, sentía deseos de entregarse sin que un ser en particular la conmoviera.

En el Quai Bourbo dio algunos pasos en la sombra tibia de

* Maestro reemplaza a señor al dirigirse a un abogado. *(N. de la T.)*

los plátanos, luego decidió entrar en un pequeño café auvernés donde la conocían. En la isla no tenía ninguna necesidad del matrimonio para sentirse a su gusto y segura de sí; allí se sentía en su casa y en familia, como todos los otros insulares, aunque sólo tuvieran dos o tres años de antigüedad. Las miradas que había sufrido en el café del noveno *arrondisement* no la hubieran molestado en esta taberna del pueblo, donde acodada al mostrador, telefoneaba. Además, al igual que el cielo, Catherine también había cambiado de humor y no le desagradaba encontrar un deseo obtuso en la mirada del mozo que bebía vino blanco en el lado opuesto del mostrador. Al otro extremo del hilo, la señora Mercedes dijo que la señorita Catherine tenía suerte; gracias a una cancelación, Bruno estaría libre en dos minutos.

Llegó al inmueble del siglo XVII que cobijaba el Instituto Sanus Ludovicus y subió a pie, no por elección, como en casa del señor Duthieu-Lavige, sino por falta de ascensor. Su subida precipitada le recordaba las de los diez años, pero el placer que le daba el movimiento de su falda era adulto.

—¡Pero, señora, hace muchísimo tiempo que no la vemos! —exclamó la señora Mercedes—. ¿Qué le pasó? Justamente esta mañana hablaba de usted, etcétera, etcétera.

Había dicho *señora* y no el tradicional *señorita*. Hasta entonces, aunque supiera que Catherine estaba casada, había respetado una supervivencia de jovencita en lo que la autoridad de Catherine tenía de sobresalto, de ácido, de mal proporcionado a las circunstancias, en un exceso de dignidad fácilmente a la defensiva, algo inacabado, curiosidades infantiles y, siempre, una propensión a las risas intempestivas y altas. Esta doble naturaleza de jovencita y de mujer, por primera vez, había dejado de ser reconocida por la señora Mercedes.

Catherine examinó su imagen en el espejo de la pared, buscando los signos que habían orientado el juicio de la observadora. Semejante a muchas de sus hermanas, desde la adolescencia esperó su destino del hombre; estaba acostumbrada a evaluarse en la mirada de los otros y a cultivar las apariencias que creía favorables; el narcisismo agudiza la observación y el análisis. La llamada impaciente del masajista la sacudió.

—Lo mejor es que me desvista aquí —exclamó, mientras entraba en el box de masaje—. Ganaremos tiempo.

Ahora buscaba qué era lo que veía la mirada de Bruno mientras, luego de darle un perchero, se entregaba a una conversación aparentemente anodina pero, como la de la señora Mercedes, rica tal vez en signos secretos. La miraba con sus ojos redondos y dorados, desganado como siempre y con aspecto enfurruñado.

# 6

La calle Le Regrattier está desierta casi siempre. Pero su soledad no inquieta. Si uno se entretiene puede ver a un aficionado a las estampas que lleva alguna a enmarcar o a dos escolares que surgen de un portal. Al establecerse el bar de las Sirenas, un año antes, no alteró la calma de la calle. Los Guilbeaud, que no eran originarios de la isla, habían confiado primero en la clientela de los ricos snobs a menudo extranjeros que desde hacía una veintena de años se instalaban en la isla; luego en una burguesía más antiguamente insular y, por último, en los turistas, los frecuentadores de tabernas, los pintores y los gitanos. Pero todo les falló. El éxito sólo se hubiera logrado con cierta dosificación de todas esas clientelas, como sucede a través de la isla casi en cada inmueble. Desde hacía unos meses, los dueños, desconcertados, habían dejado de darle una dirección a la empresa, y del mismo modo que una barca abandonada a sí misma a veces se coloca a favor de la corriente, así el bar había terminado por marchar un poco mejor, hasta el punto de que algunos días la mezcla favorable de clientes estaba casi alcanzando el equilibrio. Las sucesivas ambiciones de los dueños podían descubrirse en la decoración o en los espesos terciopelos, las franjas de hilos de oro, los marcos de los espejos falsamente Luis XVI..., todo trataba de conciliarse con algunos cuadros de pintores de la isla, una pizarra donde borrachos eruditos sostenían una rivalidad basada en trabalenguas y manteles de papel.

Cuando Marc empujó la puerta del bar, éste aparecía bastante oscuro y casi silencioso. Sólo estaban Catherine y la señora Guilbeaud, y aunque se encontraban solas, susurraban. Catherine, sentada en un taburete, encontró para recibir a Marc una sonrisa enigmática que no entraba en sus modos. Marc la miró con atención, retuvo una pregunta y luego pidió un whisky doble.

—Estoy reventado.

Parada a su lado, Catherine bebió a pequeños sorbos muy seguidos. La señora Guilbeaud había desaparecido en un cuartito que le servía de cocina para preparar su plato del día, ya que el bar daba algo de comer.

Catherine describía en detalle el piso de Duthieu-Lavige. Marc se sorprendió de que la fisonomía de ese piso hubiera impresionado más a la joven que las operaciones del procedimiento en las que había participado. Vio en el cenicero varias colillas, cuando Catherine normalmente fumaba poco, y en su vaso whisky, lo que a esa hora no era habitual.

—Con un poco de retraso —dijo ella—, te obedecí.

Levantó su falda un momento para que, a pesar de la penumbra, él viera.

Como su vaso ya estaba vacío, Marc, cada tanto, tomaba un trago del de Catherine y escuchaba gravemente cómo ella le contaba su tarde. Las pocas preguntas que planteaba siempre tenían por objeto hacer que Catherine analizara lo que había sentido en los momentos culminantes. Ella lo cumplía con complacencia, más emocionada por un relato que seguía un oyente apasionado que por lo que había sentido al vivir los acontecimientos.

—Y por fin —concluyó—. Bruno me depositó frente al bar.

Durante el silencio que siguió la fisonomía de Marc sólo expresó el impulso de una reflexión. Luego, con el tono de un profesor que comenta un deber, planteó la regla del juego: ella debía encontrar placer en obedecer como él lo encontraba en ser obedecido. Ahora bien, en el square Luis XVI ella se había negado a obedecer una orden y, al ejecutarla luego en el salón del abogado, había tomado una iniciativa del mismo signo que la de desvestirse en presencia del masajista.

—¡Te interesa mucho mi tarde!

—Sí, pero debemos jugar fuerte.

Un doberman que arrastraba a un viejo gordo de cabellos blancos sacudió la puerta. La pareja que formaban era famosa en la isla. El animal conocía de memoria el recorrido alcoholizado de su dueño, diplomático inglés retirado, y lo conducía sin equivocarse a las cinco tabernas que jalonaban los diez minutos acordados al dueño para pasear al perro, que también estaba educado para tirar de la correa apenas una estación se prolongaba demasiado. Por la manera como se abrió la puerta, la señora Guilbeaud reconoció a sir Wardth, y al saber el poco tiempo que le concedía su mujer al ex embajador para efectuar su recorrido crepuscular con el pretexto de sacar a Mercurio, salió de su trastienda y esgrimió un vaso y una botella de Pernod. El señor Wardth lo bebió como de costumbre; al salir, con el aire aún más fresco y achispado, se cruzó con Gonzague que sin duda se encontraba delante de la puerta desde hacía un momento, dudoso, como de costumbre, de entrar.

—¿Si hoy me ocurriera —preguntó Catherine—, cómo tomarías una historia como la del coche-cama?

—Primero querría saberla.

Le tendió a Marc las hojas que había depositado en el taburete de al lado.

—Hice este resumen anoche.

Silencioso, con la frente apoyada en una mano, devoró las

tres páginas, retrocediendo, releyendo ciertos pasajes. Sólo faltaba que los subrayara y pusiera notas al margen. La mirada de Catherine se encontró con la de Gonzague. Le dirigió una sonrisa, lentamente, como con deseos de estornudar. Gonzague la miraba con los ojos bien abiertos, desconcertado por una sonrisa que a la misma Catherine le resultaba insólita.

—Señora Guilbeaud —dijo Marc—, quisiera otro whisky, por favor.

Catherine le mostró el dorso de la última hoja.

—No leíste este pequeño agregado que hice mientras charlaba con la señora Guilbeaud.

Marc tomó la hoja y leyó: "Al final, mi pequeño truhán se desconcertó porque en respuesta a cada bofetada le daba un beso. Yo aplicaba el método del profesor."

—¡El profesor! ¡Vaya!

Al proferir la última exclamación, él había gritado. Gonzague, que soñaba con su vaso, se estremeció. Catherine gozaba de un dominio de sí misma que la conmovió por la novedad. Bajando la voz le contó cómo, con ocasión de un informe, un profesor de la Sorbona cuyo nombre figuraba en el *Who's who* la invitó a trabajar en su casa.

—Debía ser en febrero, tres meses antes de que te encontrara...

—Sigue, te escucho.

La agresión del profesor la había tomado desprevenida y, hostil, escandalizada, no se defendió. Una falsa vergüenza le impidió oponer resistencia a la seducción. La desvistió en el despacho, luego la llevó al vasto lecho conyugal.

—Hablaba. No sabía que se podía hablar al mismo tiempo. Nunca me había ocurrido con Riquet. En un momento dado me dijo que era una niña gentil y dócil y me obligó a decir sí y a recibir una palmada respondiendo cada golpe con un beso. Después fumamos un cigarrillo y me dio una lección sobre el masoquismo femenino.

Soñó:

—Tenía un sexo enorme, nunca lo hubiera creído en un profesor.

—Y con el truhán se te ocurrió...

—No fue una idea. No pensé en el profesor en ese momento.

—¿Cuál es el plato del día? —preguntó Gonzague.

La señora Guilbeaud alzó la voz para informar a todo el bar:

—¡Esta noche, conejo a la mostaza!

Catherine se asombró de que Marc propusiera invitar a Gonzague a cenar; no tuvo tiempo de contestar porque ya había sido lanzada la invitación y Gonzague se apresuraba a unírseles, mientras la señora Guilbeaud disponía los cubiertos en el mostrador. Sentada sobre los dos hombres, los dejaba conversar a través de ella. Había pasado su exaltación. Recordó una nota de Paul Valéry: es un vicio preferir la parte al todo. Sospechaba que Marc sólo consideraba una parte de ella, deseando que se hipertrofiara. Evocó a Pascal, que había proclamado: "Si me aman por mi juicio, por mi memoria, ¿me aman a mí? No, porque puedo perder esas cualidades sin perderme a mí mismo." En una palabra, detestó y despreció a Marc por no querer amarla neutra, por estar dispuesto a amarla perversa. Pero, satisfecha de su cultura, se otorgó una buena nota que mejoró su humor.

Gonzague estaba sombrío, agitado, un poco borracho. Lanzaba slogans:

—Los abstractos son imbéciles que creen que la obra maestra es un cuerpo simple.

Luego:

—Los matadores deben morir para que la tauromaquia siga siendo un arte.

En voz baja, Marc comentó el conejo, cuya carne era todavía más sosa por causa de la mostaza.

—Sabes bien que detestas el conejo —dijo Catherine—, ¿por

qué lo comes? –Y añadió, tomando a Gonzague como testigo:– Detesta la cabeza de ternera y la pide en el restaurante.

–Es para convencerme –explicó Marc.

–Yo –dijo un joven y rubio barbudo que bebía una bebida blanca–, de pequeño tuve reumatismo articular. Me dieron salicilato y después...

–¡En un universo sin germen, sin corrupción, nuestros cuerpos perecerían! –exclamó Gonzague.

La elocuencia de Gonzague era arrolladora, y el joven lanzaba un dedo profético. Siempre estaba de ese humor cuando, para pasar una velada con Catherine, debía soportar la presencia de Marc. No detestaba a Marc en sí, incluso podía jugar amistosamente al ajedrez con él, pero en ausencia de Catherine. Lo que no admitía era la pareja, obligándose a frecuentarla para ver más a menudo a la que amaba.

–Catherine, tú que has hecho filosofía, escúchame bien. ¿Conoces Kant y Platón?

Sonrió con la indulgencia de una especialista hacia un buenazo autodidacta. Tenía un aire agresivo que la asemejaba al truhán del coche-cama. ¿Es la primera vez que me doy cuenta de esto?

–Kant inventó una paloma que pensaría a la manera de Platón. Pienso que yo volaría más alto y más rápido si no existiese la resistencia del aire. Suprimido el aire, la paloma cae como una tonta. En el vacío. Desde hace más de medio siglo los estúpidos explican el arte abstracto con el vacío.

–¡Señor Gonzague, teléfono! En la cabina... Es Tilly.

Catherine lo siguió con la mirada, luego buscó el rostro de Marc.

–Descruza las piernas –dijo él, empecinado–. Quiero que al volver vea que estás desnuda.

El gemido de la puerta de la cabina ya anunciaba el regreso de Gonzague. Después de haber acercado la gran lámpara falsamente Luis XIV de manera que un haz de luz alcanzara el cuerpo de Catherine, Marc la miró con expresión reconcentrada, como un faquir de music-hall que hipnotiza a su cómplice.

Gonzague atravesaba el salón barajando por adelantado en su mano derecha las pruebas que había reunido en favor de sus tesis. Catherine se levantó apenas de su taburete, volvió a sentarse dejando que su falda se extendiera alrededor de ella, y apoyó uno de sus talones en el barrote superior del taburete.

—Supongamos —proclamaba Gonzague— que el pintor es un funámbulo. Su tema es el hilo. El funámbulo prueba tanto más su valor cuanto más delgado es el hilo. El pintor también. Una silla de Chardin y una de Van Gogh son tan diferentes como Chardin y Van Gogh. En última instancia, sólo están ahí para permitirle existir al pintor. Pero además se necesita que estén ahí, además se necesita que el pintor se apoye en un objeto. Sin el hilo, el funámbulo cae. Sin tema el pintor...

El discurso se detuvo. Gonzague se mantuvo un momento estupefacto y luego trató de terminar su tema mal que bien. Se mantenía de pie frente a Catherine, que había apoyado el codo en la barra para conservar su posición sin cansarse.

—Supongamos que el tema sea una manzana...

—¿Sí?

Ella ofreció su rostro a Marc para que le encendiera el cigarrillo que tenía entre los labios. Su mirada brillaba, pero brillaba hacia adentro. Giró el rostro sin desplazar sus muslos. Me recuerda un movimiento gimnástico. Envió una bocanada de humo al rostro inexpresivo de Marc. Nunca me hubiera creído capaz de esto.

—La obra maestra... es el producto de un juego de azar donde el peso no está totalmente ni del lado de la manzana ni del lado del pincel.

Las piernas hicieron variaciones que podían parecer maquinales, cerrándose para abrirse o estirarse.

—Esta es la palabra final... Es esto: el arte abstracto es una tentativa de angelismo manejada por materialistas.

Catherine, que había vuelto a juntar sus piernas, se puso de nuevo frente al bar y vació su vaso. En todo caso, no olvidaré esto: ser una puta.

Erguido en su taburete, Gonzague, cuya voz había perdido su naturalidad y aun su sonoridad, concluyó que el arte no era ni esto ni aquello. Evitaba mirar a Marc y a Catherine. Apenas giró la cabeza cuando, en el extremo de la barra, un joven y rubio barbudo, que era crítico de una revista de cine para iniciados, observó:

—La obstinación con la que recurres a una doble caída, la de la paloma y la del funámbulo, para justificar tu estética, inclinaría a un psicoanalista a creer que sufres de persecución erótica.

—Me cago en el psicoanálisis.

—Sí, ciertamente liquida de manera sumaria los problemas de la poética, pero tiene el mérito de alejar los falsos conceptos, los de la belleza...

—¡Viva lo hermoso!

—...tiene la ventaja de introducir una dimensión dialéctica.

Catherine buscó en el rostro de Marc el signo de una aprobación. Quería que la felicitaran. Marc se mantenía tan impenetrable que sintió que la invadía una risa loca. Gonzague tenía una aire enfurruñado. Hasta los doce años ella se había burlado de los muchachos a través de su hermano Nicolas, al que encontraba inhábil. Luego había sentido cierto respeto por la virilidad y nunca seguía a Marielle cuando ésta se burlaba de los falócratas. Pero las fisonomías perplejas del que había visto y del que había querido que el otro viera le impusieron una risa invencible, como un hipo.

La salvó la entrada de Tilly, que era una especialista en cascadas de risas no motivadas. Aunque hiciera profesión de hippie, de marginal, Tilly nunca había podido inclinarse ni apagar su mirada. Su piel trasparente, sus ojos malva, todo su rubio pueril parecían obra de un acuarelista: "Esta pequeña es una aguada", decía Gonzague con condescendencia. Tilly, que tuteaba a todo el mundo y ofrecía su mejilla a quien quisiera besarla, adoraba que la trataran como una niña, lo que despertaba en Catherine, aunque la molestara, el deseo de jugar a las muñecas. Se puso a peinar a Tilly, que le dio sus mechas enloquecidas con el aire semitierno, semialtivo, de una niña encantada porque se ocupaban de ella pero preocupada por demostrar impaciencia.

# 7

—¿Catherine te puso al tanto?

—Sí —farfulló Marielle—. En principio creí que tus follones sólo eran falsos pretextos...

—¡Falsos pretextos!

Aunque también cometiera muchos, Marc adoraba corregir las faltas de francés cuya existencia había conocido por los artículos sobre lenguaje de su periódico.

—Nunca engañé a Catherine —agregó, bajando la voz porque el maitre se dirigía hacia ellos—. Y no tengo ningún deseo de hacerlo.

—Es verdad que una noche traté de provocarte y que todo corrió por mi cuenta. Sin embargo, no hubiera sido grave. Catherine no me habría odiado más que yo a ella cuando, en una surprise-partie, se "apropió" de mi primer novio.

El maitre les presentó la carta y la comentó, recomendando las tartas, los helados y, en particular, el postre de chocolate.

—Dos cafés —decidió Marielle.

—No me imaginaba a Catherine a los veinte años como una joven que se liberara en las surprises-parties —espetó Marc apenas se alejó el maitre.

—Había bebido demasiado y ella que nunca bebe. Al día siguiente no se acordaba de nada.

—¿Conociste a otros amantes de Catherine?

—Riquet...

—De ése ya sé.

—Debió engañarlo dos o tres veces. Con el de la surprise-partie. También uno de sus profesores.

—Me lo contó.

—Ese nos costó un viaje a Londres.

—Londres, creía que fue por causa de Riquet.

—De Riquet o del profesor, vete a saber.

—¿Y luego?

—No me acuerdo de otro. Catherine no me hace todas sus confidencias. Sólo supe la historia del profesor a causa de las consecuencias.

El restaurante del *Decamerón* empezaba a vaciarse. Marc seguía el vaivén con ojo soñador.

—Supongo que, si me invitaste a almorzar clandestinamente, fue para hablarme de Catherine.

—Sí —dijo Marc con un impulso súbito—. Decidí vivir con ella lo que imaginaba.

—¿Por qué te divorcias?

—Ese estado de hombre casado me disminuye.

Empezó a pintar el cuadro de una legislación ideal que consideraría el matrimonio como una unión pasajera destinada a deshacerse automáticamente todos los años, salvo si los dos cónyuges firmaban un pedido de prolongación. El divorcio, palabra desagradable, desaparecería. La petición de prolongación sería un acto positivo, muy diferente a la rutina del matrimonio establecido.

—Considerando la legislación actual, ¿qué piensas hacer con Catherine?

—Lo mejor sería que nos divorciáramos para volvernos a casar más tarde. Es un problema secundario.

—¿A dónde habéis llegado? ¿Acaso compras en los sex-shops cadenas para atarla?

En el momento de enunciar su proyecto, presa de la timidez, se dio un plazo antes de afirmar:

—Eres la mejor amiga de Catherine. Le gustas completamente.

—¿Y entonces?

—Por otra parte, tú y yo nos gustamos. En una palabra, los tres...

—¿Estás apurado por realizar tu fantasía?

—Sí, y tengo una ocasión.

Al día siguiente, la madre de Marc daba una de sus cenas rituales. Desde hacía mucho deseaba que estuviera Marielle, a la que admiraba. Nada más fácil que hacerla invitar al impromtu.

—Después, volveremos los tres. ¿Estás libre?

—Estoy libre.

Marc acompañó a Marielle hasta el bulevar Saint—Germain, donde ella se detuvo frente a un espejo.

—¡Míranos! —exclamó con énfasis—. Ve a un marido que transforma a la amiga de su mujer en la cómplice de sus maquinaciones. ¡Quieren hacer de la desdichada esposa una muñeca pervertida!

Trató de reír sin lograrlo. Nunca lo había logrado. Tragaba aire en lugar de expulsarlo. Nadie se asociaba a esos accesos de hilaridad si no era por complacencia, porque la risa sólo es contagiosa si es el efecto natural de un movimiento espontáneo, movimiento del que ella era incapaz por el exceso de control que ejercía sobre sí misma. Marc, que se había ensombrecido, se inclinó para besarla:

—Entonces, hasta mañana noche...

—Acompaña un poco más a tu cómplice —cortó Marielle con cierta alegría forzada—. ¿De quién son *Les liaisons dangereuses*? ¿No te acuerdas? Es divertido jugar a las relaciones peligrosas sin acordarse del nombre del autor. ¿No será de Vadim?

—No, él la adaptó. A Catherine sólo tienes que contarle que te telefoneé para invitarte a la cena de mañana.

—Espero que ya haya llegado al despacho. Alavoine me hace correr frío por la espalda. Tiene mirada de bogavante. Verdaderamente me da miedo.

—Nunca imaginé que pudieras tener miedo de algo.

—¿Es decepcionante ser la jovencita que tiene miedo del hombre mayor? Y eso soy. —Se atragantó de risa y luego, recuperando un tono impostado, añadió:— Es verdad que nunca tengo miedo, pero tengo fobias. Catherine sabe que, cuando estoy sentada, no puedo soportar que caminen detrás de mí, como si corriera el riesgo de recibir una puñalada.

—Es mejor que te deje porque si Catherine llega a vernos...

—En este momento tengo fobia de Alavoine. Es idiota porque no le haría daño ni a una mosca. No le cuentes esto a Catherine, mi prestigio se resentiría, pero me siento tan mal de tener que subir a la oficina como un soldado de salir al asalto bajo el fuego. En otra época fui a tenderme en el sofá de un psicoanalista que me enseñó que la formación de una personalidad tiene lugar entre cero y dos años y me persuadió de que mi madre, que era una angustiada, me impregnó de angustia en la cuna. ¿Te harto? Marc, hasta mañana por la noche...

En el corredor de la revista se cruzó con Tarzán, que no le anunció ninguna catástrofe, y sentada en su escritorio se tranquilizó totalmente cuando vio a Catherine que entraba, sin aliento.

Llevaba una falda nueva de jean que le llegaba a las pantorrillas. Tenía los brazos cargados de paquetes y bolsas.

—Me dio la locura de comprar. ¿Qué te parece la falda? Y mira este jersey que encontré entre los saldos. ¿Cuánto crees que me costó?

De buena gana Catherine hubiera pagado el doble, de tal manera la había invadido la furia, no de comprar, sino de gastar. Pero pagando el doble sólo hubiera satisfecho su furor por dilapidar a costa del glorioso placer que seguía en pie en ella. Marielle la miraba con esfuerzo, entrecerrando los ojos como se hace frente a una luz demasiado viva.

—En todo caso, te olvidaste de darle a Tarzán el sobre para el taller. ¡Ve al rincón!

—No es grave. No hay nada apurado.

—¿Oíste lo que te dije?

—Por favor, Marielle, no seas idiota.

Tenían quince años cuando Marielle se había abrogado el derecho de castigar a su amiga a su antojo, con frecuencia enviándola al rincón.

—Seguramente va a venir Yvette. Pareceré una tonta y tú también...

Se resistía, semisonriente, semirrefunfuñando. Se puso en el rincón, con las manos a la espalda, rezongando:

—¡Es ridículo!

Al minuto exclamó:

—¡Marielle, me aburro!

Luego:

—Marielle, tengo trabajo.

Zapateó:

—¡Estoy segura de que Yvette va a traer el correo!

—Ven...

Catherine se dio vuelta con el rostro un tanto enrojecido.

—Tu falda te está muy bien. ¿La conseguiste así, sin retocar?

Marielle atrajo a su amiga a sus rodillas. Era también otra tradición de la adolescencia que quería que Catherine se sentara en las rodillas de Marielle y no a la inversa, aunque la primera siempre hubiera sido más grande y más pesada. Hasta los padres de Catherine lo habían admitido, y en las vacaciones, cuando faltaba espacio en el auto, naturalmente llegaban a esta conclusión: "Catherine no tiene más que sentarse en las rodillas de Marielle."

—Tenemos relaciones muy agradables. Cuando Alavoine se haya largado será divino. A propósito, me telefoneó Marc; mañana ceno con vosotros en casa de tu suegra.

—¡Pobre, vas a aburrirte como un topo!

Marielle la hizo girarse a medias para verla de frente y susurró, sonriendo:

—¿Tú crees?

Catherine saltó cuando escuchó el taconeo de Yvette en el corredor. Sacudió su falda, y se arreglaba el cabello cuando la joven apareció para anunciar con aire serio que, gracias a los consejos de Tarzán, el último drama se había arreglado. Alavoine había ido a una peluquería para hacerse rasurar y volvió encolerizado porque el peluquero quería cortarle el cabello, pero no rasurarlo. Felizmente, Tarzán sacó la afeitadora de su estuche de plástico, la enchufó y ahora Alavoine la utilizaba. Marielle, que durante el discurso de Yvette había traicionado la agitación que el solo nombre de Alavoine le producía, cortó secamente:

—Catherine, dale el sobre para el taller a Ivette y que Tarzán lo lleve en seguida.

Apenas estuvieron solas, Marielle preguntó en voz alta si Alavoine no estaría pensando en atrincherarse en su despacho negándose a abandonarlo. Repitió varias veces:

—Debe odiarme.

—¿Francisco I está prevenido?

—No sé nada. Además voy a ir. Después iré a la peluquería. Hasta mañana, querida.

Catherine pasó una tarde agradable. La víspera había establecido una lista de pequeños trabajos atrasados, de llamadas telefónicas aplazadas, y se concedió el placer de ponerse al día tachando alegremente en su lista de manera sucesiva. Satisfecha de sí misma, se permitió salir un poco antes y desembocó en la calle du Bac mientras pensaba en todo lo que se había comprado.

—¿Te molesto?

Gonzague caminaba a su lado.

—¿Quieres que paseemos un poco?

—¡Estoy llena de paquetes! Tengo que llevarlos a casa.

—Te ofrezco un taxi. Depositas los paquetes en tu casa y luego vamos a cenar.

Cuando se liberó de sus paquetes volvió a subir al taxi, que los llevó del otro lado del puente Marie, en la orilla derecha. De común acuerdo, tácito, no querían andar por la isla, arriesgándose a tropezar con Marc. La noche era suave, una multitud de moscardones daba vueltas debajo de los árboles. Catherine interrogó a Gonzague sobre su infancia. Cenaron en la terraza de un pequeño restaurante. Notó que decía *mamá* al hablar de su madre, como lo hacen las niñas. Esa madre era polaca. Había huido unos años antes para volver a casarse en Inglaterra. Su padre tenía un cine en Courbevoie. El había vivido dos años en Bourges, donde siguió los cursos de una escuela de Bellas Artes. Como casi nunca lograba vender su pintura, se ganaba la vida dibujando portadas para una editorial.

—Antes dirigía una casa de cultura en las afueras. En mayo del 68 me entregué totalmente y ellos se vengaron después.

—Yo también —dijo Catherine—, en el 68 estuve en las barricadas. Nos divertimos mucho.

Le preguntó:

—¿Qué edad tienes?

—Veinticinco.

—Tengo tres años más que tú.

Sus bistecs eran duros pero había cierta felicidad en esa terraza, con la gente del barrio y algunos turistas a los que la dulzura de la noche ponía de buen humor. Y la frescura del vino de Bourgueil era alegre. También había alegría en los perpetuos giros alrededor de las lámparas.

Se demoraron. Poco a poco, la terraza se vació. Gonzague tomó en la suya la mano de Catherine. Fueron los últimos en irse. No tenían deseos de que la velada terminara. Siguieron el muelle por la orilla del río, deteniéndose a menudo para acodarse en el parapeto. Caminaban con pasos cortos, pero Catherine se las arreglaba para que su falda nueva se moviera. Se sentaron en un banco entre dos árboles. Frente a ellos, más allá del agua, se extendía la isla Saint-Louis. Catherine vio las luces de su calle.

—Si vivimos juntos —dijo bruscamente Gonzague—, es mejor que le dejes el piso a Marc y que nos instalemos fuera de la isla.

Lo miró en silencio y luego logró reírse:

—¡Estás loco!

Se levantó y se dejó caer sobre las rodillas de Gonzague. Extendió la falda, que tenía suficiente amplitud como para recubrir también las piernas del joven.

—Esta tarde, una de mis amigas me sentó en sus rodillas. Me imaginé sobre las tuyas.

Borrosa, una pareja de ancianos pasó por delante de ellos. Catherine murmuró:

—Nos tomaron por dos enamorados.

—¿Qué somos?

—Estamos bien.

Trató de besarla y ella apartó el rostro.

—No quiero que creas que te amo.

—¿Tienes miedo de amarme?

Ella le ofreció su boca. Luego:

—La otra noche soñé contigo.

—¿Qué pasaba?

—Me acuerdo que estabas en mi sueño, eso es todo.

Volvieron a besarse, luego Catherine se levantó. Cuando llegaron delante del puente Marie, Gonzague la miró muy cerca, como si buscara una mancha o un insecto.

—¡Pero si tienes la oreja perforada!

Ella confesó que a los diez años había sufrido esa desfloración de la oreja por el regreso de una moda a la que su madre era sensible.

—Es muy cerca...

La arrastró. Pasaron delante de la casa del abogado. Tomaron una callejuela.

—Es una boutique —explicó Gonzague—, que está abierta de noche. No es una boutique, es una diablería. El Marais siempre es embrujador.

La boutique le pareció a Catherine más inocente de lo que había anunciado Gonzague. Era un lugar pomposo, donde los objetos colgaban en racimos. Pertenecían a épocas diferentes y estaban destinados tanto a los turistas como a los habitantes del Marais, esa otra isla instalada en tierra firme, junto a la isla Saint-Louis. La alquimista dueña del lugar tenía pendientes verdaderos, cuyo cierre le atravesaba el lóbulo. Los mostró, alzándolos tanto a la altura de su oreja como a la altura de la de Catherine.

—Estás loco —decía Catherine, porque tenía miedo de que esas alhajas costasen demasiado caras.

Al no ser demasiado elevado el precio, Catherine se dejó tentar por unos aros de los años treinta. La vieja, como una alcahueta, miró cómo Gonzague los ponía en las orejas de la joven. El cierre se deslizaba prudentemente a través de la carne. Los dedos de Gonzague temblaban. Sin preocuparse por la espectadora, Catherine rozó con la mano el blue jean de su compañero.

Volvieron a la noche. Catherine empezó a caminar rápido, azotando con sus faldas los pantalones de Gonzague, que parecía correr detrás de ella. Cruzaron el puente sin hablar y siguieron por el muelle hasta la calle Du Bellay.

—Tengo ganas de ver el lugar donde vives —dijo ella.

Vivía casi enfrente de la casa de Catherine, en la esquina de la calle Saint-Louis-en-l'Ile. La casa era vieja, poco conservada; subieron una escalera sin alfombra. Gonzague recogió la llave oculta debajo del felpudo y volvió a ponerla en su lugar después de haber entreabierto la puerta.

—¿Por qué no llevas una llave contigo?

—Siempre está debajo del felpudo.

Había entrado en una vasta pieza estropeada y con el piso desnudo, como la escalera. Un caballete, telas apiladas, paletas oleosas proclamaban que ese cuarto era un estudio de pintor. Una gran cama deshecha se extendía entre dos ventanas pequeñas.

—Tilly podría limpiar tus vidrios —dijo Catherine mostrando las ventanas sucias en las que un reverbero subrayaba las mucosidades.

—Tilly viene aquí, es verdad. Pero...

—¿Por ella dejas la llave debajo del felpudo?

—Si no quieres que venga, no vendrá más.

—Duerme. Yo voy a dormir. Dormiré con tus pendientes en las orejas.

—¿Y con Marc?

—Eso no te interesa.

Huyó sabiendo que, como ella, al pasar frente a la casa había visto las tres ventanas del piso iluminadas. En el espejo del ascensor verificó la nueva cara que le daban los pendientes.

# 8

—No haga una tragedia —le espetó Catherine—. ¿Acaso cree que el señor Alavoine llevaría un cocodrilo a su despacho?

—No hay de qué reírse, señora —contestó Yvette—. No sé qué hacer. No quiere que entren en su oficina. Llamé como todas las mañanas y me contestó que lo dejara tranquilo. Le recordé que le llevaba la correspondencia y me respondió que hiciera lo que quisiera con las cartas.

—Démelas, iré yo.

Llamó a la puerta, esperó, volvió a llamar.

—¿Quién está ahí?

—Catherine Esmelain.

Luego se preguntaría cuánto tiempo había pasado entre su respuesta y la detonación. Tres o cuatro segundos, quizá diez. Catherine tuvo la impresión de que había explotado el piso. Se quedó petrificada, conteniendo el aliento. Al recobrar el uso de su cuerpo, bajó los escalones al pie de los cuales se encogía Yvette, temblorosa.

Apareció Marielle. Había escuchado la detonación mientras atravesaba el patio. Su mirada era autoritaria y durante un momento Catherine se tranquilizó. La autoridad de Marielle se limitó a una pregunta:

—¿Dónde está Tarzán?

—No tardará en volver —respondió Yvette—. Ha ido a llevar una máquina para que la reparen.

Viendo que Marielle, en lugar de subir por la pequeña escalera, se batía en retirada hacia su escritorio, Yvette exclamó:

—¡No podemos esperar a que vuelva! ¡Hay que ir a ver!

Yvette no se movía; estaba clavada, blanca. El espanto de las dos mujeres dio valor a Catherine, quien subió por la pequeña escalera, llamó a la puerta por formalidad, entró... y se detuvo conmocionada. Estaba sorprendida de que la realidad le ofreciera el espectáculo que había temido.

Alavoine permanecía sentado en su sillón, con la cabeza apoyada en el escritorio y los hombros hundidos. Entre los dedos de sus manos brillaba un gran revólver. Al adelantarse, Catherine vio la sangre sobre el secante de la carpeta y luego en los cabellos. Escuchó detrás de ella el paso de Yvette. Con los dientes apretados, la joven hacía un esfuerzo sobre sí misma. En su turbación, Catherine la tuteó:

—Hay un médico en la casa. Ve a buscarlo, apúrate.

Como sólo pedía escapar, Yvette se precipitó a la escalera. Por la puerta-ventana abierta, el canto de los pájaros entraba y colmaba la pieza. Catherine, a su vez, bajó. Se encontró con Marielle de pie, en medio del despacho, y a su pregunta muda sólo pudo responder:

—Sí.

Buscó el número de la comisaría en la agenda de direcciones y tomó el teléfono. Cuando tuvo que exponer los hechos, en lugar de emplear la palabra revólver dijo arma de fuego, como en un informe oficial.

—¿Está muerto? —preguntó Marielle.

—El médico lo dirá.

Los dedos de Marielle temblaban, le era difícil marcar el número.

—¿A quién llamas?

—Prevengo a Francisco I.

Un trote atrajo a Catherine a la escalera. Reconoció la silueta magra, oscura, del doctor Smadja, seguido por Yvette. Lo precedió hasta el piso superior, donde se apartó para dejarlo entrar solo. Esperó, pensando que no pensaba nada.

—No fue un suicidio SOS —dijo Smadja reapareciendo—. No quería errar.

—No, desde luego. Acertó a la perfección. Hay que prevenir a la policía.

—Creo que ya están aquí.

Un paso ruidoso sacudía la escalera. Catherine, que había vuelto a bajar, tropezó con Pascal Leroy, que traía su aparato de fotos al hombro.

—¡Aquí está la más hermosa! —exclamó.

Quiso tomar a Catherine en sus brazos, pero ella lo rechazó a puñetazos.

—Hay alguien enfermo. Vuelve esta tarde.

—No, querida, esta tarde tengo...

—¡Vuelve cuando quieras pero lárgate!

Aparecieron los uniformes de los policías. Catherine, demasiado cansada para acompañarlos, les mostró el camino y volvió a su escritorio.

Las horas que siguieron forman una trama desagradable pero bastante neutra. Llegó el momento de las deposiciones; la crisis de nervios de Yvette, que terminó por vomitar en el pasillo; la aparición de la señora Hallain que, desertando por una vez de la calle Francisco I, se había presentado en el lugar; el "levantamiento del cuerpo" por la policía; el juicio de Tarzán.

—¡Se las deben haber hecho ver de todos colores al pobre señor Roger!

Marc detestaba que lo llamaran a la oficina, pero Catherine infringió la consigna y le suplicó a su marido que viniera durante la hora del almuerzo para ayudarle a distraer a Marielle. Esta había recuperado su presencia de ánimo para encerrarse con la señora Hallain, luego recayó en su inercia. Sin embargo, al ver a Marc y con repentina firmeza, más en el tono de una orden que de una súplica, dijo:

—Son los únicos a quienes confié que Alavoine iba a ser alejado y que yo lo reemplazaría. Les pido que se callen. Es importante que mi nominación aparezca como la consecuencia de este deceso.

—¿Y no como su causa?

—¡No es verdad! —gritó Marielle—. ¿No creerás algo así Marc?

Almorzaban los tres en el restaurante de los Ministerios, en una vasta y alta sala con decoraciones suaves y pasadas de moda, junto con un centenar de comensales cuyo rumor evocaba el de una caída de agua. Catherine, que temía no poder tragar ni un bocado, devoró un *navarin.** En la mitad de la comida recordó que a la tarde se había citado con Nicolas para visitar a la abuela en la clínica. ¡Alavoine a la mañana, la abuela a la tarde, era demasiado!

Apenas desapareció en dirección al teléfono para anular la cita con su hermano, Marc abandonó su aire abatido y tomó la mano de Marielle.

—Lo que pasó no cambia nuestro proyecto, ¿no es cierto?

—Mañana, la impresión de todo esto se habrá diluido. Nos aburriremos de tal manera en casa de tu madre, que al salir, Catherine y yo, lo esperaremos todo de tu genio.

Navegando entre las mesas, Catherine se acercaba a ellos. Sus manos se separaron.

—Queridos, desaparezco. Nicolas no ha querido saber nada. Sólo puedo ir a ver a la abuela esta tarde y tiene demasiado para ir solo. Adiós.

Antes de desaparecer besó a Marielle y las dos se apretaron

* *Navarin:* ragut de cordero con champiñones, zanahoria y nabos. *(N. de la T.)*

una contra otra como si mutuamente se dieran las condolencias.

Como en la víspera, Marc la acompañó un poco y llegó hasta más allá de la calle Du Bac, hasta la esquina de la calle de Grenelle. Marielle retuvo las manos de Marc en las suyas.

—Tengo miedo de volver a la oficina.

Agregó, en el momento de dejar a Marc, con el tono con el que hubiera pronunciado una frase de cortesía trivial:

—Mi alegría es lo que me da miedo. Me molestaba. ¡Estoy tan aliviada de que haya muerto! ¡Es demasiado hermoso!

Los despachos de la revista recobraron su aspecto habitual. La máquina de escribir de Yvette crepitaba. Marielle se oyó decirle a Tarzán que había tardado en llevar la copia a la imprenta, secamente:

—El trabajo debe continuar.

El teléfono sonó varias veces y Marielle respondió invariablemente que si deseaban saber más sobre "el óbito del señor Alavoine" convenía llamar a Francisco I.

Pascal Leroy hizo una entrada bastante discreta. Marielle lo autorizó a esperar a su lado el regreso de Catherine, que debía seleccionar los negativos. La presencia del joven barbudo, aunque moderara su turbulencia, contribuía a probar que el curso de las cosas seguían incambiable. Por la abertura de la ventana se movía un aire tibio; desde hacía unas semanas el tiempo oscilaba tanto hacia el verano como hacia el otoño, y por fin se había estabilizado en su inocencia primaveral. Cuando en la oficina de Yvette se callaba la máquina de escribir, Marielle tomaba cualquier texto y corría a llevárselo a la joven para mantener el ruido tranquilizador.

El regreso de Catherine fue ruidoso, como si se hubiera olvidado el drama matinal. Lo que quería olvidar era la hora que había pasado en la clínica de Argenteuil, una clínica imposible de encontrar sin perderse diez veces, con una abuela senil y agonizante.

—Lo más extravagante es que en su cerebro debe tener un centro de la sociabilidad que se ha mantenido intacto. No sabía dónde estaba, ni quiénes éramos Nicolas y yo, pero nos declamaba con un arte consumado (¡hasta yo hablo como ella!) lugares comunes perfectamente organizados, nos agradecía nuestra amable visita, se informaba sobre nuestra salud, deplorando este mal tiempo que no era el tiempo de la estación aunque decididamente ya no había una estación y etcétera, etcétera...

Catherine estalló:

—Cuando nos fuimos, llamó a Nicolas capitán. Le dijo textualmente: "Hasta pronto, capitán, y déle mis recuerdos a su encantadora Adèle." En cuanto a mí, empezó a considerarme como su gobernanta y me rogó que acompañara al capitán, cuidando de señalarle ese escalón tan peligroso que los obreros no se decidían a reparar porque ahora esa gente no quieren ni saben trabajar.

—Es mejor terminar como Alavoine —dijo Leroy— que así.

Mientras contaba su tarde, Catherine eligió las fotos. Leroy cuestionaba esa elección para defender como de costumbre sus preferidas, y también como de costumbre, Catherine argumentaba que la concordancia de textos y fotos era primordial en una revista como *Style et Loisirs.*

—Aquí es así. El texto ordena, la foto lo aclara y las leyendas son el puente entre ambos.

Se había apropiado de las fórmulas de Alavoine de tal manera que había olvidado a su autor. Luego se apropió del tono de Marielle:

—Y ahora, querido Pascal Leroy, ten la gentileza de largarte, justamente tengo que hacer las leyendas.

Leroy fue relevado por Gilbert Pilon, el académico que acababa de enterarse de "la dolorosa y asombrosa noticia". Poniendo coto a sus comentarios, Marielle, que había reencontrado el gusto de la iniciativa y de la autoridad, le pidió que redactara el artículo necrológico que debería encabezar el próximo número. Pilon era un hombrecito amarillo, con cabellos blancos y mal afeitado, que siempre llevaba corbatas doradas anudadas como cuerdas. Se inflamó:

—Me sentiré orgulloso de cumplir este gesto piadoso por el cual, no es necesario decirlo, rechazo toda remuneración. Ocurre que conozco desde hace mucho tiempo a Alavoine y justamente puedo trazar toda su obra como así también su silueta.

—¿Qué obra?

—Está olvidada, pero no es desdeñable. Antes de la guerra publicó una recopilación de poemas titulada *A la nuit d'hui.* El mismo año sacó *Contingences partielles,* algunas de cuyas páginas ya habían aparecido en la *Nouvelle Revue Française,* y un año antes una novela singular. Obtuvo halagadoras críticas y el aliento de algunos de sus mayores, de Cocteau sobre todo. Luego calló, o casi. En treinta años publicó solamente una contribución al estudio del barroco, que pasó desapercibida, una serie de cortos artículos sobre la moda en *Vogue* y un estudio original y sólido sobre los poetas latinos de la Galia Cisalpina. También entregó a la *Parisienne* extractos de un estudio de lo más subjetivo sobre el *asag,* esa costumbre del amor cortesano que quiere que la dama se muestre primero desnuda a su caballero, para luego, en el curso de una segunda prueba y todavía desnuda, recibirlo en sus brazos y ofrecerle un beso, con lo que él se encuentra suficientemente recompensado. Ese hombre desconcertó al público y a los críticos por sus contradicciones: de un clasicismo un tanto preciosista, al mismo tiempo estaba influido por el surrealismo y se había entregado, muy joven, a intentos de escritura automática bajo el imperio de ciertos estupefacientes de América del Sur.

—Nosotras nunca hubiéramos sospechado eso —concluyó Marielle.

Vuelta a sus leyendas, Catherine confiaba en Marielle para

terminar pronto con el académico que, en efecto, se retiró un momento antes de que la señora Hallain reapareciera. En un día, esa lejana soberana había hecho más visitas a la revista que en cinco años. Activa y sin aliento, muy cómoda en su traje Chanel pasado de moda el grado justo, se dejó presentar a Catherine, a la que Marielle trató de valorizar, y expuso la situación:

—Ya está firmado el permiso de inhumación. Recuperamos el cuerpo, que ha sido trasladado a la casa... mortuoria. Obtuvimos funerales religiosos. la ceremonia tendrá lugar mañana, sábado, a las once de la mañana, en la iglesia San Sulpicio; los gastos son a cargo del Grupo, por supuesto. Dos insertos, en *Le Monde* y *Le Figaro,* harán las veces de participación. Localizamos a una prima, que sin duda podrá indicarnos dónde se encuentra la concesión de la familia. Si no, el Grupo le proporcionará una sepultura provisoria. La versión que dimos a la prensa debe seguir invariable: Roger Alavoine, que no tenía ninguna preocupación particular, ni privada ni profesional, fue víctima, como tantos otros, de un momento de depresión. ¡Ah, niñas, qué día! Quise hacer todo yo misma, por precaución, y estoy muerta de cansancio. No tengo tiempo ni de cambiarme para cenar en *Lapérouse* con nuestra filial suiza.

Como proyectada por un resorte, la señora Hallain ya estaba cerca de la puerta. Bajó la voz para recordarle a Marielle, que la había seguido:

—Ya se preguntan quién va a suceder a Alavoine. Si la interrogan, no sabe nada. Nos veremos el sábado en la iglesia, pero cuento con usted el lunes, a las quince, en mi despacho.

Cuando Marielle, después de acompañar a su visitante hasta el final de la escalera, volvió con Catherine, ésta reía y lloraba con el busto caído sobre la mesa, mientras que, frenéticos, sus dedos estrujaban las hojas extendidas a su alrededor.

—¡Te lo ruego —protestó Marielle—, sin crisis de nervios! ¡Si alguien tiene derecho a tenerla soy yo!

Al recordar que estaban solas y que nada la obligaba a privarse de un desahogo, Marielle se derrumbó a su vez, estrechando a su amiga. Las dos mezclaron sus lágrimas. La risa de Catherine predominaba.

—Te lo ruego —jadeó Marielle—, detente, cállate. Me das miedo. Tengo miedo.

Las dos mujeres se volvieron a levantar juntas. Cada una, desconcertada, contempló el rostro descompuesto y húmedo de la otra. Por unos instantes, la risa siguió sacudiendo a Catherine.

Marielle sacó dos Kleenex de su bolso, le tendió uno a Catherine, y ambas se secaron mutuamente los ojos, corrigiendo los pequeños deterioros debidos a las efusiones del rimmel.

—¡Oh! Esto nos ha hecho bien.

—Sí, me siento mejor...

—¡Después de este día lo necesitábamos!

—¿Vienes a comer a casa esta noche? Tengo todo lo necesario.

Estaban animadas cuando se tropezaron con el grupo solemne formado por Tarzán e Yvette, parados a la entrada de su oficina.

—Señora —preguntó Yvette— ¿Es verdad que el señor Alavoine no tenía parientes cercanos?

—Creo que están por encontrar a una de sus primas —contestó distraída Marielle.

—¿Lo llevaron a su casa? —preguntó Tarzán.

—Sí, ya está arreglado.

Yvette dio un paso hacia adelante.

—¿Quién va a velarlo? ¿Quién le hará el arreglo fúnebre?

—Supongo que el Grupo ya pensó en eso.

—No vive lejos. Podemos ir, el señor Tarzán y yo.

—No —cortó Catherine—. Justamente íbamos para allá. No se preocupen.

Afuera, Marielle preguntó con aire resignado:

—¿Tienes la dirección?

—Sí, muchas veces llevé pruebas a su casa. Es en la calle Férou, reconoceré el edificio.

El crepúsculo suave, casi fresco, estaba poblado de pájaros y moscardones. Las dos mujeres caminaron en silencio hasta la plaza San Sulpicio. Allí, Marielle se rebeló.

—Debe estar desfigurado. Yo no tendré coraje de mirarlo.

—Mirarás para otro lado.

—¿No iremos a pasar toda la noche con él?

—Veremos.

Entraron en una arcada de pavimento sonoro y encontraron a la portera en el patio, sentada en una silla de paja, con el gato en las rodillas.

—Por lo que parece se ha suicidado, pero si lo entierran por la iglesia es prueba de que el Buen Dios no encontró nada en él que censurar.

Luego la portera tranquilizó a las dos visitantes: unas vecinas se ocupan del cuerpo de Alavoine.

—¿Quieren verlo? —preguntó.

—¡Oh, no! —exclamó Marielle.

Alavoine vivía en unas antiguas caballerizas Luis XIII cuyos ladrillos rosas con arcadas de parra silvestre conferían al fondo de ese patio sombreado una dulzura serena. Las campanas de San Sulpicio, muy cercanas, tintinearon mientras algunas de las golondrinas que poblaban el cielo con su vuelo proferían gritos estridentes que alertaban a las orejas susceptibles del gato. En París, casi desconocidos y a menudo insospechables, existen muchos de esos rincones por donde han corrido los siglos dejando sólo, por gracia de permanencia, quietud detrás de ellos. Dos viejas vestidas de negro aparecieron llevando flores cortadas la una y una bandeja con vino y bizcochos la otra, como una procesión semejante a la que hubiera tenido lugar bajo Luis XIII.

—Gracias, señora —dijo Marielle—. Adiós, señora.

En la calle, Catherine tomó el brazo de su amiga.

—Nos tomó por dos aventureras.

—¿La portera?

—Sí, no oíste: nos contó que cuando un difunto, es la palabra que empleó, no tenía familia, había desconocidas que con el pretexto de velarlo se metían en el piso para robar.

Decidieron volver a la isla Saint-Louis a pie, siempre del brazo, cara al viento y con impudicia en los ojos. En el bulevar Saint-Michel, Marielle observó que ahora se parecían más a dos busconas que a dos ladronas.

Los últimos libreros de los muelles apilaban su mercancía en las cajas. Un aire suave y dorado acariciaba el follaje de los árboles bajo los cuales las dos mujeres, aminorando su marcha, avanzaron blandamente sin hacer mover ya, una su falda y otra su pantalón. El trayecto les pareció corto. En el ascensor, Catherine le dio sus llaves a Marielle, obligada como estaba de ir a informar a sus padres sobre la visita a la abuela.

—Sírvete un whisky, elige un disco o pon la mesa, como quieras. No tardo ni cinco minutos.

Los padres de Catherine ya estaban a la mesa. El gran mantel blanco que la recubría en los tiempos en que la familia estaba completa había dado lugar a dos pequeños cuadrados de plástico.

—¡Es de locos lo que pasó hoy en la revista! —exclamó Catherine—. ¡El jefe se suicidó!

—Tendría los medios para hacerlo —dijo el señor Daubigné—. ¿Se conocen los motivos?

—¿Cómo encontraste a tu abuela? —preguntó al mismo tiempo la señora Daubigné.

Catherine relató su visita con agitación.

—Creía que Nicolas era capitán y que tenía una mujer o tal vez una hija que se llamaba Adèle.

—Adèle —dijo el señor Daubigné—. Antes de tenerme, tu abuela tuvo un aborto. Mi padre estaba persuadido de que era una niña y la bautizó, no sé por qué, Adèle. Cuando yo la irritaba le gustaba deplorar la ausencia de la pequeña Adèle, que hubiera sido el consuelo de su vejez.

—Pero lo increíble es el suicidio del señor Alavoine. Figuraos que fui yo quien lo encontró. Oí la detonación. Abrí la puerta. La cabeza, cubierta de sangre, estaba apoyada en el escritorio.

Al evocarlo, Catherine se estremeció, horrorizada por su relato.

—¿Qué dices? —exclamó la señora Daubigné—. ¡No pudo cortarse la cabeza solo!

—¡Mamá! Su cabeza estaba apoyada en el escritorio pero sus hombros también. Se disparó una bala en el cráneo.

—¡Cuando se oye una detonación es completamente idiota precipitarse! Es imprudente. Siempre se hace lo mismo. ¡No se puede evitar!

—¿Dejó una carta?

—No. Tal vez le escribió antes a un miembro de su familia, aunque al parecer no tiene parientes cercanos. Fuimos a su casa, las vecinas se ocupaban del cuerpo. Y del gato.

El señor Daubigné se enderezó:

—¡Tenía un gato y se suicidó!

—¡Como si un animal fuera una razón para vivir! Mi pobre amigo, creo que tú y el sentido de la realidad sois incompatibles. Todavía recuerdo la época en la que querías que tuviéramos un gato.

—Me acuerdo —dijo Catherine—. Yo también lo deseaba.

—En efecto, ¡me hubiera hecho parecer la esclava de un animal! Además, hace veinte años, y vuestro animal hoy estaría muerto.

Apartando con la mano una objeción de su marido, la señora Daubigné preguntó con precisión:

—¿En qué barrio vivía ese señor Alavoine?

—En la calle Férou.

—¡Ah, mira! En la calle Férou... Allí vivía Athos.

—Con tu manía de deformar los nombres es difícil seguirte. ¿Qué Athos?

—Los tres mosqueteros, que eran cuatro —enumeró el señor Daubigné—, se llamaban: Athos vivía en la calle Férou, D'Artagnan que vivía en la calle Fossoyeurs, Aramis que vivía en la calle Vaugirard, y Porthos. La casa de éste siempre fue un misterio para sus amigos, a quienes Porthos, sin invitarlos nunca, se había limitado a declarar gloriosamente, cada vez que pasaban frente a cierto edificio de la calle du Vieux-Colombier: "Aquí vivo."

La señora Daubigné había esperado con paciencia impaciente el final del discurso de su marido.

—Justamente el hijo de Antonieta busca algo cerca de Saint-Germain-des-Prés. ¿Te informarías, Catherine, para saber si el piso queda libre?

—Bueno, de acuerdo mamá. Me voy. Invité a Marielle a cenar. Si llegáis a verla no le habléis de Alavoine. Va a reemplazarlo y debe preguntarse si no es la causa indirecta de su muerte.

—Marielle es una muchacha que tiene la cabeza bien puesta —aseguró la señora Daubigné acompañando a Catherine hasta la puerta—. No se dejará perturbar durante mucho tiempo por simples suposiciones.

Bajó la voz para preguntar discretamente noticias de Marc en el momento de cerrar la puerta.

—Mañana comemos en casa de su madre.

Cuando estuvieron solos, la señora Daubigné miró a su marido atentamente.

—Catherine ha sacado eso de ti. Cuando quiere guardar algo para ella, el empecinamiento le da habilidad y sabe llevar la conversación a las antípodas. Yo, si quieres mi impresión, creo que todo está terminado entre ella y Marc. Estoy segura. Te lo dije: si no tienen niños, tarde o temprano se separarán.

—¿Piensas que sin Catherine y Nicolas nos hubiéramos divorciado?

—Tal vez. No es seguro... ¡Y con todo esto olvidé mi cordero!

Desde la cocina gritó:

—Si Catherine deseara volver a casa ¿qué pensarías?

—Crabonio patacleche bunobié momú.

El procedimiento era estudiado.

El señor Daubigné se dirigió una sonrisa modesta en el espejo de la consola y murmuró con satisfacción: "Esta es una diversión muy inocente." Era necesario que la voz fuera lo bastante fuerte como para que los sonidos llegaran hasta Rose, pero inteligibles.

—¿Qué dices?

—Barbunia telepe chaminuqui —respondió.

Estaba en las nubes.

—¿Qué?

Reapareció después de salvar el cordero.

—No comprendí, ¿qué decías?

—Decía que habrá que pensarlo.

# Diario íntimo del señor Daubigné

*10 de junio*

*Hace más de veinte años que sueño con dormir en un cuarto separado del de Rose, sin haber pensado nunca seriamente en lograrlo. Por eso, la facilidad de mi victoria me fulmina. No me recupero. El acontecimiento se descompuso en tres fases. Primero, en el curso de uno de mis insomnios me acosté en el diván del salón, donde terminé de dormirme; luego, por la mañana, al despertarme, encontré a Rose delante del diván, con aire semijusticiero y semidesconcertado; por fin, en lugar de buscarme excusas, le expuse a Rose que durante ciertos períodos de fatiga se sabe que uno duerme mejor solo. Para ampliar mi audacia agregué que* Marie-Claire, *la revista de Rose, a menos que fuera* Elle, *su otra revista, había tratado el tema muy recientemente. Aprovechando la apatía de Rose, a quien su sentido de la réplica le fallaba por una vez, concluí que había que poner sábanas en el diván, donde dormiría de ahora en adelante. No tenía miedo, sino deseos de reír: el aspecto de ella era el de un soldado de caballería cuyo caballo ha sido muerto bajo su peso y que deambula por el campo de batalla arrastrando su gran sable por el suelo. Esa misma noche las sábanas estaban puestas.*

*No pude darle gusto a Germaine contándole mis victorias porque hacía mucho tiempo que le hice creer que ya no dormía con Rose. Esto es lo que me espanta: en lugar de mentirle a Germaine hubiera podido establecerme en el diván hace veinte años. La prueba es que esta hazaña, que una larga costumbre debió hacer más difícil, me costó muy poco esfuerzo, sólo algunos segundos de firmeza.*

*Cuando Rose, hace veinte años, supo que Germaine era mi amante y me ordenó que rompiera esa relación y hasta que despidiese a Germaine del despacho, un acceso de firmeza hubiera bastado para que yo obtuviera lo que deseaba apasionadamente. Preferí inclinarme y establecerme en la mentira. Rose creyó que yo había roto con Germaine, cuando me limité a encontrarle otro puesto de trabajo a ésta y, al mismo tiempo, compré un piso donde me dediqué a pasar con ella todo el tiempo libre que la práctica cotidiana de la mentira me permitía ganar. En cuanto a Germaine, conmovida por las pruebas de mi amor, que era innegable, se hizo paciente en la espera de mi libertad futura y se acostumbró a la situación, sin dejar de sufrir por ella.*

*Me doblegué, me doblegaron, o más exactamente: me dejé doblegar. Sólo la emoción me da ánimos, aunque sofoco y disimulo mi emoción, y por lo tanto mis ánimos. Esto sólo me sirvió para defender durante un increíble período de tiempo posiciones insostenibles. Encontré placer en los éxitos de las trampas gracias a las cuales los acrecentaba en una y otra, ocultándole a cada una el lugar que la otra ocupaba en mi vida.*

*La trama de mi debilidad era generosa. Creía inmolarme para ahorrar sufrimiento a esas dos mujeres. Encarnaba una justicia distributiva que me empujaba a no dar nada a la una sin compensar en seguida a la otra. El origen de un drama de pesadilla es a menudo inocente. Rose se había ido a Brévinville con los niños, aprovechando las vacaciones de Pascua, cuando por primera vez invité a Germaine a cenar. Tenía mucha simpatía por Germaine y me gustaba pasar una velada con ella fuera del despacho. Ocultándoselo a Rose no tenía la impresión de mentir, sino de guardar para mí algo que me concernía. Luego supe que mentía y que premeditaba cada vez más hábilmente mis mentiras.*

*Si, corriendo de un campo de batalla al otro, pude instalarme en una vida donde nunca era enteramente yo mismo, fue porque recuperaba mi integridad al escribir mi diario. Este me salvó día a día, a la vez que me castraba. Sin él, me hubiera visto obligado a rebelarme, a cortar. Este amigo-enemigo me dio una débil complacencia para mi debilidad.*

*Cuando lo releo, me espanta su simpleza, prueba de la inexistencia de mi alma. El alma desborda al estilo, lo inventa al forzarlo, al suprimirlo. Si existe, triunfa. Pero la mía no aparece en mi escritura más que en mi vida. Cuando empleo la palabra* alma *me comprendo. La empleo con simpleza y lo mismo podría escribir* instinto.

*Si se tiene alma o instinto no se es esclavo de la manía de diluir las cosas con la esperanza perpetua de ser comprendido por el otro. En 1940, la única vez que disparé con la metralleta, herí a un alemán que encontramos en medio de un campo de trigo. No lamenté en absoluto haberle acertado, pero me obstiné en obtener de ese desdichado, que tenía otras preocupaciones en la cabeza, la seguridad de que me comprendía y que no me odiaba. De la misma manera hubiera querido que Rose me aprobara por amar a Germaine y me alentara a divorciarme. O que Germaine admitiera que mis deberes hacia mis hijos y su madre me obligaban a quedarme al lado de ellos.*

*Sin quererlo, al igual que algunas sustancias alejan las moscas o los vampiros, así también alejo yo casi irresistiblemente los acontecimientos, al menos los que se despliegan entre exceso de lo trágico. Es más: lo hago desde que nací.*

*Germaine, el último mes, me leyó pasajes de un libro de un tal doctor Leboyer (ilustrado con fotos violentas) en el que el autor describe los sufrimientos y la angustia del recién nacido al pasar de la penumbra y de la quietud a la luz y los ruidos. Y mi madre me contó que yo había asombrado al médico y a la comadrona por mi indiferencia; no lograron hacerme llorar, tenía un aire un poco contrariado y, sobre todo, resignado; me hacía cargo. A los trece años, entre Jersey y la costa, me encontré a bordo de una lancha que naufragó, y por un momento temí un fin dramático para mí a sabiendas de que ése no era mi estilo. En la guerra, lo mismo. Por supuesto, la medianía de mi existencia no me pone al abrigo de la muerte, pero ésta vendrá como la vi venir en estos últimos días, agazapada, con una cortesía que excluye la prisa y exige el respeto de la transición, donde se alternan largamente el esmalte blanco de los laboratorios y de las clínicas y las alfombras de Oriente de los especialistas. En una palabra, por una disposición de mi carácter que confundí con una decisión del destino, me vi o me creí colocado fuera de la generación dramática, brutal de los acontecimientos. De ahí mi incapacidad para provocarlos. Por incredulidad de mí mismo, dudé de mi derecho a forzar una situación, a tomar partido en una batalla corta y brutal, es decir, a romper con una u otra.*

*Todas la debilidades de los hombres las he conocido a través de mí, sin necesidad de mirar a los otros. Mi diario pretende reflejarlas todas y justificarlas todas. El hecho de proceder directamente de mis profundidades es lo único que confiere valor a este diario, pero también me condena al traicionar los límites de esa profundidad. Mi triste delirio justificador me resulta comprensible porque tengo demasiada necesidad de mí para no tener necesidad de estimarme: el mundo, para mí, sólo existe por mí. Pero saber esto debió darme el coraje de la intransigencia. Al tener sólo una vida, y cuán limitada, debí quemarla en lugar de manejarla con economías miserables y trampas de mucamo de comedia. Para ver a Germaine, invento con Rose largas consultas con el experto contable, sesiones nocturnas con los inspectores, reuniones de amigos, una inspección en provincias si mi ausencia dura más de veinticuatro horas, y para más de una semana una cura termal, un congreso, un seminario o un viaje de negocios al extranjero. Germaine no admitiría que me rebajara a mentir, sería como tener vergüenza de ella. Por lo tanto le hice creer que no daba ninguna explicación a mi mujer, lo que me obliga, cuando debo telefonearle con objeto de confirmar la fábula, a encontrar otra fábula que me permita eludir y convencer a Germaine. Mi falta de amor propio no llega hasta el punto de carecer de dignidad, y este juego, que debía ahogarme, me divierte a menudo y en todo caso me conviene siempre, pues me mantiene en la pendiente de mi naturaleza, al margen de la tragedia.*

*13 de junio*

*Esta noche, cuando hace un año que me sacudió lo trágico, he renunciado a componer eternamente mis deseos.*

*El día empezó a desarrollarse normalmente. Almorcé con Germaine, que como estaba previsto renovó sus exigencias. Vagamente le había prometido "preparar" a Rose para no pasar con ella los últimos meses de mi vida, pero precisé que me resultaba difícil revelar al lado de quién los pasaría; sería revelar al mismo tiempo que desde hacía más de veinte años continuaba mis relaciones con Germaine y que Rose había pasado la mayor parte de su existencia en el error. Como pude preverlo, en vano traté de ablandar a Rose o a Germaine. Volví con Germaine después de la oficina e hicimos el amor. Amo bien y creo que ella ama bien, sólo me pregunto si se da cuenta de cómo nos quedamos más acá de nuestros poderes. El hecho de no darle todo lo que espera de mí, de decepcionarla de año en año me limita, y su decepción seguramente también la limita. Nuestra carne no vivió todo lo que una carne puede vivir. Cuando me fui, Germaine me retuvo como es su costumbre en el momento en que me disponía a abrir la puerta. Prolonga nuestros encuentros, primero porque le gusta mi presencia, luego porque le gusta privar a Rose de ella y, en fin, cuando está lanzada, por una necesidad de eternizar la palabra que es propia de quienes no ofrecen a su inteligencia otros campos que la conversación. Pero esta noche yo hubiera debido notar en nuestra separación un excepcional desgarramiento.*

*En casa, llegué justo a tiempo para tener derecho a esa transparente tonta de Catherine que había venido a contar su visita a mi madre y el suicidio de su jefe, muy orgullosa de tener algo sensacional que contar, agitada como una pulga. Sería justo, cada vez que pienso mal de Catherine, que recordara cómo ella es la obra de su madre, que cuidadosamente la despojó de todas sus disposiciones particulares. Dos recuerdos más. Tendría siete u ocho años cuando su madre notó que Catherine llevaba cinco minutos ensimismada con su mano izquierda, debajo de la cual, gracias a su mano derecha, deslizaba un sexto dedo que surgía entre el medio y el índice; interrogada, contestó que quería establecer cuánto tiempo se necesitaba para encontrar normal tener seis dedos en lugar de cinco. La idea me pareció tan interesante que la puse en práctica esa misma noche, pero ni pensé en impedirle a Rose que tratara de idiota a la niña. En la misma época volvió del colegio contando que le habían hecho un test de inteligencia y que el veredicto fue aplastante para ella porque no encontró nada absurdo en un dibujo representando un paisaje donde brillaba el sol al mismo tiempo que caía la lluvia. Ella describió admirablemente esos momentos de Brévinville en los que, a la vez, brilla el sol y cae la lluvia; su relato era tan exacto como la descripción de un cuadro de Diderot. Su madre, que sólo escuchaba los convencionalismos, la castigó, y yo no dije nada porque creí que no tenía importancia. ¡Después de todo, Catheri-*

*ne no necesitaba dejarse manejar! Eso está bien para mí, que siempre dejé hacer a los demás y, lo que es peor, siempre a medias.*

*Después de la cena me encerré en mi gabinete de encuadernación, trabajé en mi diario, leí, soñé, y después de que Rose hubiera apagado la luz de su cuarto fui al salón y me deslicé en mi diván repitiéndome que nada era más delicioso que estar solo para dormirse. Durante mi primer insomnio me vi solicitado por el suicidio de ese Alavoine. Desde hace un año soy más que sensible a la vista de la sangre, y la descripción hecha por Catherine de ese rostro herido me perturbó. Luego me asaltaron los desconsoladores conceptos que Rose había vertido sobre los animales y el espanto que producía en mí el suicidio de un hombre que tenía un gato. Recobré la calma gracias a una evidencia: sin duda ese Alavoine no amaba a su gato y a lo mejor éste no merecía ser amado. A mí mismo no me gustaban los gatos, sino uno solo de ellos, al que con razón o sin ella consideraba y considero único.*

*Volví a acostarme, pero sin lograr dormirme porque oía su voz clara y desgarradora. Desde el fondo del patio, El había percibido las llamadas de Germaine y mías, El contestaba, El nos pedía ayuda.*

*Cuando me vio, cuando lo toqué, El se convirtió en esperanza y certeza. Siempre había sido tan feliz con nosotros y nosotros lo habíamos sido con El, que reencontrarnos después de una hora de sufrimientos, de angustia, en la fría soledad del pavimento, Le hacía creer que con nosotros volvía la antigua felicidad, la dulzura de vivir, de amarnos y a veces de provocarnos. Muchas veces trató de escaparse del veterinario y de, pese a no tener ya fuerzas para ello, trepar a Germaine como si en sus brazos, en sus rodillas se sintiera liberado de la desdicha, fuera de peligro para siempre y de nuevo El mismo y contento.*

*Una iluminación me arrancó de la cama. Me vestí como*

*uno se viste, imaginé, durante un incendio. Al recordar la última mirada de Germaine cuando cerré la puerta supe que esta noche era el fúnebre aniversario y que ella creyó que lo pasaríamos juntos. En un pedazo de papel que dejé sobre las sábanas sólo escribí: "Salí."*

*Habiera sido más largo dirigirse al garaje, esperar que se despertara el sereno, y corrí. Corrí con extremada rapidez a pesar de un ahogo extremo. El esfuerzo hacía sufrir mis piernas, pero el sufrimiento que yo sentía era poco comparado con el que El había sufrido hacía un año. Corría como un viejo que soy, con el cuerpo rígido hasta las rodillas. Pensaba en el infarto sin temerle, queriendo sólo que fuera definitivo.*

*Siempre me estremezco al atravesar el patio que fue su cuarto de tortura. Levanté los ojos y, como lo esperaba, en casa de Germaine brillaba la luz. Vino hacia mí con los brazos abiertos y me besó dejándome lágrimas en el rostro.*

*Amanecía. Hablamos de El. Germaine pronunciaba su nombre, un nombre que me traspasaba y que no puedo escribir. Juntos, lo admiramos, le agradecimos haber sido tan bueno y tan listo, tan tierno, tan honesto, tan dulce, tan imprevisto, con una bella gravedad en la que se fundían los movimientos de alegría. Nos reconfortamos recordando que en su demasiado breve vida había sido feliz. Germaine a menudo me desgarraba con detalles de la noche atroz.*

*Esta noche fue la primera, la única en la que el drama se me acercó. Cuando bajé la escalera corriendo tenía la esperanza de encontrarlo vivo, apenas maltrecho como la primera vez que se había caído, ya que mi vida —y El formaba parte de ella— se desarrollaba fuera del drama.*

*A las nueve, cada uno se fue hacia su oficina. Apenas me senté tuve la tentación de llamar a Rose para tranquilizarla. Me gusta convencer, pero por experiencia dudo lograr convencer, y entonces trampeo. Trampear hubiera sido traicionar a aquel cuyo recuerdo me hizo levantar esta noche. Por la no-*

*che, Rose me interrogará como un juez. Simplemente, me negaré a responderle. En adelante no pienso rendirle más cuentas. Agobiado por el dolor, mi entusiasmo me invade. Nunca más mi papel debe volver a caer en la pasividad.*

# 9

La mañana fue agobiante. Moscas exasperadas habían invadido la oficina. Se sucedían llamadas teléfonicas recordando, todas, que Alavoine estaba muerto. Marielle, que durante la noche se había atiborrado de calmantes, tragó una píldora malva destinada a excitarla.

Colgó con aire sombrío, las manos temblorosas, y dijo:

—La señora Hallain quiere que desde el lunes me instale en el que fue despacho de Alavoine.

—Te da miedo.

—En lugar de dejarte aquí voy a llevarte conmigo arriba.

—Te defenderé contra los fantasmas —dijo Catherine levantándose.

—¿A dónde vas?

—Ayer telefoneé a Maurice Raye para mostrarle el texto de su entrevista. Como yo pensaba mandarla hoy a la imprenta, me rogó que pasara esta mañana por casa del príncipe de Oram, donde ahora se encuentra. Voy para allá.

Se detuvo para darle a Yvette la correspondencia que no había tenido tiempo de pasar a máquina ella misma y se sintió conmovida por la severidad del aspecto de la joven y de Tarzán. Hablaban bajo y el cuarto estaba impregnado de recogimiento como una capilla. Hasta habían modificado sus ropas: ella llevaba una falda negra y una camisa blanca y él, con su camisa a cuadros, una corbata oscura. Era la primera vez en la revista que lo veían con corbata.

Un taxi (a cuenta de la casa) la llevó al Campo de Marte, donde vivía Oram. Intimidada por la gravedad del sirviente que le abrió la puerta, Catherine empezó a cruzar un inmenso salón, de techo alto como una iglesia y en el que todos los muebles eran negros e incrustados en nácar. Se apartó para andar por la alfombra, temiendo el choque de sus pesados tacones, de los que se habría apoderado la sonoridad del lugar. El salón se había convertido para ella en uno de esos puertos majestuosos y humeantes que pinta Claude Lorrain; navegaba entre navíos de alta borda. El hombre que, con una cierta rigidez, se apresuraba delante de ella, le pareció que se asemejaba a las fotografías del príncipe. La dirigió a través de una rada abierta al fondo del puerto. En un rayo de sol reconoció a Maurice Raye y, detrás de él, descubrió las verdes guirnaldas de un jardín.

—Nepo, es un segundo —dijo Raye al príncipe tomando las hojas.

Apoyando en Catherine su mirada de Buda, Oram preguntó:

—¿Conocía bien a Roger Alavoine?

Ella perdió su timidez para señalar que en el texto de la entrevista la corrección sobre la palabra *destino* era de Alavoine y que la había hecho unas horas antes de morir.

—Fue con motivo de esta entrevista cuando lo vi por última vez.

El repiqueteo del teléfono cortó en seco y atrajo al príncipe hacia las regiones centrales del salón.

—Buenos días, Lise... Gracias, se lo diré a Ombeline... De acuerdo... ¡Se negó! No le creo: un Schnauzer muestra siempre un estusiasmo belicoso pro las manzanas... ¡Espere, Lise!

¿Las había pelado?... ¡Qué horror! Nunca un Schnauzer se acercará a una manzana sin pelar... Pélelas y verá. En cuanto a las cáscaras, déselas a sus cisnes... ¿No sabía? Todo cisne se vuelve loco por las cáscaras de manzana, sobre todo si son Calville, y no me pregunte la razón. La ignoro.

Mostrándole a Catherine el pie de una hoja, Maurice Raye observó:

—Si esto no altera su compaginación, córteme estas tres líneas donde me repito.

Continuó dirigiéndose al príncipe, que reaparecía:

—Lo que le faltó a Roger Alavoine fue una colección. Ese hombre estaba hecho para coleccionar cualquier cosa. A veces lo había pensado. En el tiempo en que todavía no estaba de moda hablaba de coleccionar los billetes del metro. Eso encajaba muy bien con su carácter, pero tal colección resulta molesta, y por eso le fue imposible emprenderla.

—No supo elegir. Si hubiera elegido...

Una dama muy vieja y muy gorda, con pantalón, había desembocado en medio de ellos.

—Trabajé en el jardín toda la mañana, tengo los huesos rotos. ¿Cómo está Ombeline?

—Feliz porque la espera, Aurore.

—¡Es espantosa esa historia que nos ha hecho Roger!

—Justamente de eso hablábamos —dijo Raye.

Oram empujó a Catherine hacia adelante; comprendió que era presentada a la señora d'Albassoudun, cuyo nombre y título conocía por las revistas. La duquesa Aurore, como la llamaba Proust, había sido una de las últimas en verlo vivo. Catherine había aprendido de Marc —y no de su familia, donde nunca se había planteado el problema— que los duques, contrariamente a los otros nobles, tienen derecho al Señor y Señora, pero se sintió un poco doméstica al articular "Señora duquesa."

—Esta señorita —explicó Oram— trabajaba con Roger.

Como la señora Mercedes, él tampoco quería que Catherine estuviera casada.

—Cuando lo leí esta mañana, en *Le Figaro,* no podía creer a mis ojos. Cinco minutos después me llamo Jean d'Ormesson, pero no sabía casi nada más. Corrí a la calle Férou, donde encontré a ese pobre Roger con unas señoras de la vecindad. Lo habían arreglado muy bien. No estaba en absoluto desfigurado, como había temido. Hasta tenía ese aire burlón que tomaba en los conciertos. Pero su piso no estaba arreglado en absoluto. Esas señoras y yo trabajamos como locas. Felizmente, una de ellas le había hecho la limpieza de manera provisoria durante una temporada, tres o cuatro años antes y pudo darme el nombre del gato.

—¡Un gato! —observó el príncipe de Oram—. De joven tenía un galgo.

—No podía hacer menos por Roger. Tomé el gato, pero a los siete u ocho años que parece tener, no hubiera soportado el cambio de nombre y que no lo llamaran le hubiera agriado el carácter. Felizmente esa señora se acordaba muy bien de que el animal —un gato común, de un negro muy oscuro, con rayas doradas y ojos malva— tenía, no sólo un nombre, sino dos: Tarzán y Hector.

—¡Ah!

Catherine, al principio retuvo la confidencia que tenía a flor de labios, pero luego, considerando que esa gente no parecían ni charlatanas ni dispuestas a buscar la interpretación que disminuye o ridiculiza, se decidió a decirles que Hector y Tarzán eran también los nombres del ciclista. Esta noticia no tuvo gran éxito; la duquesa se limitó a observar discretamente:

—Es curioso: el ciclista también tiene dos nombres. —Y encadenó:— ¿Recuerda usted, Nepo, esa gracia pesada e inimitable de Roger cuando se nos apareció allá por los años treinta o antes?

—En realidad —precisó Raye—, no se nos apareció hasta

1935, pero su dandismo, su deportiva indiferencia, su cinismo poético tenían el estilo de la inmediata postguerra. Era la época que se había elegido. Nadie describiría mejor que él las noches del *Boeuf sur le toit.*

Dirigiéndose a Catherine describió a un joven Alavoine, con sus cabellos rojos cortados como los de un cepillo, un poco demasiado gordo para su edad y arrastrando los pies, cuya gracia era inexplicable.

—Hay un retrato de él por Van Dongen que da muy bien todo eso —recordó de pronto Oram—. Me pregunto dónde habrá ido a parar.

—Sigue en casa de Sarah.

Hablaron todos a la vez durante un momento. Catherine supo que, si bien el joven Alavoine caminaba blandamente, conducía como un rayo. Había comprado a un intermediario de Deauville, de ocasión, una Bugatti medio reventada que Sarah, mecánica de alma, reparó y mantuvo cuidadosamente. De esa Sarah, una joven inglesa que luego se casaría con un suizo, era difícil saber si Alavoine se la había quitado a Drieu la Rochelle o a la inversa. Sarah había bautizado al joven *Mourouflou.* Esa era la tesis de Aurore d'Albassoudun, refutada por el príncipe:

—Tal vez Sarah encontró esa salida, pero fue Misia Sert quien lo impuso.

—Creí que había sido Cocteau.

—Cocteau inventó una variante. Creó *Mourouflou* una noche que Roger le mostró uno de sus poemas. Jean, que esperaba de él lo preciso, lo conciso, la contracción, se vio decepcionado por un floripondio verbal. De ahí lo de *Mourouflou.* Esa misma noche, como le siguiera reprochando a Alavoine la escritura desvergonzada * de ese poema, nació otra palabra:

* Juego de palabras basado en la fonética: *devergondée* (desvergonzada) suena como *des vers gondés* (versos rebuscados). *(N. de la T.)*

*Gondé*. Roger fue considerado culpable de versos *gondés*. Jean incluso improvisó un pastiche de Toulet sobre las aventuras de un mourouflou que, despreciando la ley, fabricaba versos gondés y trataba de hacerlos pasar.

—¡Pero, sí! ¡Pensar que lo había olvidado! Durante un tiempo empleamos *Gondé* por ampuloso, redundante, charlatán. Era una de nuestras contraseñas, la guerra lo barrió.

—Ahora comprendo —dijo Catherine— por qué el dibujo de Jean Cocteau que hay en el escritorio de... Roger está dedicado a *Mourouflou*.

Enrojeció al llamar por su nombre a un hombre a quien siempre había llamado señor. Temía parecer una empleaducha al decir "Señor Alavoine", pero se despreciaba por lo que consideraba como una bajeza. Nadie se dio cuenta de lo que había señalado y en seguida, avergonzada, enrojeciendo a más y mejor, se persuadió de que al retrasarse descondideradamente había sido indiscreta. Tomó su entrevista, la hundió en su bolso, balbució unos saludos y, en su emoción, esbozó una reverencia frente a la duquesa. En una palabra, se sentía irremediablemente ridícula. Corrió a través del salón, falta del sentido de orientación, sin encontrar la salida. Oram la recuperó y la dirigió hacia la puerta cuando los alcanzó un criado. Supo, lo que acrecentó su confusión, que la llamaban por teléfono. Escoltada por el criado llegó al aparato. Marielle le había dado el número a Marc. Este quería almorzar con Catherine.

—Tengo que hacer una escapada al ministerio de Asuntos extranjeros, podríamos almorzar en *La Frégate,* en el Quai Voltaire. ¿Me oyes?

—Sí, sí, de acuerdo.

—Nos encontraremos a las doce y media, así tendremos tiempo de hablar. ¿Eh?

—Sí, sí, de acuerdo, hasta luego.

Esta vez supo encontrar el camino. Mientras huía oyó a la duquesa que contaba cómo Fifine, que sin duda era su cocinera, había acogido al gato Héctor-Tarzán:

—Refunfuñaba, pero estaba encantada. Es un gato más. Por el contrario, tomó muy mal una receta que me dio una de esas señoras para sacar las manchas del asta de los cuchillos. Fifine era igual cuando tenía veinte años. Es una muchacha que cree saberlo todo y hace un prurito de honor de no escuchar nada.

En la avenida, Catherine, tan desorientada como en el salón, no supo en qué sentido buscar el Sena. Caminaba bajo la sombra espesa de los castaños.

Cuando encontró el Sena apuró el paso, de mal humor porque transpiraba. Cuando llegó a *La Frégate,* la ausencia de Marc la irritó. Se había apurado para nada. Apenas se sentó, lo vio aparecer, con una fisonomía competente que consideró exasperante. Agravó su situación al hablar con condescendencia, o al menos así se lo pareció a ella.

—Te lo ruego, Marc, no seas condescendiente.

—Pero si yo no soy condescendiente.

—Sí, justamente eres condescendiente. Es insoportable.

Se puso a repetir la misma frase: "El pobre Mourouflou murió." Existe una voz interior que escuchamos y a la que se le pueden atribuir entonaciones e inflexiones, y que Catherine escuchaba pronunciar dentro de sí esa frase breve, con diferentes tonos que iban de lo triste a lo patético. Sintió lágrimas en los ojos, pero, al tocarlos, los encontró secos. Lloraba para adentro, como hablaba.

—Yo —dijo Marc con apetito— tomaré una escalopa a la milanesa.

—¿Y para empezar? —preguntó Louisette, con el lápiz suspendido encima del bloc de notas.

—Una ensalada de tomates.

Catherine no tenía hambre; pidió carne asada y se inclinó para acariciar un gato que se frotaba en sus piernas. De pronto le empezó a contar a su marido cómo la duquesa de Albassoudun había adoptado el gato de Alavoine que compartía su nombre y su apellido con el ciclista de la revista. En seguida dejó languidecer su historia, al notar que Marc no la escuchaba y que se acentuaba la seriedad de su fisonomía. Se hizo un silencio en medio del cual Marc anunció:

—La velada y la noche que vienen revisten una gran importancia para nosotros.

A Catherine le pareció oír en la radio a un ministro que inaugurara un monumento.

—¡Pero si esta noche comemos en casa de tu madre!

—¡Con Marielle!

—Sí, con Marielle.

Marc vació su vaso de vino, luego volvió a llenarlo. Era evidente que revisaba el orden de frases preparadas: retrocedió en el momento de echarse el agua.

—Primero —dijo— pensé tenderte una trampa.

—¡Qué dices!

—La otra noche, cuando estábamos en el bar con Gonzague, recuerdas que apareció Tilly.

—Hablas de la otra noche, cuando me hiciste...

—Peinaste a Tilly. Gonzague y yo te mirábamos. O más bien os mirábamos. Y Gonzague dijo que le gustaría hacer un croquis a la sanguina de vosotras dos, tú peinando a la otra. De las dos desnudas, evidentemente.

—Eso, en él, me decepciona. Bueno, ¿y qué?

—Pues que yo te imaginé con otra mujer.

—¿Y tú al lado?

—Quisiera que esta noche, si te doy órdenes, sepas que es importante seguirlas.

Catherine se dio vuelta y miró hacia el vacío.

—Cuando tenía catorce o quince años —dijo por fin— flirteaba con un estudiante un año o dos mayor que yo que se llamaba Yves Chadirot. Tomábamos el metro e íbamos a pasear al bosque de Vincennes. Le decía: "Hágame obedecer, déme una orden cualquiera." Ahora que lo pienso, nunca tuvimos la idea de tutearnos. Yves no parecía comprender muy bien, pero terminaba por darme una orden. Si estaba sentado en un banco, me decía: "Siéntese sobre mis rodillas." Yo lo hacía, mientras le decía a la oreja: "¿No es cierto que soy una chica obediente?"

En casa de su peluquero, durante una hora larga, se aprestó sin impaciencia a gustar las emociones de la velada que le esperaba. En el despacho trató de terminar el trabajo que durante la agitación de los últimos días se había acumulado. Antes de irse se sintió atraída por el despacho de Alavoine y subió la escalera. Estaba sola. Yvette se había ido un momento antes. El despacho había sido ordenado. En la pared contempló la dedicatoria a Mourouflou. Luego dio algunos pasos por la terraza, frente a las frondas que tanto amaba Alavoine. El crepúsculo espolvoreaba la cima de los árboles. Y también anunciaba una noche que Catherine consideraba amenazadora sin temerla. Como en casa del abogado, se había convertido en la espectadora de sí misma. Asistía a la meditación de una joven frente a un jardín.

# 10

La señora Esmelain vivía en la calle des Ecoles, en una casa construída en el siglo XIX. Su balcón, situado en el segundo piso, estaba sostenido por dos cariátides mofletudas. Marc aparcó el automóvil frente al Colegio de Francia.

Cuando entraron en el salón, Marielle ya estaba allí, al igual que una decena de otros invitados. Estos eran casi todos parientes, pero la señora Esmelain nunca hubiera admitido que se considerara esa reunión trimestral como una reunión de familia, celebración que consideraba "común". Para la señora Esmelain no había mayor crimen que ser "común", y era ese juicio sin apelación el que había hecho sobre los padres de Catherine cuando le dijo a su hijo: "Son muy buena gente, pero un poco comunes."

Catherine siempre se sentía incómoda en ese piso demasiado amplio y que no había sido vuelto a pintar desde hacía veinte años. Los sillones Luis XV del salón, unos esterillados, los otros tapizados con una seda gris raída, disimulaban su gracia bajo una severidad enfurruñada. Bajo techos terriblemente altos, un espejo manchado reflejaba el tapiz verdure que cubría la pared opuesta. Verdure que mostraba su trama a la manera de las alfombrasa de Oriente que, muy pequeñas, sólo ocupaban el centro del cuarto, de forma que las sillas estaban apoyadas en el piso.

La primera vez que recorrió esos lugares, Catherine se sintió espantada sobre todo por los corredores, que se desplegaban a través de las entrañas del departamento. En una noche de mayo de 1968 Marc la había llevado allí, aprovechando la ausencia de su madre, que hacía una cura en Royat. Lo había conocido una hora antes en el tumulto del teatro Odeón y él había tomado como pretexto una carga de los C.R.S.* frente a la Sorbona y una barrera de policías en la esquina de la calle des Ecoles con la de Saint-Jacques para arrastrarla a ese antro majestuoso y mal iluminado. Catherine aún tenía las orejas llenas de los gritos que había dado y oído durante toda la tarde; granadas lacrimógenas estallaban debajo de las ventanas; tenía la impresión de vivir, no su vida, sino un papel, cuando se miró en el espejo del salón como en una pantalla, despeinada al lado de aquel desconocido; los muebles estaban revestidos de fundas blancas. Marc la tomó en la alfombra. Su abrazo no le había dejado recuerdos, pero sí se acordaba en detalle de su carrera, desnuda, hacia el cuarto de baño, de corredor en corredor, y de que aquel cuarto de baño evocó para ella una pesadilla que estaba segura de haber tenido a menudo sin recordarla nunca al despertarse. Con sus sombríos vitrales, su linóleum descarado, su alta bañera colgada de patas en forma de garra, su calentador semejante a un acumulador de submarino, su lavabo demasiado alto y con un grifo de cuello de cisne, sus molduras ennegrecidas por la grasa, el cuarto había cercado a Catherine que se contempló en otro espejo, a caballo de un bidet arcaico, junto a un hombre tan desconocido como antes y que le tendía una toalla. Esa noche habían terminado por acostarse en la cama de Bérangère, quien todavía

* Compañías Republicanas de Seguridad. *(N. de la R.)*

vivía en la casa de su madre, aunque dormía en el XVI *arrondissement* desde que los motines agitaban su barrio. Al día siguiente, por la mañana, Bérangère, que había venido a buscar unas cosas, los encontró acostados. Catherine se había sentido apenas confusa, pues esa noche ya estaba clasificada por ella entre sus locuras de mayo. Por el contrario, en adelante no había podido soportar el piso a la luz del día más que con luz eléctrica. Quiso volver a su casa para arreglarse y cambiarse y dejó a Marc como si fuera lo más natural del mundo que, después de levantarse, reapareciera delante de su familia con un hombre. Lo que unas semanas antes hubiera sido una audacia inconcebible se había convertido por gracia de ese encantador mes de mayo, en algo tan normal que sus padres ni se movieron y retuvieron a Marc para almorzar. El pequeño departamento familiar era confortable y ordenado; no pretendía ser imponente como el de la calle des Ecoles, pero la señora Daubigné no hubiera sufrido una mancha ni nada semejante. "Nunca volveré a poner los pies en casa de tu madre", le había dicho a Marc. Y durante la última semana del tumulto, casi todas las noches había dormido en el estudio de Marc en Passy.

—La señora está servida.

María, la sirvienta cuya figura de veinte años de envejecimiento formaba parte integrante de la respetabilidad de la señora Esmelain, desplegó los dos batientes de la puerta que separaba el salón del comedor. Catherine se levantó, confundida por haberse dejado llevar por su ensoñación sin participar en la conversación. En la mesa se encontró colocada entre el viejo Bertrand de Saint-Presse y el todavía joven Robert Lespiau que, hijo de un amigo íntimo del señor Esmelain, había estudiado con Marc y como él había fracasado en la E.N.A.; un rápido ascenso a través de los gabinetes ministeriales le hizo acceder a un subsecretariado de Estado, lo que le valía el tratamiento de "Señor Ministro". Era de piel y pelos negros y aun descansando conservaba los ojos brillantes y movedizos y las mandíbulas apretadas. En la televisión solía aparecer a menudo en los "Frente a frente" y en los coloquios, con su voz potente y su entusiasmo siempre apoyado por estadísticas, para volver a desaparecer en seguida; desde hacía un tiempo incluso cultivaba algunas discretas entonaciones callejeras que parecían convenir a un tribuno. Entretenido con Xavier Esmelain, un primo de Marc que había hecho la E.N.A. y luego entró en el Tribunal de Cuentas, descuidaba a Catherine, a la que el señor de Saint-Presse quería interesar.

—¿Sabe que hace tiempo conocí a ese Roger Alavoine? Al saber de su suicidio por las noticias me acordé de la época en que hablábamos juntos bajo el sol de Egipto. Era en los años treinta. Alavoine era mucho más joven que yo. Estaba en los dieciocho años. Yo acababa de dejar la Inspección y la sociedad me había enviado en misión a El Cairo. Guillermo Alavoine, el padre de Roger, era ingeniero general en el Canal. Salía del anonimato. Mi padre y él fueron de la misma promoción. En detrimento de su carrera, se aferraba a Egipto en tanto que Roger sólo soñaba con París y la literatura. El y yó íbamos a beber a bares de mala fama. Tal vez fue la única época de mi vida en que estuve ocioso y pude conversar con libertad.

Catherine escuchaba a su vecino sin poder impedir que penetrasen en sus oídos las fórmulas que Xavier Esmelain intercambiaba con Lespiau como pelotas de tenis: "Las modalidades de una política eficaz de ordenación territorial y equipamiento de las colectividades locales... el balance de las posibilidades ofrecidas por la legislación en vigor... las reformas deseables al nivel de las instancias regionales", fórmulas que se cruzaban a veces con consideraciones personales "Besthaux siempre ha sido una nulidad, es de la misma promoción que yo. Le habíamos puesto el sobrenombre de Bestiaux*...

* Sustituyendo la *h* del apellido por una *i* queda: rebaño, ganado. *(N. de la T.)*

Dumas empezó proveyendo a su prefecto de mujeres... Sin Matignon hace mucho que Belman habría saltado."

Marc, que seguía la conversación con una oreja, descubría malentendidos que reflejaban la mutua animosidad de esos dos hombres, uno de los cuales no le perdonaba al otro haber tenido éxito con la E.N.A., mientras el segundo no le perdonaba al primero haber triunfado sin la E.N.A.

—Tienes que ayudarme a persuadir a mamá.

Bérangère no dejaba de acosar a Marc para que convenciera a su madre de vender el piso y deshacerse de la sirvienta y de los muebles, lo que le permitiría, utilizando a una portuguesa una hora por día, llevar una vida feliz en un estudio. Marc estaba furioso, tanto más por hallarse estúpidamente colocado al lado de su hermana cuanto porque deseaba la vecindad de Marielle. Esta recibía las felicitaciones de la señora Esmelain, a quien no ocultó que le habían confiado las funciones de Alavoine.

—¡A su edad, Marielle! ¡Es maravilloso! ¡Qué buena situación!

Marc encontraba en esa exclamación a toda su familia: el buen matrimonio, la buena situación y, llegado el caso, una buena cita, aunque fuera a título póstumo.

Gracias a la voz bien entonada de la señora Esmelain circuló la noticia del ascenso de Marielle al puesto de Alavoine y varias bocas formularon la misma pregunta: ¿se sabía el motivo definitivo del suicidio?

—Se trata de un momento de depresión —recitó Marielle.

—Es lo que siempre se dice en casos semejantes —bromeó Lespiau.

—En realidad —preguntó Saint-Presse a Catherine— ¿usted tiene alguna idea?...

Descubrió que, en casa del príncipe de Oram, nadie había planteado la pregunta. Del mismo modo que hay muchas cosas en la casa del Señor, así también hay muchas sociedades en la sociedad burguesa, se decía; la sociedad de Oram no se parecía a la de la señora Esmelain ni a aquella en la que había sido criada Catherine.

La cena, tan mala como de costumbre, terminó y pasaron al salón. Catherine hubiera deseado combiar de acompañante, pero Saint-Presse ni pensaba en privarse de una confidente.

—Tenía treinta y cinco años en la época en que Alavoine tenía dieciocho y yo era el producto de un término medio. Hoy la E.N.A., está muy mezclada, pero en mis tiempos toda una casta enviaba a sus hijos a las grandes oposiciones. Sufrí las limitaciones de la mía y sólo había leído, de los autores contemporáneos, a Bourget, Bazin y Lavedan. Cuando Alavoine me habló de Gide yo ignoraba la existencia de André, sólo conocía la de Charles y me asombraban las intenciones que ese joven le otorgaba a un respetable profesor de Ciencias Políticas. En mi familia había oído hablar mucho del doctor Proust, que curó a mi padre, pero su hermano Marcel me había sido descrito como un ocioso aturdido y, por otra parte, inofensivo. Lo mismo con Morand, que para mí era el padre. Eugenio, y nunca había entrevisto el título de un libro del hijo. André Breton yo creía que...

Catherine renunció a escucharlo fascinada por el espectáculo de Marielle y Marc, aislados en un rincón del salón, discutiendo al parecer ásperamente. En vano ponía atención: entre ellos y ella un grupo daba voces. El estilo de estas cenas quería que siempre se terminara por hablar de Bardot, Sagan y algunas otras vedettes, lo que restringía el debate alrededor de la última cosa que había que ver o leer.

Molestos también por esa vecindad ruidosa, Marielle y Marc continuaban su diálogo en voz baja.

—Nos pusimos de acuerdo el otro día —repetía Marc con amargura— e inventas cambios a último momento.

—Nada cambia. Es más,acabo de preguntarle a Catherine si para llegar juntas al entierro me daba hospitalidad esta noche.

Espero que tengas lo que quieres. A cambio, tengo derecho a un capricho.

Con una semisonrisa Marc preguntó:

—¿Es chantaje?

—Esta noche te comparto con Catherine; mañana te quiero durante un momento para mí sola. A la una estaré de vuelta del entierro. Ven, almorzaremos en mi casa.

Los otros invitados conjugaban sus fuerzas vocales en un debate sobre la censura cinematográfica, salvo Saint-Presse que continuaba un estudio matizado del caso Alavoine.

—Sobre todo, Catherine, no vaya a creer que fue un colaboracionista. Publicó artículos en la prensa de París, pero sin salir nunca del dominio literario y artístico. Sin duda, su único error fue que, siendo muy amigo de Arno Breker, aceptó una invitación en Alemania.

La señal de partida fue dada por Lespiau, a quien un largo y espinoso informe, aseguró, lo esperaba en su escritorio. Marc, que tradicionalmente tenía que ser el último en abandonar la nave, aprovechó la ocasión.

—¿Tiene auto? —preguntó Lespiau.

Tranquilizado, se dirigió hacia el que la República le había acordado; el chófer le abrió la puerta.

Marc se instaló ante el volante con aire preocupado. Había imaginado esa noche con una precisión apasionada hasta en sus detalles. Ahora lo que se avecinaba ya no coincidía con el proyecto. La exigencia imprevista de Marielle menguaba la claridad de esta aventura y Marc no tenía el humor que había imaginado.

Hasta el encontrarse a James Groslau delante del ascensor, aunque no tuviera consecuencias, irritó a Marc en tanto que imprevisto. El vecino, siempre directo y cordial, abrió la puerta y le ofreció la cabina:

—No se puede subir más de tres y no quiero separarlos. ¡Sí, sí! —insistió—. Vayan, yo tengo tiempo.

Catherine encendió las luces, puso un disco y sirvió whisky. En el plan de Marc los tres tomaban el whisky estirados en la cama: se sentaron alrededor de la mesa baja y Marielle inició un estudio psicológico de los invitados.

—Tu hermana Bérangère es una muchacha rara. Cuando mira parece dirigirse a alguien que estuviera detrás de uno. Yo no podía dejar de darme vuelta.

—Bérangère —respondió maquinalmente Marc— siempre fue del tipo niña pija. Ahora vive con un drogado, a lo mejor también ella se droga, pero eso no cambia las cosas. Se fabrica personajes. Hoy jugaba al de la muchacha plena de sentido común y de atención que quiere tomar en sus manos la suerte de una vieja mamá demasiado distraída.

Marielle estaba impresionada por Lespiau. Hacía preguntas sobre él. Marc alzó la voz improvisando los discursos de esos lacayos de los grandes cuerpos del Estado, uno de los cuales estuvo a punto de ser.

—Lespiau tiene encanto —cortó Catherine.

—Triunfó porque es menos respetuoso que los otros. Al principio, los otros bromearon, luego lo envidiaron y ahora lo admiran, ¡incluido Bertrand de Saint-Presse!

Saltando a ese nombre Marielle observó que esa noche, a través de las conversaciones, sólo había podido entrever las relaciones que ligaban a Francisco I con el banco de Saint-Presse. Su ambición le daba la pasión de saber para prever y proveer, por lo que quería detalles. Pero aquella conversación consagraba el naufragio del sueño de Marc, que se levantó.

—¡Diviértanse, niñas, yo me voy a acostar!

Lo miraron salir. Luego, cuando se cerró la puerta, se miraron.

—¿Qué le dio?

Marielle sonrió.

—Se desinfló.

—¿Qué quería?

—Tenía ideas acerca de nosotras —explicó Marielle, siempre sonriendo—. Al menos es la impresión que me ha dado —corrigió—. Y yo, compréndelo, en la medida en que pueda ser útil para arreglar tus cosas con él, responderé...

—¡Como un solo hombre!

—¿Comprendiste?

—¿Nos acostamos?

—¡Sí! Mañana no se trata de llegar tarde a la iglesia.

En el cuarto de baño, Catherine le prestó su cepillo de dientes a Marielle como en la época en que eran niñas. Una vez en el dormitorio se desvistieron según la tradición que consistía en darse la espalda y en multiplicar púdicas precauciones, lo que no les impidió, al fin, verse desnudas.

—Tus senos se han embellecido —dijo Marielle—. Están soberbios.

—¿De verdad? No llegan a gustarme. Y según el masajista tengo celulitis en la cintura y en las nalgas... En cambio tú estás perfecta. Me encantan tus nalgas.

—Son nalgas de muchacho.

—De jovencito. Duras, apretadas. Yo soy del tipo pollina. Espera, voy a buscarte un camisón.

—No uso.

—Entonces yo tampoco.

Se habían acostado y fumaban las dos el cigarrillo que había encendido Marielle.

—En el almuerzo me contó que el otro día Gonzague le dijo que soñaba dibujarnos a Tilly y a mí, una en brazos de la otra. Preparaba el terreno.

—¿Quién es Tilly?

—La amiguita de Gonzague. Probablemente pensó que era más fácil organizarlo contigo porque le contaste que antes habíamos sentido debilidad una por la otra.

Catherine rió bruscamente.

—Tengo ganas de hacerle creer que después de su partida nos entregamos a una orgía.

—Cuenta conmigo para aportar los detalles.

Aplastaron el cigarrillo en el cenicero y apagaron la luz. Después de un silencio Marielle dijo, en el tono de voz preciso:

—Para mentir bien hay que apoyarse siempre en un mínimo de verdad.

La frase terminó en un beso. Catherine se había dejado abrazar. Gustaba la dulzura del cuerpo de Marielle apretado contra el suyo. Hasta devolvió algunas caricias, pero casi en seguida se separó.

—¡Y ahora, dormimos!

En efecto, se durmió, y tan profundamente que se sobresaltó cuando entrevió en la penumbra la silueta de la señora Jeannot.

—Quisiéramos dormir un poco más —clamó—. ¡Hoy no vale la pena que se quede, señora Jeannot!

Sin mostrar sorpresa, la señora Jeannot anunció que antes de irse pondría la colada en remojo, "cuestión de sólo cinco minutos". Durante un cuarto de hora escucharon unas cascadas que se estremecían en la cocina. Por fin, el golpear de la puerta de entrada las liberó. Como niños en falta a los que la partida de los adultos devuelve su turbulencia, saltaron juntas de la cama. El roce de la llave en la cerradura las sorprendió, y la aparición de Marc las dejó atónitas. Instintivamente, Marielle tomó la pose tradicional del pudor amenazado; una mano en el vientre, un brazo sobre el pecho, los muslos apretados, el cuerpo doblado y los ojos bajos, Catherine, por su parte, la imitó, lo que hizo reír a Marc. Había entrado con cara severa, pero no podía dejar de sonreír por ese espanto femenino dado con poses académicas. Catherine fue la primera en recuperarse y empujó a Marielle al cuarto de baño.

—Haznos café y una taza de té para Marielle.

A pesar del rumor de la ducha, se oían murmullos mezclados con estallidos de risa que llegaban hasta la cocina. Después de depositar la bandeja en la cama, Marc las esperaba. Aparecieron más rápido de lo que pensaba, siempre desnudas, pero esta vez apaciblemente impúdicas. Se sentaron alrededor de él y de la bandeja y se interrumpían para justificar la turbación que habían mostrado ante su aparición.

—Primero vino la señora Jeannot...

—Luego llegás tú: ¡segundo delito flagrante!

—Es que somos tontas. Sabías que dormíamos juntas, no podíamos descubrirte nada...

—Y la señora Jeannot habría encontrado muy normal que una amiga durmiera aquí.

—Si hubiéramos sido inocentes, muy simplemente húbiéramos...

—Pero como nos sabíamos culpables, actuamos como culpables.

Marc llegó a preguntarles de qué eran culpables. Respondieron a coro, como una lección bien aprendida, que habían pecado como él deseaba que pecaran, lamentando tan sólo que no se hubiera dignado quedarse para asistir a ese desenfreno.

—No exageres, Catherine, estuvimos muy bien sin él.

Marc contemplaba con hostilidad los músculos abdominales a los que agitaba una risa loca.

—Si continuáis así —dijo— llegaréis tarde al entierro.

El tono de esa advertencia tuvo como efecto que se redoblaran sus risas. Pero Marielle reaccionó:

—¡Tiene razón!

Al vestirse se preocuparon por ayudarse mutuamente, abrochándose el sostén o subiéndose las cremalleras, mientras evocaban su nocturna debilidad y reavivar las nostalgias del espectador. Este, con las cejas fruncidas, se preguntaba si se animaría a formular el deseo que era el objeto de su visita matinal; temía provocar nuevas risas. Por fin sacó de una bolsita de plástico un portaligas negro y le preguntó a Catherine, con voz involuntariamente siniestra, si aceptaría ponérselo.

Ambas se traicionaron con ciertas tentativas de risas ahogadas, pero no se burlaron tanto como él había temido.

—Hace cien años —dijo Marielle— que no veía ese artefacto medieval.

—En el año sesenta y ocho todavía lo llevabas, y yo también.

—Lo detestaba. Tira, lástima. Es ridículo. Da la impresión de que una está cinchada, como un caballo. No sé si te acuerdas, pero con los vestidos cortos de jersey se adivinaban los cuatro botones a través de la tela. ¡Era degradante!

—Por eso le interesa a Marc —observó Catherine con sensatez y aire conciliador—. Pero debiste comprar medias, Marc, me da mucho miedo no tener.

Volvió triunfante de su incursión al guardarropa.

—¡Tú que me acusas de no tirar nunca nada deberías bendecirme!

Se puso las medias y las sujetó al portaligas señalando:

—Perdí el gesto. ¡Sin embargo, las llevé durante tanto tiempo!

Se levantó y ahuecó su falda, agregando que sin duda Marc le prohibiría cualquier ropa interior. El asintió gravemente. Como las dos habían decidido no maquillarse, se declararon dispuestas y él las acompañó hasta la puerta.

—¿Vuelvo a encontrarte para almorzar? —dijo Catherine.

Antes de tener tiempo para contestar Marc recibió una mirada de aviso de Marielle.

—No, para cenar.

—Estamos atrasadas, me llevo el coche.

En la vereda se cruzaron con Gonzague. No estaba afeitado y sus largos cabellos colgaban rígidos. Catherine lo besó en ambas mejillas. Comprendió que él deseaba una cita.

—Recógeme a las seis y media en el instituto Sanus Ludovicus. ¿Te va bien?

Daban las once en la iglesia de San Sulpicio cuando desembocaron en la plaza. Se sumergieron en el parking subterráneo. Una vez estacionado el automóvil, Catherine se sintió tranquilizada viendo el espectáculo de la duquesa d'Albassoudun que bajaba de un 2 CV al que llenaba completamente.

—No seremos las últimas —le susurró a Marielle.

Se precipitó para ayudar a la vieja dama cuyos esfuerzos agitaban tumultuosamente el pequeño vehículo. Luego, perdida, se hundió en las presentaciones. Al no saber si había que decir "la duquesa" o "la señora duquesa" optó por un prudente señora d'Albassoudun, pero turbada por la rapidez de su deliberación, se equivocó y fue la duquesa quién presentó a Marielle, por lo que enrojeció violentamente, inquietándose por nada pues la duquesa no escuchaba, limitándose a farfullar:

—¡Apurémonos, tengo horror de llegar tarde!

La edad y la corpulencia habían dado a la que Proust comparó con un pájaro, el andar de un pájaro. Saltaba sobre uno y otro pie, al querer apresurarse, haciendo un enorme esfuerzo por dejar caer alternativamente todo el peso de su cuerpo sobre una pierna y luego sobre la otra. Como sombrero lucía una especie de toca en terciopelo de un violeta sombrío y con una pluma incrustada. Esto la inquietó a Catherine: tal vez ellas dos debieron ponerse sombrero.

—Esta Sarah siempre será tan loca —gruñó la vieja dama—. Tengo que tomar un coche para venir de Suiza en lugar del avión, ¡qué les parece! Y además, cuando ya no se tiene chófer no se conserva el Rolls. Vendió su petit hotel de la calle Las Cases, perfecto, pero supe que ayer fue al *Crillon.* El *Crillon,* ¡para qué, Dios santo! Podía ir a casa de amigos o simplemente a una pensión familiar. Conozco una, asombrosa, en la calle de la Université.

Estas explicaciones no esperaban respuesta, la duquesa las pronunciaba para su uso propio. Catherine vio descender de un Rolls negro a una mujer grande, delgada, de unos sesenta años y con ridículos guantes mosqueteros... Nuevos espantos: ellas se habían olvidado ponerse guantes.

En la escalera, Catherine intentó ayudar en su ascenso a Aurore d'Albassoudun, pero ésta se negó sin ambages y se alzó con bastante rapidez hasta la luz del día. También encaró valientemente los escalones de la iglesia. Delante de ella subían fieles entre los cuales Catherine reconoció a Bertrand de Saint-Presse y, escoltada por numerosas siluetas de ejecutivos, a la señora Hallain. La iglesia estaba bastante llena, lo que asombró a Catherine. En el momento en que la joven ofrecía agua bendita a su duquesa, ésta fue alcanzada por Sarah y, de golpe, las dos amigas, liberadas, pudieron deslizarse por una fila lateral. En la última hilera estaba Tarzán, que llevaba un traje negro y, traicionando su gorra, tenía en la mano una boina. A su izquierda, Yvette con falda y jersey negros, y un pañuelo negro con lunares blancos anudado alrededor de la cabeza. Tarzán, muy rígido, casi no contestaba a los murmullos de sus vecinos de la izquierda que debían ser su mujer y su hijo. Catherine de buena gana se hubiera sentado a la misma altura, pero Marielle la empujó hacia una nave lateral, que siguieron hasta las primeras filas, donde encontraron dos asientos libres. La misa acababa de empezar.

Un fresco atrajo la mirada de Catherine. Reconoció el combate de Jacob con el ángel pintado por Delacroix, que nunca había visto y sólo conocía por Alavoine. Unos días antes, éste le había mostrado una pequeña reproducción del cuadro de Vermeer representando Delft y le había confiado que, si le gustaba considerar esta obra, era porque Proust la había comentado a través de uno de sus héroes, Bergotte, enamorado de la pequeña mancha amarilla que ilumina una parte de la pared. Agregó que necesitaba de la literatura hasta para las artes plásticas y que, al igual que necesitaba a Proust para gustar desmesuradamente ese Vermeer, también gracias al acompañamiento de un texto de Barrès lo turbaba el fresco de San Sulpicio, *el combate con el ángel.* con la mirada detenida en el fresco, Catherine recordó que Alavoine, a través de Barrès, comparaba a Jacob con un pequeño carnero, con un joven que no puede ver nada sin correr hacia él con un alegre desprecio por el obstáculo y una sana maldad. En ese momento, luego de esa confidencia, había sentido curiosidad por saber si Alavoine, ya que parecía frecuentar la iglesia de su barrio, era creyente. A algunos metros de su cadáver se lo volvió a preguntar, luego volvió a plantearse la pregunta a propósito de cada uno de los rostros recogidos que la rodeaban.

De esta manera descubrió que Aurore d'Albassoudun estaba sentada justo delante de ellas. Va a creer que ando colgada de ella, se dijo, tan contrariada que enrojeció.

Por su parte, Marielle escrutaba los rostros de los alrededores deseosa de cruzar ciertas miradas, las de la señora Hallain y el señor Risinger, y de identificar gente conocida. Cada tanto le deslizaba una información a su amiga.

—En la punta de la fila, a tu izquierda, esa viejecita encogida y con grandes ojos negros es Odette Pale. Sabes, era célebre hace veinte años.

Descubrió sucesivamente al decorador Romain-Romain, Lhomeri, el director de orquesta, y hasta a Roger Peyrefitte. Desgraciadamente, su mirada no lograba explorar sino una porción reducida del público, lo que le producía una cierta insatisfacción.

Si bien Catherine casi no escuchaba la crónica de Marielle, no podía dejar de oír los vaticinios de la duquesa sobre una misa dicha en un mal altar, lejos del altar, por un sacerdote que, antes de decidirse a oficiar de cara a los fieles, hubiera debido mirarse en un espejo. Ni los coros lograban parecerle bien.

—Roger siempre repitió que pensaba para su entierro en la *Follia* en re menor de Corelli, y el cura bien hubiera podido darle gusto. Pero se negó, con el pretexto de que era música profana. Esa gente que se pasa el tiempo estropeando la liturgia se agarran a los pequeños detalles para hacer creer en su rigor.

Cuando terminó la misa, las dos esquivaron las condolencias de la familia. Luego, Catherine, abandonada por Marielle, que se había precipitado tras las huellas de la señora Hallain, se encontró con el señor de Saint-Presse, quien se creyó obligado a presentarle a algunas personas cuyos nombres ella no escuchó y a escoltarla a través de la iglesia hasta el atrio. Cuando Catherine se preguntaba si debía esperar o no a Marielle, Sarah apareció en compañía de la duquesa, se separó de ésta y, bajando la escalera con viveza, se dirigió hacia ellos.

—Yo soy Sarah de Helser ¿usted es Catherine Esmelain?

Catherine lo confirmó balbuceando, muy sorprendida, mientras que el señor de Saint-Presse intentaba ser recordado por Sarah. Dotado de una memoria feroz, el viejo le precisó a la interlocutora que habían cenado una vez en 1950, en casa de Posé, y que habían almorzado otra vez en casa de Jean Jardin, en Vevey.

—Estoy encantada de volver a verlo —dijo Sarah—, pero no le ocultaré que mi propósito es llevarme a la señora Esmelain.

—Entonces no puedo hacer nada mejor que abandonarle a mi sobrina —respondió saludando.

Catherine, entonces tuvo la sorpresa de oír a Sarah preguntándole si estaba libre para almorzar.

—Lo mejor —dijo Sarah—, es que nos hagamos servir en el cuarto de mi hotel. Mi auto está en el parking.

Olvidando que había venido con el suyo, Catherine se dejó arrastrar y subió por primera vez en su vida en un Rolls.

# 11

Marc, al salir del metro, siguió por la calle Raynouard arrastrando los pies; parecía estar dando vueltas y fingía interesarse por los objetos que se exhibían en los escaparates, aunque no veía nada, ocupado sólo por su resentimiento. Ya había olvidado el placer que le produjo el despertar de las dos mujeres, sus comportamientos ambiguos, la obediencia de Catherine; o, más bien, había preferido al recuerdo de ese placer el de la decepción nocturna de la que hacía responsable a Marielle. Marc estaba furioso de pagar con esta visita a la calle Raynouard un triunfo que no obtuvo y de mostrarse fiel a una promesa hecha a Marielle con la esperanza de ver a Catherine en sus brazos, esperanza defraudada. Maldecía la estupidez de esta calle sabiendo muy bien que sólo él era el enemigo de su propio carácter y que le gustaba serlo. En verdad, la víspera Marielle hubiera podido ayudarlo más abiertamente, en lugar de ayudar a Catherine a llevar la conversación hacia el confort de lo trivial, aunque era él quien debía actuar y dirigir sus propósitos antes de dirigir sus cuerpos; prefirió huir. Al igual que la víspera, no pudo dominar su ánimo herido, ahora mantenía el compromiso adquirido con Marielle, cuando muy bien podía dejarlo de lado por desenvoltura —me fastidia esta chica— o por virtud —sólo Catherine cuenta.

Se puso a correr bruscamente, imaginando que a la salida del entierro Marielle podía haberse retrasado; si llegaba justo a la hora convenida tenía la posibilidad de no encontrarla y una ocasión de huir con su conciencia tranquila.

Desembocó sin aliento en el vestíbulo de la casa, avivado por demasiados mármoles y espejos. Un cartel anunciaba que el ascensor estaba en reparación. Marc tomó impulso para subir los ocho pisos cuando vio en el hueco del ascensor, bajo la caja paralizada a un niño que tocaba todo. Se sabe que un ascensor bloqueado misteriosamente puede moverse; también que un mecánico desde lo alto puede volver a ponerlo en marcha, ignorando la presencia de un explorador. Marc abrió la puerta entornada y miró al niño que se afanaba en las tinieblas aceitosas del hueco. El niño también lo miró, muy orgulloso de sí y sonriente.

—¡Sal de ahí! —ordenó Marc colérico como un hombre que cree perder un tiempo precioso.

La sonrisa desapareció lentamente, se ahogó. Ignorando la mano que Marc le ofrecía, el niño saltó fuera del hueco, con el rostro cerrado, muy ocupado en digerir la terrible desilusión de un ser que, después de haber creído provocar la admiración, choca con la hostilidad y el desprecio.

Marc escaló los ocho pisos de cuatro en cuatro, llamó jadeante y durante unos segundos saboreó el silencio. Una carrera amortiguada por la moqueta puso fin a su ilusión y la puerta se abrió. Marielle llevaba un deshabillé transparente.

El estudio se componía de un pequeño hall y un vasto estudio flanqueado por la cocina y el cuarto de baño y prolongado por una terraza. La decoración estaba inspirada por la brutalidad; el naranja crudo de la moqueta chocaba con el azul Prusia que cubría las paredes. Los muebles eran claros, pesados, Knoll, salvo, perdida, una mesa de damero con enchapado violeta y rosa, un Luis XV impuro perturbado por la cercanía de un Luis XVI indeciso. La mesa estaba puesta en la terraza.

—Yo —dijo Marielle—, no sé por qué, tengo ganas de un Pernod.

—Alavoine estaba impresionado por la velocidad con que el Pernod, que había sido sumergido por otras marcas de pastís, adquirió contrariamente a sus orígenes, el prestigio de una tradición antigua.

—¿Cómo fue el entierro?

Marielle contó el entierro, citó las personalidades presentes y pintó la decepción de Pilon, que había preparado un discurso y esperaba decirlo en el cementerio, cuando supo que el cuerpo salía para la estación, ya que sería inhumado en Suiza.

—En la concesión de su familia sólo quedaba un lugar al que un antepasado aspiraba, y finalmente una dama, Sarah Helser, aprovechó esto para adjudicarse a Alavoine y llevárselo a su país. Además, parece que esta Sarah también se llevó a tu mujer en un Rolls sublime. A mí me trajo la señora Hallain, ya que le venía de paso porque iba a la autopista del Oeste para volver a un week-end en Normandía perturbado por Alavoine.

Las tajadas de salmón y la langosta fría abrieron el apetido de Marc. Delante de ellos se extendía París; en primer plano las superficies de zinc; más allá, buildings recién levantados; en una lejanía brumosa, cúpulas y flechas del color de la bruma.

—¿En Balzac aparece: "París para nosotros dos"?...

—Sí —contestó Marc—, el personaje que dice eso se llama Rastignac. Llega de su provincia. Mira a París al revés que nosotros, desde lo alto de las Buttes Chaumont. En verdad no dice "París para nosotros dos" sino ¡"para nosotros dos ahora"! Viene a ser lo mismo.

—¿Logra conquistar París?

—¡Y cómo! Al principio es un estudiantito que se alimenta de croissants y termina como banquero riquísimo, ministro, conde y par de Francia.

De niño, Marc casi no había leído más que a Balzac. Encuadernadas de manera uniforme en piel verde, las obras más o menos completas de Voltaire, de Balzac, de Taine y de Tocqueville, que llevaban en el lomo las iniciales doradas del abuelo, ocupaban la mitad de la vasta biblioteca del vestíbulo. A los doce años, Marc se había sumergido en Balzac y había permanecido en él justo hasta su entrada en Ciencias Políticas, momento a partir del cual se limitó a compulsar lo que concernía a sus estudios y a su oficio. Durante la milicia en Argelia se había dejado tentar por algunos Balzac desconocidos para él y había experimentado una cierta emoción al encontrar de nuevo a los personajes que le eran familiares, emoción que muy pronto se le había revelado penosa, porque, habituado por ejemplo a los amores de Marsay con Delphine o Coralie, le resultaba desagradable encontrarlo disputando de improviso con la señora de Maufrigneuse, como se hubiera desconcertado al encontrar a un amigo que durante el tiempo en que se habían perdido de vista hubiera cambiado de mujer y de oficio. Llegó a la conclusión de que valía más mantenerse con los recuerdos, sin dejarse tentar lo más mínimo por volver a leer ante el temor de perturbar las imágenes impresas en él y de perder el tiempo volviendo sobre sus pasos. A veces, cuando hojeaba por disciplina social la novela de moda del año, se sorprendía suspirando que no valía lo que un Balzac y ponía buen cuidado en conservar esta opinión para él.

—¿Triunfó arriesgándose, con golpes fuertes? —preguntó Marielle.

—Los golpes fuertes son para Rubempré, que termina colgado en la cárcel. Rastignac no tiene escrúpulos, pero es prudente. Después de decir "París para nosotros dos", su hazaña consiste en ir a cenar a casa de la señora de Nucingen.

—¿Por qué es una hazaña?

—Rastignac era amigo de Goriot, el padre de la señora de Nucingen, a quien ésta dejó morir como un perro. Su hazaña es traicionar una amistad sin arriesgarse para nada. ¿Ves de qué estilo es?

—Pero, ¿ama a esa Nucingen? ¿O actúa por ambición?

—Por ambición.

Los ojos esféricos de Marielle brillaban. No era la primera vez que Marc observaba que Balzac estimulaba en los otros la ambición, el gusto por la acción, el coraje de enfrentarse con la sociedad. Sabía que muchos hombres de Estado o aventureros políticos habían abrevado en Balzac la electricidad necesaria para sus nervios. También se había enterado recientemente de que Karl Marx se había formado una imagen de la sociedad y la voluntad de cambiarla leyendo a Balzac.

—Yo —dijo—, es curioso, pero me ofrecí con Balzac otra vida en otro mundo sin pensar ni por un instante que tuviera el menor parentesco con la realidad. Cuando leo el nombre de la calle Verenne, en Balzac, nunca pienso en esa calle por la que paso tan a menudo.

—Te figuras que no tienes ambición.

—No tengo y Catherine tampoco.

—No es el estilo de Catherine. Que siga como es; pero tú, si eres un poco feliz, es decir, si ves coronados por el éxito algunos de tus proyectos, te volverás más ambicioso que yo. Al comienzo yo veía París como una madeja de hilos: bastaba encontrar la punta y tirar. Pero mi París de hoy es más complicado que eso. En la revista, ya ves, creía que para asegurar mi carrera tenía que hacerme indispensable para Alavoine, ganarme la confianza de la señora Hallain y, en consecuencia, del señor Riesinger. Ahora veo que Alavoine tenía ventajas que yo no suponía, que estaba seguro de que lo iban a mantener en un puesto o en otro y que, si verdaderamente hubiera querido usar sus cartas, podía haber jugado una partida formidable. Porque me equivocaba al creer que la calle Francisco I era la señora Hallain y el señor Riesinger. No son nada en el consejo de administración. Vi a tu tío Bertrand de Saint-Presse en casa de tu madre, pero no me dijiste cuán importante era.

Emprendió una exposición sobre las imbricaciones financieras del Grupo, llegando a la conclusión de que lo que ella siempre había llamado "el Grupo" sólo era una parte del verdadero Grupo, que a su vez se unía a un sistema bancario donde el papel del señor de Saint-Presse y de su yerno Raymond Pouget era capital.

—A ese Pouget, ¿lo vi alguna vez en casa de tu madre?

—Es muy posible.

—Es necesario que me informes sobre sus relaciones con Lespiau.

Mientras ella preparaba el café Marc decidió que le había exigido esa cita para complotar y no, como temía, para violarlo. Ella no tardó en demostrarle que se había tranquilizado demasiado rápido.

Sin preaviso, se sentó sobre las rodillas de Marc, que volcó algunas gotas de su café en los volantes de encaje. Ella lo tomó como pretexto para desabrochar y dejar caer su deshabillé.

—La ventaja de esta terraza es que a uno no lo ven.

La boca de la joven era suave y su piel aún más suave que la de Catherine. Pero, justamente, a Marc no le gustaba serle infiel a Catherine. Para encontrar una excusa quiso apiadarse de una Marielle en la que simuló que veía a una de esas muchachas que se entregan a un amante, no porque sea deseable, sino para probar que ellas lo son, que no aprecian más al que dejan que al que lo suplanta, sufriendo por estar siempre en el aire, nunca fijadas, pero prefiriendo a la felicidad de atribuirse un hombre el placer de interesar a muchos, y al placer de tomarlo el placer de inspirarlo. Pero él sabía que ese retrato de una aturdida del siglo XVIII no se asemejaba a Marielle. A ésta la habitaba un sufrimiento conquistador que le daba miedo. No sabia qué perseguía ella, pero no podía verla más que como una sombría cazadora. No había una palabra, un gesto de Marielle al que no le atribuyera una intención. Todo en ella le parecía el producto de una sorda voluntad, hasta la piel demasiado suave de su pequeño cuerpo demasiado gracioso.

Cuando la vio volver arrastrando una manta de piel, objetó:

—¿Y si viene tu tipo?

—¡Desde hace un mes Jean-Claude anda por Austria con su mujer!

Ella se extendió, ofreciéndole sus pequeños senos. Muy duros, menudos, con pezones erguidos y azules, se deslizaban, escapaban a los labios de Marc.

—¿Te gustan mis pechos tanto como a Catherine?... No, no, Marc, te pido que no los compares con los de Catherine, pero anoche le gustó mucho mi pecho...

—¡Debe ser de locos tener senos y aplastarlos contra los senos de otra mujer!

—También es de locos hacerse atravesar, esperar..., saber que van a meterte...

Las manos calurosas de Marc bajaban a lo largo del pequeño cuerpo. Una de ellas se impuso entre los muslos que cedieron, se abrieron.

—¡En los brazos de un hombre sólo soy una putita!

—Anoche ¿tú dominabas a Catherine?

—Sí, pero tú vas a someterme para vengarla.

Se estiró sobre ella. Aquel cuerpo delgado y de gestos hábiles le había inspirado en seguida deseo, aunque contrastara con la hermosura y sólida carrocería de Catherine. El vientre que invadía era tan estrecho que Marc pudo imaginarse que cometía una violación. No tenía la impresión de hacer el amor con Marielle. Por el abandono de su pose, la suavidad infantil de su piel, ésta desmentía su comportamiento cotidiano. Apenas rozado, su clítoris hinchado como un fruto se afiebró. Ella lo había alentado a que le dijera insultos y le pegara. El tenía remordimientos por traicionar a Catherine, no por el acto que cumplía, sino a causa de la imprevisible femineidad de aquella a quien siempre había otorgado la fría dureza de una hoja de cortaplumas. Pero era más estrecha que Catherine.

Cuando se levantó, le preguntó:

—¿Quieres otro café?

Aceptó y ella le propuso al mismo tiempo un viejo calvados. La dejaba hacer, tratando de ocultar su estado de ánimo.

—Tengo el puesto de Alavoine —decía mientras lo preparaba—, pero ya no es eso lo que me interesa. Las posibilidades de desarrollo del Grupo, si recibe un nuevo apoyo financiero, me fascinan. Podrías lanzarte a eso conmigo. Nosotros dos, gracias a tu familia y a mi conocimiento del Grupo, y gracias también a tu competencia, podríamos hacernos con los resortes del mando.

Siempre estirado, con los párpados mortificados por la fuerza de la reverberación tempestuosa, Marc la miraba por entre sus pestañas. Para servirlo, ella pasaba por encima suyo dejando al descubierto, en la separación de los muslos, la frágil hendidura que anunciaba que la criatura ahora ocupada en conquistar la presa estaba hecha para ser conquistada. Se interrumpió, se inclinó, lo tomó por la muñeca y lo arrastró hacia el estudio.

—Mira un poco.

Notó, apoyado en la moqueta, un pequeño poliedro de baquelita negra jalonado con cinco botones brillantes. Se había apoyado en uno de esos botones y le mostraba a Marc las dos pantallas de televisión, que ahora se encendían. Al entrar, él se había asombrado viendo aquellos dos aparatos de televisión.

Sus cuerpos aparecieron en las dos pantallas.

—Tengo un video —dijo Marielle—. Me lo regaló Jean-Claude. Pero ya no quiero que lo use conmigo desde que supe que tenía otro para su mujer.

En una pantalla, los cuerpos aparecían en su totalidad, mientras que la otra los mostraba cortados desde la cintura hasta la rodilla, en primer plano. Marielle había encendido ese sortilegio en el momento en que separaba las piernas; Marc se aprestaba a penetrarla.

—¿Piensas decírselo a Catherine?

—Por supuesto que no —murmuró Marc.

Contemplaba un miembro que, henchido de deseo, penetraba en Marielle.

—¿Y tú? —le preguntó con inquietud.

—Yo hubiera preferido decírselo.

Los muslos de Marielle apretaban el pecho de Marc, que la sacudía con fuerza. El sonido del aparato tal vez amplificaba los ruidos.

—Marc, me expusiste tu doctrina sobre el divorcio automático anulable cada año, pero yo también pensé y tengo un proyecto. Si no es aplicable a todo el mundo, tal vez sea válido para nosotros tres. Catherine, tú y yo. ¿Por qué no asociarnos los tres?

En el plano de conjunto el cuerpo de Marielle se había convertido en el de una niña entregada a un bruto velludo. En el primer plano, el sexo de Marc triunfaba como un arma cada vez que se evadía de su presa para, en seguida, volver a golpearla.

—Nos amamos los tres —continuó Marielle—. Me parece que nos deseamos. Tú y yo ahora, anoche Catherine y yo, y desde hace años tú y Catherine ¿Qué nos importa que la ley no haya previsto consagrar una unión de tres? Yo tengo un filón en Francisco I. Tú dejas el banco. Bertrand de Saint-Presse te introduce en el Grupo. Serás el rey del proyectismo y del marketing. Nos apoyaremos mutuamente. Le pasaré *Style et Loisirs* a Catherine. ¿Qué piensas?

—Sí, sí, es interesante...

Respondió en voz baja para no perder nada del sonido.

En el altavoz la voz de Marielle, que la grabación había aplastado un poco más que en la realidad, repetía:

—Soy tu putita, pégame...

—Tienes práctica en el análisis de balances —decía Marielle con su voz diurna—, en proyectos de inversiones, podrías ayudarme a preparar un informe. Veremos juntos a Bertrand de Saint-Presse, luego iremos a Francisco I. Puede ir rápido, ¿qué piensas?

En su recuerdo, Marc estaba persuadido de que no había tenido en cuenta los ofrecimientos de Marielle, pero en las dos pantallas se veía y se oía golpeándola. En el primer plano, miró sus manos actuar sobre las nalgas de Marielle, que giraba todavía más. Muy ahogada, le llegó su voz jadeante.

—¿Qué me haces? —observó alegremente Marielle.

Durante un momento pareció interesarse en el espectáculo. Sus cuerpos se habían desplazado y muy pronto sólo ocupó el primer plano la manta que Marc miraba. No miraba la manta, escuchaba sus jadeos, se sentía indiscreto.

—A través de la señora Hallain —continuó Marielle—, comprendí que el Grupo empleaba métodos pasados de moda. Si Saint-Presse está con nosotros, tenemos todas las posibilidades.

Se levantó, fue a la terraza en busca del vaso de calvados y se lo trajo a Marc.

De unos sorbos, lo vació sin dejar de mirar las pantallas. Lo que había vivido con molestia, casi con aburrimiento, se había convertido en un espectáculo.

—¡Es evidente que en mi lugar preferirías ver a Catherine!

Soltó brevemente su risa estrangulada y luego agregó:

—Preferirías que Catherine estuviera en mi lugar y que otro hombre estuviera en el tuyo ¿verdad, mi querido Marc?

Atontado, él contemplaba sus últimos espasmos. Si Catherine hubiera asistido no sospecharía ni admitiría que su marido estuviera aburrido: la imagen que daba ese cuerpo era la de un deseo ciego. Se preguntó cómo soportaría el espectáculo de Catherine entregándose como Marielle a un hombre que parecía saciarse en ella.

Se había vestido rápidamente aduciendo una entrevista. Marielle lo acompañó hasta la puerta y se alzó de puntillas para un beso de despedida.

—Eres un buen amante.

—¿No se lo decimos a Catherine, eh?

Pasaba un taxi libre. Marc, aunque no estaba apurado, lo llamó. Cuando el automóvil atravesó la plaza de la Concordia, dejó vagar su mirada por la fachada del *Crillon* sin sospechar que detrás de una de las pequeñas ventanas, arriba, Catherine, en compañía de Sarah, fumaba su primer cigarrillo.

Un mayordomo les había servido un almuerzo frugal regado con agua mineral, y luego Sarah, sin tener en cuenta las protestas de su invitada, le encendió un Davidoff.

—Le debo haber parecido muy curiosa —dijo Sarah—, pero tenía deseos de conocer un poco su vida, de conocerla. Resulta que soy la primera mujer que Roger amó y usted es la última.

—¿La última?...

—¿No sabía que la amaba?

—¡Pero no es verdad! ¿Quién le contó eso?

—El. No lo había visto desde hacía mucho, pero me escribía.

Le mostró una pila de cartas sobre el secreter.

—Su amor por usted era desconcertante, porque usted es todo lo contrario de las mujeres que lo fascinaban.

—¿Le hablaba de mi en sus cartas?

Sarah desplegó su cuerpo delgado, tomó al azar una de las cartas y, después de ponerse los anteojos, recorrió su contenido con la vista. La acritud de su voz parecía probar una superioridad intelectual cuando leyó:

—"Catherine Esmelain se ha tomado diez días de vacaciones en Túnez. La noto a faltar, pero me complazco imaginándola al sol con ropa liviana. Probablemente nunca engañó a su marido. Es una joven sensata y púdica. En las playas, las miradas de los hombres la confunden agradablemente y le gusta que un viento tibio ahueque su falda..." Sepa querida mía, que él soñó cumplir con usted no el "hecho", como se dice en las novelas cortesanas, sino el asag... Tal vez no conoce usted ese nombre: designa una ceremonia íntima de la edad media, en la que la mujer, de lejos, se muestra desnuda a...

—¡Ya sé de qué se trata! —exclamó Catherine.

En su agobio le era difícil distinguir qué era sorpresa o rebelión. Que Roger Alavoine se hubiera permitido amarla sin su asentimiento, le parecía un atentado. La cabeza le dio vueltas.

—¿Le gusta Sthendal? —preguntó Sarah.

Encantada de cambiar de tema, Catherine aseguró que la enloquecía Stendhal. Era falso, pero la moda exigía esa respuesta entusiasta.

—¿Leyó *Lamiel*?

—No, creo que no...

No se animó a confesar que, como buena burguesa despierta, no había querido perder el tiempo leyendo una novela sin terminar.

—Lamiel, la heroína de la novela —continuó Sarah— es perseguida por el doctor Sansfin. En una de sus cartas, Roger compara su amor con el de Sansfin y agrega: "Sansfin no desea a Lamiel, quisiera ser ella como yo quisiera ser Catherine."

La conversación se parecía a la que uno recuerda haber tenido en un sueño. Catherine, para probarse que estaba bien despierta y dueña de sí misma, se levantó con brusquedad. El movimiento tensó duramente sus portaligas. Durante la mañana, Catherine no había tenido conciencia de la falta de bragas y de la presencia del portaligas, salvo en el momento en que, frente al *Crillon,* el portero le abrió la puerta y cuando se deslizó al exterior sintió que se le subía la falda. Soy la esclava de Marc. Depositó en el cenicero el cigarro que se había apagado.

—No cometa el crimen de volver a encenderlo —dijo Sarah—. ¿Quiere otro?

—Gracias, señora. Por ser la primera vez prefiero ser prudente. Pero era muy bueno.

No tenía la impresión de contestar, sino de recitar las frases hechas de los manuales de conversación bilingüe.

—Desde los cinco a los dieciocho años Roger vivió en Egipto.

—Sí, lo sabía.

—¿Le habló de su infancia?

—No, pero el señor de Saint-Presse lo conoció en esa época.

—Su padre renunció a una gran carrera para quedarse en Egipto, cerca de una de sus primas que, en Ismaila, era superiora del hospicio de las Damas de la Misericordia de Bourges. La amaba. Roger nunca vio a su tía fuera del locutorio del hospicio. Fue a través de esa religiosa como se forjó cierta noción de la mujer inalcanzable. Cuando nos conocimos, en Deauville, me creyó virgen, pero él sí lo era. Tenía veinte años y yo dieciocho. Gracias al divorcio de mis padres, vivía sola, lo que en esa época era excepcional para una joven. Criaba caballos. Conducía coches de carreras, tenía un pequeño avión. Roger me admiraba de lejos, muy emocionado por haber encontrado una inalcanzable. Lo violé. Roger nunca se recuperó de eso. No superó la contradicción que encontraba entre su culto religioso y temeroso de la mujer y el acto que la condición fisiológica lo obligaba a penetrar en ella. Hubiera querido que lo castigara por lo que osaba hacerme. Pretendía alimentarse de mí como un fiel de su dios. Para agradarle, acepté que me sacara sangre. Vació el contenido del tubo en un vaso de cristal y lo bebió. Yo hasta le había propuesto otra muestra de mi sangre para que un charcutero le hiciera una morcilla —agregó echándose a reír.

Un espejo le devolvió a Catherine su propia imagen: la boca abierta y los ojos redondos.

—En su vida, Mourouflou siempre logró alcanzar a las inalcanzables y siempre sufrió la misma contradicción, siempre adorador de un ídolo que profanaba. Hace dos años creyó escapar a su dilema frecuentando a una mujer que no amaba ni respetaba. Me la describió como una criatura fría y estéril, de un egoísmo de insecto, de una inteligencia de computadora. Le cedió a cambio de una ventaja de material. Pero, por supuesto, su escrúpulo degeneró rápidamente en remordimiento; se reprochó haber abusado de su situación y se decidió, como reparación, a hacerle todo el bien que podia a su víctima. Y luego, de pronto, me anunció que era feliz. Por usted. Convirtiéndose en usted. Esa enorme gorda de Aurore, cuando arregló la casa, encontró en los cajones ropa interior femenina... ¡y se imaginó que vivía con una mujer!

Sacó otra carta y leyó:

—"Miro a Catherine bajar la escalera frente a mí. He notado que a veces lleva las piernas desnudas, después de su estancia en Túnez, donde su piel se bronceó. Siento el roce de su falda en su piel, el movimiento que, en cada escalón, le recuerda que es mujer. Mientras bajo detrás de esta bella y pura joven siento entre sus piernas la ligera tensión del slip metido en el pliegue de las nalgas..."

—Señora, verdaderamente...

—Era necesario que lo supiera.

—¿Por qué era necesario?

—Hizo de manera que usted fuera la primera en verlo muerto.

—El no se mató por mí, señora.

—Cada suicidio tiene una multitud de causas, como las guerras mundiales. ¿Ya se va?

—Sí, señora. Le agradezco mucho su invitación.

—Pero lamenta haberla aceptado.

En un acceso de coraje, Catherine logró vencer la cortesía e hizo sí con la cabeza.

# 12

El cliente anterior a usted no vino —dijo Bruno molesto—. es decir que espero desde hace una hora.

—¡Soy puntual!

—El único que trabaja aquí el sábado soy yo. Resultado: ¡arruino mi tarde por dos clientes, uno de los cuales no viene! Es idiota.

—¡No es mi culpa si usted es idiota!

Se desvestía delante de él, el rito ahora ya estaba establecido. Cuando aparecieron los portaligas, Bruno levantó las cejas.

—¿Es un nuevo estilo?

—¿Está en contra?

—A mí ya sabe que las cosas folklóricas... lo esencial es que excite a su marido.

—Exactamente.

Bruno se dignó demostrar interés.

—¿Se pone eso para excitar a su marido? ¿Cierto?

Ella se había estirado en la mesa sin quitarse el portaligas ni las medias.

—Por el momento —continuó Bruno, amasando los hombros— su aparato no me molesta, pero en seguida tendrá que sacarse los arneses.

Trabajó en silencio un largo rato antes de preguntar:

—¿Y si yo le saltara encima, se alegraría al saber la noticia?

Como ella se rió, añadió, con aire sombrío:

—Las infidelidades, las *partouzes* *, hoy hacen sentir a los burgueses la ilusión de vivir.

Al cabo de un momento le pidió que se pusiera de espaldas. Sostuvieron una conversación desganada sobre la celulitis que Bruno relacionó de improviso con la continuación de su requisitoria contra los burgueses.

—La clase poseedora descubrió que podía renunciar al terror sexual. Los anticonceptivos los tranquilizaron. Actúan sin riesgos. Sáquese la crinolina, por favor, ahora me molesta.

Obedeció sin apurarse, los párpados bajos ante la mirada de Bruno. En seguida éste se precipitó sobre los músculos que le ofrecían y los amasó.

—La burguesía —articuló, sin aliento por el esfuerzo— se ha lanzado a la liberación sexual, pero esta pretendida liberación no tiene ninguna relación con la lucha de clases.

—Existen clases, pero también existen los sexos.

—La burguesía sólo pide que las masas medias ejerzan su poder de persuasión en favor de la sexualidad. Es un derivado, determina las necesidades económicas, forma parte de la sociedad del espectáculo.

Ordenó a Catherine que se pusiera boca abajo y se apoderó de sus pantorrillas.

—En la clase poseedora lo que cuenta es que, hoy, una ética tolerante no constituye ya una amenaza para los derechos de la propiedad. En las playas de los ejecutivos todos se bañan desnudos. Las hijas de esos señores toman la píldora inmediatamente después de la primera comunión. Eso les satisface sin

* *Partouzes:* viene de partida, diversión común de varias personas. A comienzos del siglo XX, intercambio de varias parejas. *(N. de la T.)*

inquietarlos. Del mismo modo que han aligerado los derechos de propiedad para hacerlos más tenaces, así también han considerado la posesión sexual como...

Un timbrazo en la puerta de entrada le hizo encogerse de hombros.

—A esta hora no espero a nadie más.

—¡Vaya a abrir! ¡Es un amigo al que cité!

—¡Entonces hago de todo aquí, hasta de portero!

—Por lo general, la puerta no está cerrada.

Oyó correrse el cerrojo, luego exclamaciones calurosas y vio reaparecer a su masajista sonriente.

—¡Me hubiera dicho que era Gonzague!

—¿Se conocían?

—No nos veíamos desde hacía una eternidad.

Por la puerta entreabierta vio a Gonzague. Se había afeitado y sus cabellos recién lavados espejeaban.

A Catherine se le escapó un movimiento de pudor que ahuyentó al joven.

Cinco minutos más tarde encontró a los dos a la entrada. Bruno aseguró:

—No nos separemos así, vamos a tomar algo a algún lugar.

Cerró "el negocio". Los tres bajaron ruidosamente la escalera y llegaron a *Le Monde des Chimères,* donde Jeanine y Francine, la rubia y la morocha, les sirvieron kirs. Se habían conocido seis años antes, en una Casa de la Cultura de las afueras, y frecuentaban los mismos cine-clubs, corrieron en las mismas manifestaciones, participaron en la elaboración de boletines mimeografiados o incluso impresos y hablaron mucho de la revolución mientras "fumaban".

—Para mí, eso terminó —dijo Bruno—. Cuando reanudé mis estudios para ser masajista dejé la hierba. Sin decidirlo, se produjo solo.

—Yo, a veces, sí. Pero ya no es el viaje.

—No deberías —dijo severamente Catherine—. Está pasado

de moda. Ya hace mucho que no se usa en Norteamerica.

—Está bien "shoter" a veces, pero personalmente no va con mi oficio. ¿Dónde te provees?

Habían bajado la voz.

—En el quinto —dijo Gonzague—. Para mi oficio no está contraindicado, pero puedo pasarme sin hacerlo. ¿Sigues tocando la guitarra?

—No desde que me casé. La vendí barbaramente bien.

Evocaban los recuerdos de roturas de sillones en los music-halls, de asaltos a las cajas a la entrada de los bailes de rock. Se perdieron en una controversia a propósito de una manifestación en la que los habían detenido a los dos y los habían golpeado. Uno pretendía que esa manifestación había sido "confiscada" por Krivine, y el otro la veía como una trampa tendida por los comunistas. Todo se parecía terriblemente a los reservistas, lo que empezaba a aburrir a Catherine, aunque ella misma no pudo impedirse evocar su guerra de Mayo del 68.

—Para ustedes —dijo Bruno— era un lujo. Ustedes, los estudiantes, se ofrecieron un mes de vacaciones. Nosotros hemos continuado.

En seguida resultó que Bruno y Gonzague también eran estudiantes en mayo del 68. Bruno, después de haber hecho un primer año en su escuela de masaje, se había matriculado en los cursos de capacitación de la Facultad de Derecho para dar un gusto a su madre, que le enviaba dinero dede Inglaterra, y Gonzague estaba en el I.D.H.E.C., el Instituto de Cine. Este reprochaba a los obreros —pronunciando la palabra "obrero", lo que nunca se hubiera animado a hacer Marc, consciente de ser un burgués y preocupado por disimularlo— haber perdido el sentido de la revolución y haberse integrado en la sociedad de consumo.

—Es fácil de explicar —proclamó Bruno—. La especificidad dialéctica de nuestra sociedad reside en la utilización de la tecnología, por lo tanto en la prosperidad, para obtener la cohesión de las fuerzas sociales en un movimiento doble: un funcionalismo aplastante y una mejora constante del nivel de vida.

—También hay que reconocer que, para crear la necesidad de un cambio social en las masas trabajadoras que no la experimentan; hubiéramos necesitado un programa. No basta con romper todo.

—Si se quiere construir una casa donde hay una prisión, en principio hay que demoler la prisión, sin que se necesite tener un plano detallado de la casa. Para actuar..., para acceder a la praxis quiero decir, basta con sentir que nuestra sociedad policial es una droga.

Gonzague propuso sentarse a una mesa y cenar, y Catherine se dejó arrastrar, aunque suponía que Marc la esperaría en la casa. Reencontró un placer que había gustado a su manera inconsciente durante su vida de estudiante, el de ser joven con jóvenes también irresponsables y si tener en cuenta el tiempo, discutiendo febrilmente para nada. Sus estudios de filosofía, aunque nunca trataba de valorizarlos, le daban, si no comodidad, al menos seguridad para el intercambio de ideas generales. Por otra parte, Catherine nunca había pensado en tomar las ideas en serio; era una nominalista, que sólo pedía conocer el sentido de las palabras.

Los tres comieron morcilla. Bruno bebía Orangina, Gonzague continuaba con el whisky y Catherine había atacado media botella de *brouilly* fresco.

Bruno había iniciado su autocrítica. Trabajaba y, por eso, exterminaba su propio talento y su juventud; era evidente. Tenía un automóvil y electrodomésticos para complacer a su mujer. Esta tenía doce años más que él. Había sido alumna de la Asistencia pública. No podía tener hijos porque, muy joven había abortado con una sonda, de cualquier manera. Le gustaba su piso y salir los domingos al campo.

—¿Por ella te pusiste a trabajar?

—No, todavía no la conocía. Trabajé por depresión. Te deprimes, te hundes, entonces te deprimes aún mas... Vivía tanto en un pequeño cuarto que me pagaba mi madre como en casa de mi padre, en Coubevoie. Robaba en la tienda de Maspéro libros que no leía; los discos son mucho más difíciles de robar, pero aprovechaba cualquier fiesta en casa de un tipo que tuviera muchos para sacarle algunos. En el plano de mujeres, cero: sólo niñitas. Había días en los que íbamos a romper a Vincennes, o a hacer pintadas por Censier, pero a la larga era mortal. Escribía artículos que rara vez me aceptaban. Entonces me hundía y después me deprimía. Traté de trabajar, por probar. Después encontré a Gilberte. Ya hace tres años. Naturalmente no estamos casados, pero es probable que terminemos estándolo.

—Tengo que telefonear —dijo Catherine.

Apenas sonó, en seguida reconoció la voz de Marc. Una voz irritada.

—Te llamaba para tranquilizar mi conciencia. No estábamos citados, ¿verdad?

El protestó. Catherine se sentía en falta, pero sin remordimientos.

—Estoy con unos amigos. Dentro de una media hora, puedo...

—¿Qué amigos? ¿Está Marielle?

—No, no los conoces. Puedo encontrarte de aquí a media hora.

—¡Ya te esperé demasiado! Ve a la mierda.

En el momento de cortar, dijo precipitadamente:

—¿No te olvidas lo de mañana por la mañana? Salimos a las diez.

—¿Para ir adónde?

—Sabes que Garuel nos invitó a Barbizon.

—Nunca me habías hablado de... Bueno, de acuerdo. Pero nunca me lo habías dicho.

Volvió a la mesa, feliz de dejar a un adulto que la invitaba a un domingo adulto. Cuando volvió a sentarse Gonzague seguía con su biografía. Había encontrado una mujer que reconcilió su visión con la realidad. De pronto sintió deseos de pintar lo que existía bajo su mirada.

—Era un paranoico cien por cien. Había festivales de rock en los que se estaba bien, estábamos entre nosotros. Lograba siempre imaginar al gris como si me faltara y hacer destrozos. O bien me imaginaba muy lejos y contento. Encontré otros dos tipos. Tratamos de construir un pueblo en la India. Nos reventaron. Bastó que me dijeran: seca hojas de tilo con aspirina en polvo, fuma y verás. Lo hacía y no pasaba nada. Desde que amé, en lugar de imaginar, sentía las cosas y tenía necesidad de pintarlas. Yo me burlé cuando un profe nos contó que Mme. Vigée-Lebrum había hecho un viaje a Londres para ver de cerca cómo uno de sus colegas pintaba el blanco de los ojos, pero yo también hubiera hecho el viaje, desde que tuve necesidad de ser capaz de dar el blanco del ojo de Catherine.

Catherine no apreció la indiscreción, y para Bruno pareció pasar desapercibida. Este observó maquinalmente:

—Tienes razón, pero eso no impide que esta sociedad deba ser barrida de una u otra manera. ¿Cambiamos de lugar, qué os parece?

—Amar me reconcilió con el exterior.

Trató de explicar que ese amor lo había dispuesto de tal modo al efecto que, sin esfuerzo, extendía éste a los objetos inanimados, no sólo a las telas de los vestidos sino también a los tenderetes de los libreros, en los muelles.

Gonzague quería ir a bailar; logró disuadir a Bruno de un proyecto confuso que consistía en busca, en la calle Campagne-Première, un granero donde actuaba un grupo de actores chilenos. Catherine, que también tenía ganas de ir a bailar, propuso salas de jóvenes de las que había oído hablar y donde Marc se cuidaba de no llevarla, en principio porque el baile lo aburría y luego porque, si consentía en ir a una sala de fiestas. siempre elegía Castel por vanidad, muy halagado de que le recibieran en un recinto donde los impetrantes estaban filtrados por la mirada competente de una fisonomista.

Los tres llegaron al pequeño automóvil de Bruno, donde se amontonaron. Catherine tenía prisa por dejar la isla, temerosa de encontrarse con Marc. La parte de atrás del ínfimo vehículo estaba completamente ocupada por un enorme objeto empaquetado y debió sentarse en las rodillas de Gonzague; había extendido su falsa plisada a su alrededor y el contacto de sus nalgas desnudas con el jean áspero de Gonzague la emocionó. El joven la tenía de las caderas para sostenerla contra las sacudidas del auto, que eran muchas, tanto por el hipar del motor como por el manejo irregular de Bruno.

En la primera sala, la orquesta era ensordecedora, lo que les gustó; casi no se sentaron. Bailaron todo el tiempo, pero Gonzague, que se había puesto sombrío y agitado, convenció a Bruno para cambiar de "establecimiento" y dejaron el bulevar de l'Hôpital por la calle del Faubourg-Poissonnière, atravesando el París de un sábado por la noche, colmado de coches oscilantes y pesado de luces. En Poney, en seguida fue Catherine la que se mostró impaciente por cambiar de "establecimiento". Hasta entonces nunca había visto en el baile otra cosa que ajustarse a un ritmo y agotarse muscularmente. De pronto asociaba el baile con el deseo, con los preparativos del deseo, con los anticipos que a veces resultan más deliciosos que el sueldo total. A través del shake, en el que cada bailarín es un solitario, en el que cada cuerpo utiliza la música por su propia cuenta, del twist, donde a veces las manos se tocan y los costados se chocan, del rock, donde los cuerpos se conocen pero sólo tienen para conocerse el tiempo de separarse, entreveía un fresco de la insatisfacción lasciva que le daba la necesidad del abrazo de los bailes de antes.

En la Bastilla, según Gonzague, había un lugar terrible donde se cultivaba, con la nostalgia de los años treinta, el ritmo de los cuerpos abrazados. Gonzague conocía ese lugar y podía encontrarlo: propuso guiarlos.

De nuevo se amontonaron en el auto. Contagiados por la conversación, Catherine y Bruno, que tuteaban a Gonzague, empezaron a tutearse. Cada tanto Bruno recordaba con aire severo:

—¡Pero sobre todo cuidado, Catherine! Nada de tuteo en el instituto.

Borracho, Gonzague atravesaba una fase agresiva. Poseer un automóvil, en París, significaba para él rodearse del metal que evitaba el contacto con los otros, salvo por accidente. Bruno, a quien evidentemente tendía esta requisitoria, no respondía.

—Bruno —preguntó Catherine—, ¿qué llevas aquí que ocupa todo el lugar, un porta-bebés?

—Ya te dije que mi mujer no puede tenerlos. Le compré un cubo de basuras reglamentario y también un "porta-cubos" silencioso. Esto tal vez incite a los vecinos de la casa a comprar también uno, en lugar de hacer un escándalo todas las noches y dejar caer basura en la escalera. Pero esa gente es tan cretina que me asombraría que comprendieran. ¡Son todos fatuos! En todo caso es un regalo que le gustará a Gilberte... Estamos en la Bastilla ¿que hago?

—Toma la calle de Lappe.

En las paredes, fotografías de Rodolfo Valentino, de Maurice Chevalier, de Charles Trénet, todos muy jóvenes. La orquesta, colgada en un pódium adornado con guirnaldas luminosas tocaba un tango.

—Si uno de los dos no me invita en seguida busco un ligue.

Primero Bruno y luego Gonzague se esmeraron en conducir a Catherine, inhábiles en los bailes de sus abuelos. Los seguía sin impulso, sobre todo preocupada por sujetar su falda para ocultar el portaligas. Admiraba el virtuosismo de un bailarín de cuerpo pesado, bigote demasiado negro y mejillas azuladas, aunque muy bien rasuradas. Además, según la enseñanza de Marc, si el bien y el mal no existen sexualmente se puede hacer lo que uno tiene ganas. Quería persuadirse de que quería ser llevada por ese hombre a un cuarto. Sabía que había tomado demasiado y hacía responsables de su estado a Gonzague, Bruno y al mismo Marc.

—Ya tengo demasiado —dijo—. Estoy harta.

Gonzague y Bruno parecían dos viejos maridos. Durante el trayecto de regreso no abrió la boca y no escuchó lo que decían sus compañeros. Bruno la depositó con Gonzague en la calle Du Bellay. Ella se dirigió en seguida hacia su puerta.

—¡Vienes a mi casa, Catherine!

—Déjame. Tengo sueño.

—¡Catherine!

—¡En principio me asqueas! Le dijiste a Marc que te divertiría dibujarnos a Tilly y a mí juntas y desnudas.

—¡Todo lo contrario! El que me lo dijo fue Marc, yo le respondí exactamente con un pequeño movimiento de cabeza.

—Tengo sueño. Adiós.

En la cama abrió la novela policíaca y volvió a hojear el primer capítulo, que había olvidado un poco. El hombre regresaba a su casa bajo la nieve, veía a un tipo frente a un bar, y después...

La claridad cruda del día la hirió.

—¡No estás lista! ¡Y son casi las diez! ¡Te dormiste con la luz encendida!

Marc caminaba de punta a punta mientras tomaba el café.

—Me duele la cabeza. Ve tú solo.

—Imposible. Además, me llamó Hélène para decirme que nos invitan a su casa. Como están a dos pasos de los Garuel, los cuatro nos vamos a bañar a la tarde a la piscina.

Catherine se puso su uniforme de week-end; blue-jean,

botas altas, camisa y cazadora. En el auto sacó una libreta y anunció secamente que hacía sus cuentas.

—Me debes —concluyó— mil trescientos cincuenta francos. Te digo el detalle: doscientos cincuenta francos de la mujer de la limpieza, seiscientos francos por participación en la comida, trescientos francos de gastos de la casa, doscientos francos por el agua caliente, recibí la factura... Y te prevengo que la semana próxima tendrás que darme los seiscientos cincuenta francos que corresponden a la mitad del alquiler.

—Seiscientos cincuenta, ¡eso son sesenta y cinco mil!

—Para un tipo que trabaja en un banco es bastante inquietante no haberse acostumbrado a los nuevos francos.

—Con las grandes sumas sólo cuento en nuevos francos, pero para las pequeñas sigo con los viejos. Ni notaste que tengo mi nuevo traje.

Ella se giró para examinar con atraso el traje del aniversario. Era de un hermoso azul, de una tela seca y liviana.

—Estás muy bien.

Y lo pensaba. Se demoró contemplando el perfil de su marido.

—Me gustas mucho —agregó.

De pronto se encontró de buen humor. Siempre era sensible a su jaqueca y a la crueldad de la luz blanca y sorda que bañaba el camino, opresora como una luz de la tarde, pero, por contraste, apreciaba la alegría que nacía en el fondo de sí misma.

# 13

Garuel se había casado con una joven fea y seca a la que conoció en Ciencias Políticas. Se había convertido en una mujer fea, en parte seca y en parte gorda. La nariz seguía siendo aguda, huesuda, mientras que el mentón se había redondeado y vuelto pesado. Su pantalón con estampado de flores revelaba un trasero muy estrecho, que sostenía un busto flaco y hombros angulosos. Soberbios ojos verdes salpicados de anaranjado brillaban entre las franjas de pestañas espesas, y una cabellera espesa y cuidada llamaba la atención de manera chocante porque no tenía mucho que ver con el resto.

Recibió a sus dos invitados en pantalones de montar para demostrar que había "montado", luego fue a cambiarse, mientras su marido ofrecía un "ape", como decía, afectando una vulgaridad que no le quedaba bien porque, en su voz, justamente, subsistían las huellas del acento callejero que tuvo en su juventud.

La casa, a la que llamaban "La Bergerie", era la mezcla de una choza rural en piedra basta y de prolongamientos en conglomerado que se comunicaban unos con otros. Empalizadas de cañas protegían el pequeño jardín, que se reducía a un césped inglés perfectamente cortado y con un camino de losas de mármol tan lustrado y usado que Alavoine lo hubiera calificado de basto. Catherine se sorprendía de pensar tranquilamente en Alavoine, como si fuera normal que estuviera muerto. Lo recordaba a través de detalles; como la señora Daubigné, cuyos padres habían muerto diez años antes en un accidente, que nunca recordaba a su padre sino delante de una pavita: "Si el pobre papá estuviera aquí, él que troceaba tan bien... ¡Lograría la mitra!"

Halagada por el interés que Catherine parecía otorgarle a sus losas, Garuel le confesó que las había comprado a un anticuario de Fontainebleau, quien le garantizó que provenían de las ruinas de una iglesia del Renacimiento.

—Y notarás que el mármol no es común. Presenta la particularidad muy rara de lumaquela.

Después de gozar durante un instante la perplejidad cortés de Catherine, se decidió a explicarle con voz ahogada por el orgullo:

—Esta palabra significa que la piedra contiene valvas fósiles. Mire, o más bien toque...

La obligó a inclinarse, le tomó el índice y lo apoyó en una ínfima infractuosidad. Catherine creyó que lo menos que podía hacer era lanzar un grito de admiración.

—¿Qué tienes? —exclamó Marc sobresaltado.

—Mi marido —expuso la señora Garuel— hace admirar a Catherine nuestro mármol que es lumaquela. Está muy orgulloso de él —agregó, fingiendo sonreír un poco—, pero tiene algo de razón: ese mármol proviene de una iglesia italiana del Renacimiento y es de una materia en verdad única, una materia... pulida —concluyó ella con toda simplicidad, para el diálogo del hombre y del tiempo.

Al final del aperitivo Catherine acompañó a la señora Garuel para ayudarla. Esta había aceptado esa colaboración protestando que casi no tenía nada que hacer, que era una comida muy simple. De una ojeada Catherine juzgó que simplemente sería un mal almuerzo. Los vol-au-vent *à la reine* comprados en la panadería estaban aplastados. El chucrut de lata no era nada tentador para un tiempo tan caluroso y, como postre, la señora Garuel estaba muy orgullosa de haber hecho ella misma un gran arroz con leche, cuando Catherine detestaba el arroz y Marc detestaba la leche: esta visita a la casa de fin de semana de los Garuel era un rito anual que esta vez estaba suavizado por la perspectiva de ir lo más rápido posible a ver a Hélène.

Durante el almuerzo, que se desarrolló al borde del césped, en medio del bochorno, la conversación siguió el curso previsible: las perspectivas políticas y económicas fueron evocadas durante los entrantes; los últimos filmes escoltaron el chucrut, adornados con algunas historias graciosas, más bien antisemitas, contadas por Garuel; su mujer, durante el queso, logró hablar de su hija de seis meses a la que había confiado a sus suegros y a su sirvienta española; en el postre se discutieron las ventajas de los viajes organizados en vuelos charter, gracias a los cuales los Garuel habían "hecho" Grecia, Marruecos y la India en menos de tres años. Catherine contó su viaje a Túnez, Garuel deploró no poder mostrarles los filmes que habían hecho en países exóticos, pues el proyector estaba en París. Con el café y el alcohol de la región los Garuel solicitaron detalles sobre...

—...Vuestros amigos, que tuvieron la gentileza de invitarnos para esta tarde.

—Los Liegel —expuso Catherine— son médicos los dos. Mi amiga Hélène no está especializada y trabaja en un hospital, su marido es psicoanalista. Andan por la cuarentena. Son gente muy espabilada. Parece que la casa es deslumbrante. Fuimos cuando acababan de comprarla pero después hicieron grandes arreglos.

—¡Hay una piscina, lo que para este tiempo no será nada desagradable! —exclamó Marc con entusiasmo.

En seguida se puso serio.

—Hay algo que me incomoda... Me había olvidado, pero ayer, por teléfono, Hélène me dijo que no estaba obligado a llevar bañador, pues sus invitados tenían la costumbre de actuar a su gusto y ellos mismos eran partidarios del naturismo. Naturalmente, repito, uno puede llevar su bañador, pero corréis el riesgo de encontraros en compañía de gente que... no lo tendrán.

Garuel se puso a reír:

—¡Y tienes miedo de que nos asustemos!

—Pero, ¿por quién nos tomáis?

—Soy de derecha, de acuerdo, voto por la U.D.R. y no lo oculto, soy un burgués y me alabo de serlo, pero vivo en mi época y Marie-Christine también.

Hasta entonces, Garuel había llamado a su mujer sólo queridita o mi pollita, lo que no les permitió ni a Marc ni a Catherine recordar el nombre de la esposa.

—No será la primera vez que hagamos naturismo —exclamó ésta—. Ya hace tres años, en la playa privada de los Gros-Forestier, en Grecia, ¿te acuerdas, querido?

—Gros-Forestier, ya sabéis, el agente de cambio. Marie-Christine conoció a su mujer en Courchevel. Les telefoneamos cuando pasamos por el lugar y nos invitaron. En su playa todo el mundo estaba desnudo. Nos sorprendió, porque no estábamos acostumbrados, pero no nos escandalizó en absoluto.

—El año pasado encontramos a Poulignon en Collioures, ya sabes, el del contencioso. Ese animal tiene un barco, no sé cómo hace. Bueno, nos invitó para dar una vuelta y a bordo...

—...todo el mundo estaba desnudo —aclaró Marie-Christine.

Marc concluyó:

—Entonces, me equivoqué al inquietarme. Mucho mejor.

—Salvo para mí —cortó Catherine—. Yo no pasé mi vida entre nudistas y no me interesa.

Pero sí le interesó la señal de partida. Algunos minutos les bastaron para llegar delante de la propiedad. Un enorme jardín con árboles y gran follaje rodeaban un pequeño pabellón Luis XIII, fatuo, con ladrillos salmón. Guiándose por el sonido de las voces, atravesaron un chillón comedor totalmente de acero (las paredes, la mesa, las sillas, el espejo, las arañas, los móviles) que le hizo murmurar a Marie-Christine que, decididamente, el psicoanálisis daba bastante. Después de esa pieza, el pequeño salón que seguía sorprendía por su vetustez, tapizado en seda vieja y colmado de muebles Directorio frágiles y gastados, tapizados en terciopelo usado cuya gentil cordialidad encantó a Catherine, quien en casa de los Garuel se había deprimido con las falsas vigas y ese empapelado en relieve que trataba de imitar el enlucido. Sonrió ampliamente a Hélène Liegel, que avanzaba delante de ella, sonriendo también. Se hicieron las presentaciones.

—Instálense donde quieran —anunció Hélène—. Algunos prefieren el salón, que es fresco, otros la terraza o la piscina.

En el salón había un gordo de unos cincuenta años llamado Poisson (las conservas Poisson y Fauvry). Conversaba con un joven investigador del C.N.R.S., flaco y barbudo: Catherine comprendió que éste era el Fretzeller del que Hélène le hablaba desde hacía varios meses. En la terraza, la mujer de Fretzeller, vestida a lo hippie, ocultaba un rostro más bien agradable detrás de enormes anteojos: estirada en el suelo, jugaba al ajedrez con Nancy, una soberbia mestiza americana que era la egeria de Poisson. Marc, imantado por el juego de ajedrez, se arrodilló al lado de ellas.

—¿Y la piscina? —preguntó Marie-Christine.

—¡Está allí! Detrás de la cortina de cipreses. Espero que Marc os haya prevenido que nos bañamos de buena gana en estado natural, de ahí los cipreses: para proteger la inocencia de nuestra pareja de cuidadores, que es muy púdica. Nos desvestimos en el lugar.

Arrastrada por Marie-Christine y también por las ganas de nadar, Catherine se dirigió a la piscina bajo un sol ardiente que se consumía detrás de una ligera cortina de bruma blanca. Marc se les unió, descorazonado por la nulidad de la investigadora, que hacía toda partida desoladora. Al borde de la piscina encontraron a Martin, el marido de Hélène, que sólo llevaba puestos un par de anteojos negros, una gruesa barba cuadrada más bien blanquecina y una espesa cabellera que le caía sobre los hombros. Uno podía preguntarse si ese sistema piloso era una persistencia del siglo XIX o el producto de la última moda. En los dos extremos de la piscina, designó los biombos, que eran de acero como el comedor. Marie-Christine se atragantó de risa:

—¡Qué graciosa la idea de ocultarse para desvestirse cuando se sabe que en seguida se estará como Adán y Eva!

Lanzaba pequeñas risitas. Martin Liegel la dejó helada:

—La desnudez es un estado, mientras que desvestirse es un acto que constituye el pasaje de un estado a otro, lo que en el contexto social presenta numerosas posibilidades de significancias.

Como Marc se dirigía al biombo de los hombres, Catherine le deslizó:

—Yo creo que voy a conservar mi slip de baño.

—¡Ah, por favor! ¡Va a parecer que les das una lección a los otros!

Detrás del biombo de las mujeres, Catherine estaba furiosa por tener que desvestirse en compañía de Marie-Christine. Evitaba mirarla, pero la otra hacía notar las estrías que arrugaban su vientre.

—Se debe a mi embarazo del año pasado. Esperé demasiado para tener un bebé. Treinta y siete años, es tarde. Te puedo dar un consejo, hay que decidirse joven.

Catherine execraba las confidencias de mujeres y en general las había evitado. Sólo una vez le había gustado ese intercambio: cuando Marielle, Hélène y ella se contaron su primera menstruación; Hélène, precoz, la tuvo durante unos ejercicios de salto del potro, detalle que les dio a todas una risa loca.

Estaban listas cuando apareció Hélène. Con un solo movimiento se despojó de su túnica de playa, contorneó el biombo y se zambulló. En el agua, Catherine había notado a un viejo flaco con el pelo blanco cortado como un cepillo: iba y venía como un autómata y practicaba un estilo personal que tenía algo de crawl y de mariposa. Cuando hizo pie en el borde de la piscina lo reconoció. Haciendo remilgos, evitando hundirse por temor a la hidrocución, Marie-Christine se decidió a entrar en el agua, donde Marc se sacudía ruidosamente. Hélène, que ya salía, se apresuró a presentar a Catherine y al viejo nadador.

—Jean-Marie Scoffié, cuyos libros de filosofía seguramente has leído, Catherine Esmelain.

Los primeros pasos que dio Catherine a lo largo de la piscina, sobre las losas húmedas, le resultaron penosos; llevaba su desnudez como una carga social. Pero cuando reconoció en el viejo nadador al profesor que la había seducido, se interesó por esa doble desnudez que podía ser interesante para Marc. Lo buscó con la mirada: ese imbécil nadaba debajo del agua. El agua espejeaba, enceguecedora, bajo una luz platinada.

Miró a su ex profesor. La edad había distendido injustamente su piel, que tanto formaba rollos, en las caderas y en la nuca sobre todo, como acusaba una flojedad que hacía pensar que se la podía estirar como la piel de un cachorro. Injustamente, se decía Catherine, porque Scoffié debía practicar lucha, deportes, multiplicar las sesiones de gimnasia como lo testimoniaban, debajo del desfallecimiento de la piel, la buena presencia muscular. El sufrió ese examen con un asombro que le daba arrogancia. La miró cuando Catherine, con toda naturalidad, le señaló una colchoneta y le propuso compartirla. Se sentaron cada uno de un lado.

—¿Se acuerda? —preguntó— ¿O es que de verdad no se acuerda?

El flotaba. De pronto, mirándola a los ojos:

—Usted es una de mis ex alumnas.

—Son mis ojos los que...

—Sí, esa expresión atenta pero escéptica.

—¿Y mi cuerpo no? Tal vez uno se acuerda menos de un cuerpo que de un rostro.

Respiró antes de balbucir:

—Pero sí, en efecto, nosotros...

—En efecto, nosotros —pronunció Catherine con una tranquilidad de la que se admiró.

Volvió a respirar, y luego iluminado:

—Usted tenía una falda plisada azul marino.

—Y también bragas *petit—bateau.**

—Es demasiado joven. Hace mucho que no hay. Sólo se las puede encontrar en algunos sex-shops.

Como siempre, consideró que Scoffié la había hecho caer en una trampa, pues ahora recordaba que antes de salir hacia la casa de él se había cambiado para armonizar su slip con su sostén, lo que denunciaba cierta premeditación. Por lo tanto, ella misma...

—¿Está casada?

—Sí. Con el hombre que nada.

Se enderezó sobre las rodillas, estirándose. Su cuerpo proyectaba sombra sobre el cuerpo de Scoffié, que estaba tendido sobre el vientre, de través, en la colchoneta.

—Yo lo reconocí en seguida, no ha cambiado en absoluto.

—Usted tiene los senos más pesados —respondió fríamente Scoffié—, más caderas y nalgas. Ha perdido su acidez.

—¿Me he convertido en mi hermana mayor?

---

* Marca de bragas, tipo colegiala, de tejido muy compacto y cerrado. *(N. de la T.)*

—Me gusta mucho.

—Y cuando uno tuvo a la pequeña ¿se tiene deseos de la mayor?

—Yo sí.

Comprendió porqué Scoffié seguía obstinadamente acostado sobre el vientre. Justo en el momento en que el rostro de Marc apareció en el borde de la piscina recordó el momento en que, estando de pie al lado del profesor, frente al escritorio colmado de papeles y de libros, apareció su sexo enorme y poderoso como un garrote. Scoffié le había tomado la mano y obligado a aventurar una caricia a lo largo de la bestia, mientras él mismo hacia deslizar la pequeña braga y ordenaba, con una voz que no admitía réplica: "Ahora, vas a ser obediente... Yo te tuteo pero tú debes continuar tratándome de usted."

Se deslizó hacia Marc estirándose. Su mejilla rozó la mejilla mojada de su marido.

—El tipo —murmuró— es mi famoso ex profe...

—¿Qué...?

—Sí.

Volvió a sentarse al borde de la colchoneta, mientras Marc se alzaba chorreante en el borde.

—Le presento a mi marido... Marc. El señor Scoffié, uno de mis ex profesores de la Sorbona.

Agregó:

—Marc, por cierto, no leyó ninguno de sus libros, sólo se interesa en las ciencias políticas y económicas.

—Siempre que sean ciencias —continuó Scoffié, tosiendo para aclararse la voz como durante sus cursos.

Catherine no seguía el encadenamiento de conceptos desprovistos de convicción que se prolongaban a propósito de las ciencias políticas. Ella miraba sus miradas. La de Scoffié se deslizaba sobre Marc y volvía sobre ella, hermética; la de Marc buscaba en la fisonomía del profesor el efecto que producía en él el cuerpo de Catherine. Esta, con el pretexto de tomar el paquete de cigarrillos que al llegar había tirado algunas losas más allá de la colchoneta, se estiró sobre el costado y luego se irguió sobre las rodillas, mientras Scoffié, sin cambiar de posición, le tendía su encendedor prendido. Se acercó de rodillas, se inclinó, y al encender su cigarrillo rozó con la punta de su seno el antebrazo velludo de Scoffié; casi en el mismo segundo interceptó la mirada de Marc posada en ellos.

—¡No puede ser! ¡Todavía no te has bañado, Catherine! Yo ya lo he hecho dos veces...

Los tres volvieron la cabeza hacia Marie-Christine que, brillante y triunfal, estaba con la cara hacia arriba, los ojos entrecerrados, el rostro levantado, verdadera adoradora del sol.

Con un impulso, Catherine se levantó de la colchoneta y se arrojó al agua, sabiendo que los mojaba a todos. Mientras nadaba vio a Nancy y a la investigadora que se deslizaban detrás del biombo de las mujeres: reaparecieron corriendo y se zambulleron juntas.

Dejó de nadar y sólo hacía algunos movimientos para mantenerse a flote. Prolongaba ese baño antes de reaparecer en la tierra, donde le esperaban todos sus deseos.

Apareció el doctor Liegel, vestido y empujando una mesa rodante donde brillaban alcoholes y jugos de frutas. Sin preocuparse por ayudarlo, Hélène se sumergió. Su rostro resurgió del agua al lado del de Catherine.

—¿Qué tal? ¿Estás bien?

—Sí, soy muy feliz.

—Queríamos invitaros hacía mucho, pero tú y Marc, sobre todo tú, teníais una parte de afectación que nos intimidaba. ¿Cómo va con él?

Las dos habían llegado a un ángulo solitario de la piscina y descansaban, apoyadas en la baranda. La curiosidad de Hélène contrariaba a Catherine, que eludía las preguntas y se negaba a precisar qué satisfacciones le concedía a su marido, enrojeciendo y descontenta por enrojecer.

—¿Está contento de ti?

—Quiere cada vez más.

—¿Y el divorcio?

—Casi no hablamos más de eso, pero está en curso.

—¡Da un gran golpe, Catherine!

—¿Acaso sé hasta dónde quiere que llegue?

La investigadora y Nancy se habían decidido a salir del agua y bebían, de pie, al lado de la mesa rodante y en medio de los hombres, entre estallidos de risa. Garuel y el investigador hicieron por fin su aparición al borde de la piscina: Garuel se había desvestido y ofrecía un cuerpo musculoso, estable, insospechable en él. Por su parte, el investigador no se había quitado su pantalón de terciopelo parma ni su camisa de seda langostino, y sostenía su pipa con las dos manos, desparramando un humo que un comienzo de brisa animada por la cercanía del crepúsculo arrastraba hacia la barrera de cipreses.

—¡Qué bella es Nancy! ¡Parece que no fuera de verdad!

—Justamente ese es su defecto. Bloquea los sueños. Nancy es una muchacha a la que los hombres gustan sacar, exhibir, aunque en la cama se envenenan con ella.

Indiferente al efecto que Nancy podía producir en la cama, Catherine consideraba el efecto que esa mestiza producía deambulando con un vaso en la mano alrededor de la mesa de los licores. Todos los hombres la seguían con la mirada como los gatos, salvo Marc, y aún éste le echaba unas ojeadas apenas distraídas.

—¡Bueno, ahí está ese gordo cerdo de Poisson! —señaló Hélène—. Terminó su siesta y no se anima a desvestirse a causa de los moretones que le hice anoche.

—¿Nancy y él están aquí desde ayer?

—Pasaron la noche. Un intercambio. ¿Sabes qué es el intercambismo? ¿Al menos lees alguna vez?

—¡Ah sí, el intercambismo...!

—Contrariamente a las apariencias, no fui yo la que perdí

anoche, sino Martin. Además, esta mañana, cuando me encontró, tuve derecho a la reconquista.

—Tengo frío. Ya hace una hora que estoy en el agua.

Al sol, frotándose con una de las toallas que había al lado de las colchonetas, Catherine encontró una brusca alegría. Recibió la mirada de Marc y en seguida volvió a arrodillarse delante de Scoffié para pedirle fuego. No podía darse vuelta hacia su marido, pero sabía que él "memoraba" la escena. Memorar, como decía el investigador. Se estiró sobre la superficie libre de la colchoneta, los ojos perdidos en el cielo. Scoffié se vio obligado a transformar prudentemente su toalla en taparrabos. Con la cabeza echada hacia atrás, fuera de la colchoneta, y las piernas abandonadas. Catherine cada tanto levantaba su cigarrillo hacia Scoffié quien en seguida se inclinaba para sacudir la ceniza en una de las tinajas. Cuando le devolvía el cigarrillo, sus manos se tocaban.

—¿Sigue haciendo conquistas entre las estudiantes?

—Ahora estoy en el Colegio de Francia. Mis auditores son poco numerosos, más bien de edad y casi no tengo contacto personal con ellos.

La voz del investigador dominaba la conversación y sus opiniones le recordaban a Catherine las de Gonzague y de Bruno.

—Es necesario —exigía el investigador— inventar relaciones nuevas entre la sexualidad y el lenguaje. Entiendo relación en su contexto revolucionario y sin privilegiar el modo de aproximación estructuralista. Naturalmente, antes que nada se trata de mantener operatorio: no se trata en absoluto de revolución formal, a la burguesía, sino de una cierta interpretación del lenguaje que sea globalmente revolucionaria.

Como Bruno, se enloquecía con ciertos espectáculos experimentales, sobre todo con el que había visto la víspera en la Catoucherie.

—El público está allí para hacer el test de un borrador. El

problema de los creadores es evaluar los impactos y, gracias a una lógica operatoria muy simple, determinar el rito.

Y agregó este juicio, que hubiera podido pronunciar Bruno:

—Al público le corresponde distanciar el tema, no al autor, al director y a los actores. La revolución pasa por ese movimiento.

A Catherine le parecía que el investigador, sin tener más espíritu crítico que Bruno, explotaba un vocabulario más extenso y, sobre todo, matizaba sus conceptos apretando ligeramente las mandíbulas y con una entonación que dejaba bien sentado que su virtuosismo le permitía retirar lo que adelantaba en el mismo movimiento. Bruno, como diría mamá, se tira de cabeza, mientras que el investigador dibuja apariencias.

La conversación que habían emprendido Martin, Hélène y

A Catherine le parecía que el investigador, sin tener más espíritu crítico que Bruno, explotaba un vocabulario más extenso y, sobre todo, matizaba sus conceptos apretando ligeramente las mandíbulas y con una entonación que dejaba bien sentado que su virtuosismo le permitía retirar lo que adelantaba en el mismo movimiento. Bruno, como diría mamá, se tira de cabeza, mientras que el investigador dibuja apariencias.

La conversación que habían emprendido Martin, Hélène y la investigadora se impuso de pronto. Martin sostenía que ninguno de ellos podía alegar la inocencia de su desnudez y que la cinestesia de un civilizado del siglo XX no podía, cuando estaba desnudo, asemejarse a la de un ateniense también desnudo en el siglo V antes de nuestra era. Acto seguido se produjo un enfrentamiento entre el profesor y el investigador; este último, irritado por la superioridad de Scoffié (en cuanto a diplomas, notoriedad, posición social), desplegaba una insolencia a la vez agresiva y deferente.

—Es evidente que usted juzga con ventaja. Está de moda insultar al buen salvaje. Los marxistas, como los tecnócratas y hasta los psicoanalistas, odian a Rousseau. ¡Si los C.R.S. pudieran exterminarlo, usted aplaudiría con las dos manos, serñor profesor!

—En absoluto, yo dejo Rousseau a Kant y a mi colega Lévi-Strauss...

Como buena anfitriona, Hélène efectuó un cambio de estilo y llevó la conversación a la antipsiquiatría. El tema tuvo éxito; sólo se callaron Marc, que sentado un poco lejos conservaba una fisonomía impasible, y Catherine, que seguía tumbada y observaba a través de sus pestañas los gestos lentos de Nancy untándose el cuerpo con un líquido incoloro. La detesto por ser tan hermosa, me parece verdaderamente tonto que haya venido, podría ir a otro lado.

Una mujer grandota que se acercaba más a la sesentena que a la cincuentena acaba de aparecer, seguida por un viejo perro lobo bastante pelado. Estaba envuelta en un enorme pantalón de terciopelo marrón semejante a los que aún llevan los viejos peones, y en las manos traía una canasta colmada de plantas cortadas. Las presentaciones determinaron que era la señora Scoffié y que, botánica convencida, había pasado la tarde herborizando en el bosque de Fontainebleau. Su marido la llamaba "mami" y Catherine sospechó que ella lo llamaría "papi" en la intimidad. ¿Marc me encuentra ridícula.?

La llegada de la señora Scoffié casi coincidió con la desaparición del sol detrás de la copa de un gran castaño. Se produjo, ya fuera porque la caída de un ligero fresco inquietaba o porque la recién llegada quebró un encanto, una fuga hacia los biombos. Hélène, que sólo tenía que ponerse su largo traje de playa, ayudó a Catherine a vestirse. Quisiera saber por qué provoco en ella, como en Marielle, la necesidad de protegerme y de asistirme.

Cuando volvían a la casa Hélène le anunció a Catherine:

—Marc y tú os quedáis a cenar. A lo mejor a dormir, ¿no? Los Garuel se van en seguida, por el bebé, y los Scoffié porque su hijo hace una proyección privada de su filme esta noche,

—¿Tienen un hijo director?

—Conoces su nombre, seguramente. Scoffiéry. Sintió la necesidad de agregarse una r y una y. Acaba de terminar un filme sobre el sadismo entre los escolares del siglo XIII. Está totalmente interpretada por muchachitos de diez a dieciséis años. Temen que no pase censura... ¡Marc!

Marc aceptó y la cena tuvo lugar en la biblioteca, pieza tan vetusta como el saloncito. La cuidadora improvisó un buffet frío sobre una mesa de billar en desuso.

—Uno se siente mejor aquí que en el comedor —observó Martin—. Ahora lamenta haberlo hecho en acero. Vi el otro día una exposición de zinc oxidado. Al lado del zinc oxidado, el acero resulta ridículo.

Comían sentados en pufs o estirados sobre mantas. Hélène servía el vodka como vino. Había encendido fuego en la chimenea, aunque la tibieza del día se mantuviera en el cuarto.

—Hélène —propuso el investigador—, ¿jugamos a las enormidades?

Martin aprobó:

—Jean Poisson y Nancy nunca jugaron. Marc y Catherine tampoco... Es interesante. Puede producir happening.

—¿De qué se trata? —preguntó Marc.

—Debemos provocarnos mutuamente para soltar enormidades.

—¿Una actualización del juego de la verdad?

—Más auténtico —observó la investigadora.

—¿Ya tienen una enormidad lista?

—Empieza bien —dijo Martin—, se ha establecido el tono.

Con un aparato había armado cigarrillos donde la hierba se mezclaba con el tabaco. Los distribuyó.

*La investigadora:* La última vez que jugamos dije enormidades.

*Hélène:* Una sola. Sólo tuviste un happening.

*Marc:* Estoy seguro que usted, Nadine... ¿se llama Nadine, no?

*La investigadora:* Sí.

*Marc:* Dijo una enormidad teórica, estoy seguro. No un recuerdo o un deseo, sino un proyecto.

*Martin:* Hay que tratar de provocarse sin agresividad. La agresividad endurece la defensa del otro, aumenta su coraza caracterial, y esto hay que evitarlo. Para que el contacto sea más fiel les propongo que todos te tuteen.

*Hélène:* Salvo Martin y yo que, por estar tan cerca, sólo podemos tratarnos de usted... ¿Catherine cuándo te di horror?

*Catherine:* Nunca me diste horror.

*Hélène:* Miedo. Busca: ¿nunca te inquieté?

*Catherine:* Sí. Cuando nos conocimos.

*Hélène:* Cuenta:

*Catheorine:* Hace ocho años. Había sacado pasaje en un viaje organizado. Compartí en el Senegal un bungalow contigo. No nos conocíamos. La segunda noche, dos hombres te hicieron la corte, me aconsejaste que me fuera a acostar porque yo tenía sueño, y al día siguiente te vi volver al alba, simulé que dormía. La noche siguiente volvió a ocurrir lo mismo.

*La investigadora:* Quieres decir que Hélène se acostaba con los dos.

*Catherine:* Y luego desde su cama llamaba a París y le aseguraba a Martin que tendrían un reencuentro apasionante.

*Martin:* ¿Y tú sentiste horror?

*Catherine:* Sí.

*La investigadora:* ¿Qué edad tenías? ¿Eras virgen?

*Catherine:* Tenía veinte años, estaba por tener veintiuno. Desde hacía siete u ocho meses no era virgen, pero era como si lo fuera.

*Poisson:* ¿No habías conocido el orgasmo?

*Catherine:* ¡Claro que sí! Ya lo conocía cuando era virgen... Quiero decir que entre el muchacho y yo no era apasionante.

*Marc:* Cuenta cómo te desvirgaron.

*Catherine:* No tiene ningún interés.

*La investigadora:* Cuenta.

*Catherine:* Habíamos salido en barco, éramos cinco. Ocurrió por la tarde, durante la siesta, en una cabina. No sentí nada de particular. Después seguí con el mismo muchacho. No podía comprender el juego de Hélène.

*Martin:* Pero, ¿cómo adivinaste que Hélène empleaba sus noches con dos hombres?

*Catherine:* Lo sentí. Alguna frase de Hélène debió hacérmelo pensar.

*Hélène:* No sentiste, viste.

*Catherine:* Es falso, Hélène. ¿Por qué dices eso?

*Hélène:* El bungalow de los dos tipos estaba a cinco metros del nuestro. Durante la noche me oíste gritar, saliste, subiste a un banco que estaba debajo de la ventana y viste.

*Catherine:* No... me mostraste una fotografía.

*Hélène:* No hubo foto. Tú nos viste, volviste a acostarte y al día siguiente me miraste con horror.

*Catherine:* No sé si invento lo que sentí en esa época, pero creo que logré fácilmente concebir el placer de entregarse a dos hombres, y aun el de la complicidad de Hélène con su marido. Para mí eran placeres que uno sueña. Lo que me horrorizaba era el pasar al acto. En los diferentes hechos a menudo aprueba los móviles asesinos, pero el pasar el acto me supera.

*La investigadora* (al investigador): A ti también, lo que te molesta es pasar al acto.

*El investigador:* Hemos pasado al acto.

*La investigadora:* Los últimos meses, después de años de seminarios y coloquios consagrados al problema. Resultado: desde que tuvo lugar el hecho no me toca, y por la mañana, en la cama, lo siento agitarse: se satisface solo, solo con su sueño, confortablemente.

*Nancy:* Me importa un bledo.

*Poisson:* Todo te importa un bledo. A tu edad es aburrido.

*Nancy:* Los sueños, para mí: cero. Y los actos no tienen importancia. Son indiferentes o un poco agradables o un poco desagradables. Valen casi lo mismo.

*Poisson:* Eres una puta desesperante.

*Nancy:* Y tú, con tu cazadora deportiva para parecer joven, eres el perfecto padre de contestatario que quisiera ser comprendido por su hijo.

*Poisson:* ¿Por qué sigues conmigo?

*Nancy:* Por tu pasta. Y tú me conservas porque soy una inversión rentable. Si quisieras tener sólo la mitad de las mujeres que tienes al intercambiarme, no lo lograrías y además te costaría diez veces más caro que yo.

*El investigador:* A mí el profesor Scoffié me ha aburrido prodigiosamente, pero tú, Catherine, cuando estábamos al borde de la piscina no podías dejarlo. ¿Te gusta?

*Catherine:* Sí. Por Marc. ¿Qué te producía exactamente Marc vernos a mí y a Scoffié en la colchoneta?

*Marc:* Parecíais los que debisteis ser después. Supongo que después fumasteis un cigarrillo en la cama.

*Hélène:* ¿Te ha interesado, Marc?

*Marc:* Sí.

*La investigadora:* ¿Y a ti, Catherine?

*Catherine:* Sí.

*Martin:* ¿Sólo te interesa para complacer a Marc?

*Catherine:* Comprendí que turbaba a Marc y me turbaba.

*Nancy:* ¿Sentiste que te mojabas?

*La investigadora:* Catherine debes contestar.

*Nancy:* ¿Sentiste que te mojabas?

*Catherine:* Sí.

*El investigador:* Marc, ¿preferirías que nada hubiera pasado entre Catherine y Scoffié?

*Marc:* Sufrí un conflicto entre el sí y el no que me interesa.

*El investigador:* ¿Un movimiento dialéctico?

*Hélène:* Sabes, Catherine, invité a Socffié sin saber nada. Mi hijo más adelante quiere hacer cine y me gustaría que el hijo de Scoffié lo tomara como ayudante. Pero, ¿por qué me contaste que eras fiel a Marc?

*Marc:* Fue antes de conocernos.

*Hélène:* Y tú Marc, ¿eres fiel a Catherine? ¿Cuándo te acostaste por última vez con otra mujer?

*Marc:* Ayer.

*Catherine:* ¡Ayer!

*Marc:* Sí.

*Catherine:* ¿Con quién?

*Marc:* Con Marielle.

*Martin:* ¡Happening! Sin duda puede considerarse que existe happening.

*Catherine:* ¿Ayer noche?

*Marc:* Por la tarde.

*Catherine:* ¡Quiero irme!

*Martin:* La partida está terminada.

## Diario íntimo del señor Daubigné

*14 de junio*
*Después de una ausencia de una noche y de un silencio de un día, volví, imbuido de la inminencia de la catástrofe. Rose me recibió como de costumbre. Ahora estaba seguro de que se había preguntado si nunca volvería y de que se sintió aliviada al volver a verme. Su única alusión fue indirecta y pacífica: "Tu amigo Geoffre telefoneó esta mañan, pero habías salido. Volverá a llamar por la noche." Sin embargo, esperaba que le diera una vaga explicación porque antes de acostarse me pidió que, en caso de que tuviera que ausentarme de nuevo de noche, la previniera. Le contesté que no dejaría de hacerlo, si podía.*

*Qué lástima que ya le anuncié mi partida para un viaje de inspección al Bordelais, porque me hubiera gustado hacer simplemente mi valija diciéndole: "Vuelvo en dos días." Ahora que sé que el carácter de Rose, contrariamente a lo que había creído, está dispuesto a las concesiones, en adelante trataré de pasar varias noches por mes en casa de Germaine, y cuando estemos en Brévinville ya no recurriré a mentiras para justificar mis visitas a Germaine en Borcaux; a fin de mes, en lugar de decir que voy a hacer una cura, anunciaré simplemente que salgo de viaje. Convencido de que mi nueva autoridad sobre*

*Rose me permitiría, si enfermaba, instalarme sin problemas en casa de Germaine, le aseguré a ésta, mintiendo apenas, que había puesto a mi mujer al corriente del proyecto y que lo había aceptado.*

*Se necesitó la muerte de Aquel al que amaba y al que amo para que me visitara el drama y me diera, un año más tarde, la fuerza de arriesgarme a otro drama con Rose. Y se necesitó esta prueba de fuerza para que descubriera que Rose capitulaba fácilmente. No busqué pretexto para mi fuga nocturna porque hubiera sido traicionar a mi amigo muerto; odiaba a Rose porque, por culpa de ella, todos los días había visto demasiado poco a mi amigo vivo. Durante veinte años fui el rey del compromiso, y de pronto fue Rose la que ocupó mi lugar. Sin duda lo hubiera ocupado directamente si, en la época en que comprobé mi amor por Germaine, hubiera sido tan inteligente como para ser excesivo y considerar esencial un intento de golpe, en lugar de arreglarlo.*

*No puedo explicar mi debilidad inicial, que se convertiría en una debilidad habitual, más que por la poca fe que puse al comienzo de mi relación con Germaine. No pensé que mis relaciones con Rose podían ser modificadas por una encantadora aventura a la que limitaba entre paréntesis. La primera vez que abordé a Germaine dudé, temeroso de que al oponerse a mi deseo temiera cometer una falta de gentileza o de educación, y de que su abandono se debiera sólo a la sopresa o al exceso de su complacencia. No pensé que me amaba ni que la amaba. Cuando fue evidente, tampoco pensé en cambiar mi comportamiento y continué tramando, como si se siguiera tratando de un paréntesis. De esta manera derroché o al menos trabé la vida de Germaine y la mía, sin hacer un paraíso de la de Rose.*

*Lamentarse es cruel, ahora que sé que tengo el poder de hacer ceder a Rose sin demasiado escándalo. Hubiera ido a verla a menudo, me hubiera ocupado de los niños y, sin duda,*

*Rose se hubiera vuelto a casar. No me acuerdo muy bien qué edad tenían los niños, entre seis y nueve años, pero lo cierto es que su existencia me hizo mantenerme en el compromiso. Amaba las ilusiones que me inspiraban. Más aún, era tontamente respetuoso con el sentido sagrado de la familia que me había sido inculcado por la sociedad burguesa. En mi familia nunca, nadie, se había divorciado, y yo era demasiado timorato para considerar que no había de qué vanagloriarse.*

*15 de junio*

*Naturalmente, Germaine no se mostró satisfecha del acuerdo que pretendí haber obtenido de Rose. ¿Por qué esperar los días sombríos para estar juntos? Por el momento, eludo la cuestión, lo que es fácil, porque al haber obtenido una victoria Germaine se da a sí misma un tiempo para tomar aliento. Pero aunque ella no me ataque sobre esto, lo pienso solo. A veces me parece desalentador e irrisorio actuar con veinte años de retraso. En otro momentos recuerdo lo que mi madre decía en otra época: "No hay que tirar las fotografías en las que uno se encuentra feo porque unos años más tarde satisface mucho mirarlas." Cuando me siento demasiado viejo para romper con Rose y unirme a Germaine, olvido que dentro de diez años, si tengo vida hasta entonces, tal vez lamentaré no haber actuado a la edad que tengo ahora y que me parecerá joven.*

*16 de junio*

*Ayer, cuando fui a ver a mi madre, Germaine me esperó en el auto y, al volver, me sentí turbado. Mi madre, perdida como de costumbre en sus nubes de algodón, de pronto me miró fijamente y dijo: "Sobre todo no olvides ser feliz, lo olvidamos muy a menudo y es una lástima."*

*Hace veinte años debí darme cuenta de que amaba a Germaine por la felicidad que tuve apenas la conocí. En esa época todavía no tenía diario, pero me acuerdo que a partir del día en que Germaine, que trabajaba en una oficina cercana, estuvo instalada en su propio despacho, durante semanas, meses, mi estado fue el de alguien cuyos días y noches transcurren en una perpetua mañana de primavera. Los problemas aparecieron después, cuando sentí la desesperación de no haberla conocido antes. Yo ni pensabe en cuestionar la prioridad de Rose, tontería que entregó su vida al desorden de los encuentros sometidos a la cronología.*

*Desde el instante en que le reconocí una primacía a Rose, supe que me instalaba en una división y empecé a llevar este diario, renunciando a todo lo que pudiera parecerse a la felicidad. Esta apenas me ha rozado de vez en cuando, gracias a un minuto de descuido, durante un viaje con Germaine en el que furtivamente olvido que tendré que volver... Ahora que descubrí que Rose es más maleable de lo que creía, siento la tentación de cortar por lo sano, de recobrar el poder perdido desde hace tanto tiempo y experimentar sentimientos no mezclados.*

*Los niños han dejado de ser los obstáculos de hace veinte años. Ya no se me puede acusar de abandonarlos y, sobre todo, de "traumatizarlos" con un divorcio. Lo ideal sería que Catherine se separara de Marc, lo que, según Rose, es probable, y volviera con su madre. Las dos se harían compañía, lo que calmaría mis remordimientos. Soy débil frente a los remordimientos.*

# 14

La C.M.R.V. (Cooperativa Carpintera de la Región de Versalles) había solicitado al banco un préstamo sobre el cual Marc empezó a redactar su informe, preocupado por la pelea que se prolongó entre Catherine y él durante todo el regreso en auto. Dividía su estudio en tres partes: 1.º) las estructuras financieras, 2.º) las aptitudes de la dirección, y 3.º) la capacidad de rentabilidad. Repartía las quejas de Catherine alrededor de dos temas: 1.º) haberla puesto en situación de recibir las proposiciones malsanas de Hélène, y 2.º) haberla traicionado con Marielle. Una simpática corriente de aire corría por la oficina.

La naturaleza del préstamo esperado por la C.M.R.V. era doble: una compra de máquinas que limitaba una parte de la inversión a cinco años, y una transferencia a la zona industrial que prolongaba la otra parte a quince años, lo que la edad de los miembros de la cooperativa hacía precario, pues casi todos estaban llamados a retirarse en ese lapso, es decir a retirar su aportación. La primera queja de Catherine era fácil de refutar, ya que Hélène era amiga de ella, no de él, y no había sido él sino ella quien le puso al corriente. Al llegar al capítulo "cachflow" Marc estableció que, si bien la posición de la cooperativa en el mercado era buena, el personal capaz y el material defendible, no era menos cierto que la incompetencia económica de la dirección comprometía su capacidad de rentabilidad, y por lo tanto de reembolso. La C.M.R.V., para ganar un mercado, proponía precios tan bajos que a menudo trabajaba con pérdidas, sin darse siquiera cuenta. Como nunca se había asegurado un fondo de circulación para financiar el ciclo de explotación, aunque había sido lo bastante competente para descubrir que trabajaba con pérdidas, se había visto obligada a aceptar, por necesidad, nuevos fondos. Esa misma necesidad obligaba a trabajar sólo con el crédito de los proveedores, a acrecentar su déficit bancario, a ir engrosando la pelota. La queja Mariella resultaba más difícil de parar porque Marc, aunque se consideraba inocente, se sentía incómodo con sus móviles. Sólo se había sentido excitado por el espectáculo del video, y no tanto por lo que había visto como por lo que había querido ver al imaginar en la pantalla a otro hombre y a Catherine en el lugar de Marielle. El otro hombre ahora se había convertido en el profesor. Y si no lograba hacerse comprender por Catherine era porque tampoco sabía explicar qué necesidad satisfacía en él esa imagen. La capa de pintura amarilla con la que habían revestido el patio en otoño provocó la desaprobación de Marc, pero su despacho, que a esa hora estaba oscuro, recibía de la fachada iluminada una palpitación luminosa que traía la evocación de las vacaciones y del Mediterráneo. El rostro del señor Hochepoul se impuso, cuadrado, sólido, perforado por ojos puros e inflamados. El rotulador con el que Marc escribía se deslizaba sobre el papel, arrastraba las palabras y las frases como una flotilla de canoas.

—¿No te molesto? —inquirió Garuel—. Sólo quiero decirte cuan felices nos sentimos Marie-Christine y yo de haber conocido a vuestros amigos. Pasamos una tarde bárbara.

Se sentó a horcajadas frente a Marc.

—Es de locos lo que nos quemamos en la orilla de esa piscina. ¡Tú estás soberbio! —agregó con una cordial sonrisa.

Pasó revista a los huéspedes y a sus invitados. El doctor Liegel le inspiraba una admiración sin reserva.

—Marie-Christine y yo comprendemos perfectamente las teorías intercambistas. Es un método más honesto, más sano que las pequeñas trampas de antes. Por el momento no sentimos necesidad de ello, lo que no impide que, como dijo Marie-Christine, sea una cosa valiente y astuta.

Sólo se emsombreció al recuerdo del investigador.

—Tuvimos una pequeña discusión sobre Argelia.

Sacó la billetera.

—A propósito de Argelia, encontré esta foto que no te pude mostrar ayer por nuestras mujeres. ¿Te dice algo?

Vestida sólo con un slip de lentejuelas y tendida sobre almohadones apoyados en una tapicería rudimentaria, en la imagen de aquella muchacha desvaída Marc reconoció a Pierrot y Colombina. Inmediatamente supo que era Djemilla.

—La reconociste en seguida —dijo Garuel, exultante—. Guárdela, te la doy.

—Pero no...

—¡Claro que sí! ¿Qué quieres que haga yo con eso?

—¿Y yo?

—Entonces, la rompo...

Se levantó para tirar los pedazos en el cesto y echó una ojeada maquinal al informe.

—La C.M.R.V., la conozco, yo recibí al presidente cuando vino a hacer el pedido. ¿Tú hiciste la investigación?

—Sí, y tengo que terminar en seguida mi informe.

—De acuerdo, te dejo, Marie-Christine dijo algo muy especial sobre los Fretzeller.

—¿Quiénes?

—El investigador del C.N.R.S. y su mujer. Para definir su jerga recurrió a una broma de Proust sobre uno de sus amigos al que acusaba de imitar a Barrès al igual que los dos criados de las Preciosas ridículas miman las maneras de su señor. Según ella, los Fretzeller imitan a otros imitadores, y en ese ambiente, a fuerza de imitarse los unos a los otros, ya no se sabe quién imita y quién es imitado.

—¡Lees a Proust!

—Yo no, no tengo tiempo. Pero Marie-Christine lo leyó de cabo a rabo y tres veces. En cambio, un Fretzeller estoy seguro de que sólo debe haber leído libros sobre Proust, nunca nada de él. Ayer, hablando de Argelia francesa, me exasperó.

Marc consideraba a su camarada con curiosidad y se asombraba de que éste fuera vulnerable a las pasiones políticas. El mismo, en su medio, había recibido una formación tácita, la que modela a los futuros grandes funcionarios del Estado y las Finanzas; ésta excluía toda adhesión sentimental a una ideología o a una causa. Se podía servir a un clan, comprometerse con una línea política, defender sus posiciones, pero sin entregar nunca el corazón o los nervios: uno se mantenía fríamente en los cauces de su carrera. Bertran de Saint-Presse, por ejemplo, había recibido la francisca de Mariscal, y luego la roseta con de Gaulle, por el bien de sus empresas, sin concederse nunca el capricho de un compromiso interior. Al no tener responsabilidad, Marc se permitía sólo sostener ciertas tesis apenas revolucionarias que creía de buen tono, al igual que procuraba vestirse y comportarse de acuerdo con la moda.

—Disculpa —dijo— pero de verdad que debo terminar este informe.

—Supongo que será negativo.

—La C.M.R.V. tiene el defecto de todas estas cooperativas: ignorancia de las normas de la economía actual.

—El tipo era simpático. ¿No se llamba Hochepoul o algo así?

—Simpático como todos los ejecutivos de cooperativas. Casi todos leyeron a Proudhon y a Fourier; al principio quisieron hacer triunfar un viejo sueño aparentemente racional en el que los trabajadores se bastan a sí mismos. Son nulos como directivos porque se niegan a conocer el funcionamiento exacto de la sociedad económica, pero su sinceridad les da una fuerza de convicción frente al personal, que acepta las retenciones sobre los salarios, y a veces frente al banquero. Eso sólo dura un tiempo. ¿Por qué me trajiste la foto de Djemilla?

Garuel se levantó.

—La encontré revolviendo papeles viejos.

—¿Por qué me la trajiste?

—Te interesabas mucho por Djemilla.

—En aquel pequeño burdel había una decena de muchachas y Djemilla tenía éxito en el regimiento.

—Habíamos notado que cuando uno de nosotros se daba una vuelta por el burdel de Vialar te interesaba saber si había estado con Djemilla y te lo hacías contar. También creíamos que Djemilla te contaba sobre nosotros.

—Y Bonpas, el mediquito, aseguraba que yo lograba placer de la evocación de Djemilla en los brazos de otro. Sí, me acuerdo...

—Tú andabas con una eurasiana que era bailarina.

—Actriz.

—Casi no me hablaste de ella, pero un poco antes de que me fuera de permiso me pediste que me informara discretamente sobre ella.

—Lo había olvidado.

—A lo mejor me equivoco, pero esa es mi impresión: sabías que tu actriz te era infiel, pero sólo sufrías por la lejanía y buscabas en Djemilla una representación cercana y palpable de la infidelidad.

Garuel apoyó la mano en el picaporte de la puerta y bajó los ojos para agregar, en un tono en el que se traslucía el deseo de hacer confidencias y más probablemente de recibirlas:

—Marie-Christine se inclina a pensar que entre los Liegel y sus amigos no hay sólo el gusto de la libertad, una predilección por la francqueza. Sospecha una necesidad de infidelidad.

—¿Y crees que ése es mi caso?

—¡Yo no juzgo! ¿Me crees limitado, Esmelain? ¡No lo soy, y Marie-Christine tampoco! Me leyó una frase de Proust que es más o menos así: "...Esos celosos que permiten que se les engañe pero bajo su techo y ante sus ojos, es decir, que no se les engañe." ¡Si te digo que comprendo! Yo mismo...

Había dejado el picaporte de la puerta.

—Figúrate que tuve sospechas sobre Marie-Christine en los deportes de invierno. Te ahorro los detalles. Finalmente se justificó. Al día siguiente se puso a reír. Y me dijo: "Soy inocente, por lo tanto soy aburrida."

—¿También es de Proust?

—¿Cómo adivinaste? ¿Conoces bien a Proust?

—Lo leí poco —contestó Marc, que sólo había recorrido una página de ese autor—. Pero mi primo, Bertrand de Saint-Presse...

—No sabía que erais primos.

El nombre de tan importante financiero heló a Garuel, convencido de que, hiciera lo que hiciese, nunca se acercaría a ese hombre, salvo si se convertía en uno de sus oscuros colaboradores.

—Bertrand de Saint-Presse me habló a menudo de Proust, al que había conocido en caso del príncipe Oram.

No estaba dentro del carácter de Marc hacerse el esnob con nadie, y menos con sus colegas del bando. Además, desde su fracaso en la E.N.A. su estancamiento lo había incitado a no dejar que le creyera ni decepcionado ni frustrado, a disimular unos orígenes que justificaban demasiada ambición, al igual que hiciera aquel primo alejado de su madre que, tras taber terminado como teniente coronel, ocultaba su procedencia de Saint-Cyr. Si, de pronto, había sacudido a Garuel con el golpe de Saint-Presse y de Ora, era porque después de las confesiones que se le habían escapado, y que lamentaba ya, tenía necesidad (como un domador de elefantes que, después de un logro, recupera su autoridad con un golpe en la trompa) de señalarle a Garuel que podía juzgarlo, sí, pero que no debía olvidarse de que juzgaba a un ser fuera de lo común. No es que temiera la animosidad de Garuel y de su mujer sino que le desagradaba imaginar su conversación donde lo que había de universitario en ellos (y por lo tanto de malicia eclesiástica) llevaba a bromear, a reírse, en todo caso a jugar con los adjetivos, sobre todo por el tono con que se pronunciaban, a darles esos mediocres prudentes el oza de sentirse superiores

Tuvo prisa por terminar la entrevista, prefiriendo imponerse a Garuel en vez de ser comprendido por él, a lo que el pobre estaba más que dispuesto. Marc, en su agitación no le interesaba en general ser comprendido, y la apertura de Martin y Hélène Liegel y sus amigos le rechazaba. En cuanto a Catherine, esperaba más obediencia que comprensión, ya que él mismo obedecía a un deseo que no comprendía. No trataba de conocerse y se conocía poco.

Sólo sabía que, en las ideas, como en la ropa o en los objetos insignificantes, le agradaban los cambios de la moda porque le daban la ilusión de renacer. Apagó un cigarrillo y encendió el siguiente con alegría, como si empezara una nueva vida. Si enloquecía con el ajedrez era porque, cuando una partida se le daba mal, tenía el poder de detenerla para recomenzar otra, nueva. Pero, enamorado, sólo podía continuar, aunque fuera contra su gusto, la misma partida en la que su deseo se alimentaba de celos y de resentimiento.

A los dieciocho años, después de robarle Janine a su compañero Bertrand, cuando éste volvió del sanatorio Marc aceptó, en un impulso y sin saber porqué, devolverle la novia, y se deleitó pensando que estarían juntos. Mine (y luego su reflejo, Djemilla) había renovado y envilecido esa situación al multiplicar traiciones que arrastraban castigos y frenéticas reconciliaciones. Con Catherine esperaba acceder a la perfección, porque sentía por ella un amor completo y porque ella no consentía.

Si no trataba de conocerse era porque se sentía incapaz de llegar a saber por qué su deseo se atizaba con el deseo de otro. El que es prisionero de una pasión no desea razonar sobre ella lealmente y trampea consigo mismo. Al haber comprobado que era de los que, olvidado en una isla desierta con la mujer de sus sueños, perdería el deseo de hacer el amor con ella, no se asombraba de necesitar a terceros más que porque esa necesidad no concordaba con su naturaleza. A los diez años, cuando mereció una recompensa, pidió, contrariamente a la costumbre, el derecho de encerrarse con llave en su cuarto; en el bachillerato obtuvo una mala nota en filosofía por haber expuesto su pena de no poder, ni aún en la soledad, prescindir de los otros, viéndose obligado a recurrir a ellos, o al menos a su imagen, para llegar a la risa, a la indignación o a la voluptuosidad.

Con esta única reserva, se entendía muy bien con una inclinación que no consideraba en absoluto como un vicio. Sabía que la compartía con muchos hombres a la moda y hasta quería convencerse a sí mismo de que podría liberarse fácilmente de esa multitud de correligionarios, lo que no era en absoluto verdad, porque se había sentido muy tranquilizado al saber que el jefazo de su banco llevaba todos los meses a su mujer a partouzes en Alemania, y muy satisfecho al encontrar un artículo* consagrado a una obra crítica cuyo autor sostenía que el tema del deseo triangular había sido explotado en los cua-

* En el suplemento profano, es decir, literario y artístico de *Economie et Cité,* revista a la que estaba abonado Marc, Eugène Mirouël había consagrado al libro de René Girard *Mentira romántica y verdad novelesca* un artículo en el curso del cual observaba: "Girard nos obliga a comprobar que, tanto en Stendhal como en Dostoievski y Proust, y hasta en Mme. de La Fayette y Cervantes, el amor es un *amor-celos,* y que en ellos el deseo está *subordinado a la presencia de un rival* y la infidelidad es una necesidad, tanto para Julien Sorel como para Trusotzki o el amante de Albertine, para el señor de Nemours como para Anselme. El rival feliz es para esos amantes un enemigo, y aún más: un *bienhechor.* Para Girard, la necesidad de que el cuerpo de la amada se vea amenazado con ser poseído por otro de fuerza insolente,

tro rincones de la literatura.

Cuando se despertó, la luz de la tarde bañaba el despacho. En su reloj eran las dos y media. No había almorzado, pero ese sueño diurno le había quitado el apetito. Era la primera vez que se dormía en la oficina. Había sido presa de un adormilamiento pesado en el que la señora Hochepoul, la mujer del director de la C.M.R.V., lo insultaba porque se negaba a salvar la empresa de su marido.

Mal despierto, examinaba los argumentos de la señora Hochepoul como si hubieran sido formulados en la realidad. Y le contestaba, tratando de precisar su pensamiento: "Señora, comprendo su rebeldía. Para su marido y su equipo su empresa tiene el deber de vivir y de satisfacer también la injusticia universal. Demasiadas esperanzas, corazones e hígados se han sacrificado en demasiados esfuerzos para que la muerte de la empresa no sea imputable a un crimen. Para impedir el crimen, el hombre íntegro, puro desde el comienzo, su marido, se convierte en un tramposo cuyo fanatismo justifica hasta las malversaciones. Y usted, señora, me mataría con serena conciencia porque, al hacer mi oficio, condeno a la sagrada empresa a entregar su balance." Llamó a su secretaria, le dio el informe para pasarlo a máquina, luego tomó el teléfono y llamó a Catherine, cuya voz reconoció en seguida. Una voz justa, un poco fría.

—¿Tal vez querías hablar con Marielle?

—Pero no...

—Todavía no llegó.

—Nunca te he deseado tanto.

—Escucha, tengo que recibir a alguien. Te llamo en diez minutos.

no surge del masoquismo tal como se lo entiende corrientemente, sino, al parecer, de una forma mediatizada, y por lo tanto civilizada del deseo, que califica de metafísica." Marc, al que la literatura aburría y hasta desagradaba, no había ido a las fuentes, a los novelistas citados, contentándose con la garantía burguesa que le aportaban. *(N. del A.)*

En el informe, la secretaria le mostraba una palabra que no podía leer. En lugar de mantenerla, la suavizó. De nula, la gestión de la C.M.R.V. se convirtió en poco satisfactoria.

La irrealidad que el sueño había dejado tras él llevaba a Marc como un líquido. Sus proyectos se precisaban y se convertían en certezas. Cuando el teléfono sonó, recitó a media voz unas palabras de Bertrand de Saint-Presse...

En el otro extremo del hilo la voz sonaba muy alta, más adolescente que de costumbre. De repente se hizo ofensiva.

—¿Sabes quién me telefoneó?

—¿Cómo quieres que lo sepa?

—Lespiau.

—¿Quién?

—Lespiau. ¡Tu primo, el subministro de la familia!

Marc pensó que, junto con Saint-Presse y el príncipe de Oram, hubiera debido nombrar también a Lespiau en su conversación con Garuel, para ser más contundente.

—¿Qué quería?

—Invitarme para el week-end.

—¿Cuándo?

—No dije invitarnos. Dije: invitarme.

—¿Qué le pasa?

—Que yo le guste no me molesta, pero esto prueba otra cosa.

—¡Qué nos importa Lespiau!

—Esto prueba que toda la familia está al corriente. Les has dicho que estamos separados, que nos divorciamos. Además espero que les hayas contado que tomaste a Marielle como amante.

—Le dije exactamente a Bérangère lo mismo que tú a tus padres, que momentáneamente había tomado un cuarto en el hotel para preparar un examen. Lespiau debió saberlo y considera buena la ocasión, lo que no me asombra en él.

—Además, me gusta bastante, pero imagino lo que sigue, su

pequeña vanidad fálica. Es demasiado jactancioso para ser discreto.

Estimulado por imágenes que alimentaban sus celos, Marc recobraba su convicción.

—¡Catherine, saldremos adelante!

Ella calló.

—¡Catherine!

—Todavía no me has vuelto loca, pero ya soy desdichada.

—¡Grandes cosas van a ocurrirnos!

—¿Cuándo?

—Esta noche, ¿estás libre?

—¿Para las grandes cosas?

Se balanceaba sobre las patas de atrás de su silla.

—En verdad no tengo ganas de grandes cosas esta noche —continuó—. ¿Quieres mañana?

Colgó y pensó que no pensaba en nada; luego tuvo un impulso, como todos los meses, para tender la mano a Tarzán, que traía los primeros números salidos de la imprenta. Echó un rápido vistazo a uno de ellos, latiéndole el corazón. Las fotos en colores de los jardines de la Isla de Francia no estaban bien; las flores nadaban en un caldo soleado y húmedo... Pero Alavoine no criticaría eso. Antes de cinco minutos la llamaría para mostrarle una gran tontería, alguna sutil falta de francés, dos erratas y un anacronismo... Está muerto, no me llamará. Se ha convertido en el difunto Mourouflou.

Marielle nunca releía la revista, pues Francisco I hasta ahora sólo había dado muestras de interés cuando se trataba de artículos tácticos o avisos publicitarios, y Catherine se sentía como un niño que hace deberes que nadie leerá ni calificará nunca. Las fotos de los castillos hechas por Leroy salían bien. Era tonto, pero se entendía con su máquina o tenía suerte. En primer plano, frente a un parterre, una cortadora mecánica. Debí verificar esto cuando todavía era tiempo. ¿Era de la misma marca que la que daba dos páginas de publicidad en color? De todas maneras, las cóleras de Francisco I sólo alcanzaban a Catherine a través de Marielle, suavizadas y anónimas.

La carrera de Yvette, que bajaba del escritorio de Alavoine, no era la primera del día. La joven se veía obligada a correr por el despacho desierto apenas sonaba el teléfono.

—Señora, es una dama que llama desde Suiza. Me dijo que era urgente.

El despacho de Alavoine, en el que penetraban los rayos del sol, estaba bien situado y ordenado como nunca lo había estado. Catherine tomó el aparato y se encontró con Sarah de Helser al otro extremo del hilo.

—Estoy desolada por molestarla...

—En absoluto, yo me siento avergonzada por lo de anteayer. Temo haber sido estúpida.

—No se atormente, es muy comprensible.

Catherine tenía la impresión de leer su diálogo como subtítulo de un filme inglés, de tan falso como sonaba.

—La inhumación de nuestro amigo tuvo lugar esta mañana bajo la lluvia. Me permití agregar a las flores un pequeño ramo en su nombre.

—No sé cómo agradecerle ese pensamiento.

—Para ser franca, sobre todo pensé en Roger. Y por él la llamo. Va a recibir la visita de Mgr. Clémau, que es obispo *in partibus*. Ese viejo amigo de Roger le pedirá ayuda y asistencia. Quería que estuviera prevenida.

Al bajar la escalera, Catherine lamentó no haberse animado a preguntarle a Sarah de qué flores estaba compuesto el ramo depositado en su nombre.

En el corredor se encontró con Yvette y un viejo macizo, cuyo traje rigurosamente negro y con un fajín violeta evidenciaba que sin ninguna duda se trataba del obispo *in partibus*. ¿Qué será, en realidad, un obispo *in partibus*?

—Monseñor —le dijo—, la señora de Helser me acaba de

anunciar su llegada. Si le parece bien podemos subir al despacho del señor Alavoine.

Poco habituada a tratar prelados, de manera inhábil se retiró para hacerlo pasar delante de ella y se sintió aliviada cuando el visitante, con un tono enérgico, le rogó que lo guiara.

Apenas entraron en el despacho de Alavoine, el obispo empezó su inspección. Tenía una mirada viva y joven. Sin duda era menor que lo que Catherine había creído al principio. Además, precisó en seguida que había nacido en Egipto, como Alavoine, y que era su amigo de la infancia. Con simpleza expuso el motivo de su visita. Como el difunto no había dejado testamento, su sucesión caía en manos de parientes a los que apreciaba poco y a los que no veía. El piso de la calle Férou ya había sido sellado.

—Aquí guardaba un cofre, que sólo puede ser éste, con cartas, manuscritos, el diario que llevaba desde los diez años. Entre los mas próximos amigos de Roger hemos considerado que nos corresponde analizar estos textos y decidir su suerte. En su nombre deseo tomar posesión de ese cofre y sustraer a parientes indiferentes y hasta hostiles los pocos recuerdos que subsisten de él.

Señaló con una mirada los cuadros, entre ellos el Mouroufiou dibujado por Cocteau.

Había rechazado el asiento que le ofreció Catherine y se mantenía erguido e inmóvil, con las mejillas iluminadas por la caparrose y los cabellos todavía muy negros. Ella saboreaba la ilusión deliciosa de vivir un capítulo de novela. Un hombre de la iglesia y una familia hostil se disputaban los vestigios de un desesperado; con un poco de imaginación se les podía integrar, bien en Balzac o bien en Mauriac e incluso en Montherlant. Plenamente satisfecha del pequeño papel que le habían dejado, Catherine exclamó:

—¡Tome usted todo lo que desee, Monseñor!

Su padre, cuando era pequeña, le había hecho leer *Los tres*

*Mosqueteros,* y al lanzar esa réplica se vio de lleno en Alejandro Dumas.

—Sería oportuno empaquetar los cuadros.

—Se los podría poner en el cofre —propuso Catherine.

—Está cerrado con llave. Trataremos de abrirlo más adelante.

—Bueno, voy a llamar a Tarzán, quiero decir a nuestro ciclista, es un empaquetador genial.

—¿No es peligroso hacer partícipe de la confidencia a ese hombre?

El estremecimiento de lo novelesco volvió a recorrer a Catherine, quien se oyó contestar:

—Es alguien seguro.

Llamado Tarzán, midió con una mirada su tarea y aseguró que embalaría también el cofre, para mayor seguridad. Mientras lo dejaban trabajar, Catherine condujo al obispo a su despacho, donde consintió en sentarse.

—Nuestro amigo —dijo encendiendo un cigarrillo— quedó marcado por su infancia egipcia. Su sensibilidad al clima del país lo preparó para ser un alumno de Plotino. A decir verdad nunca cayó en el abuso de gnosticismo, aunque debemos reconocer que vivio momentos extremos, en los que el maniqueísmo cátaro lo habitó. En el neoplatonismo están las semillas de una tragedia eterna entre el alma y el cuerpo. Hubieran podido encontrar, tanto en mí como en Roger, un terreno propicio. Pero yo me entregué a la protección del dogma, mientras que nuestro desgraciado amigo se arriesgó sin protección, si me permite la expresión.

Catherine no se atrevía a mirarlo. ¡Qué disparate, que me cuente esto con el tono con el que deploraría que Alavoine no hubiera hecho suficiente ejercicio o hubiera descuidado su hígado!

El obispo mantuvo el mismo tono para pedirle a Catherine que le dejara telefonear. Por discreción, ella subió a ver cómo iba Tarzán. Este acababa de terminar, muy orgulloso de su obra, y volvieron a bajar para comunicárselo al obispo, que tenía un aire huraño. Pensaba encontrar en las Misiones extranjeras a uno de sus amigos, también canónigo, que le guardara el cofre y el paquete.

—Las Misiones están a dos pasos, habrían enviado a un mozo, y todo hubiese salido perfecto. Desde esta mañana trato de encontrar a este amigo y ahora acaban de explicarme que hace una cura en Chatel-Guyon. Contaba con la duquesa d'Albassoudun, pero está en Suiza con motivo del entierro. Yo mismo, por el momento, vivo en Roma. No puedo confiar este precioso depósito sin dar explicaciones, y tampoco puedo dárselo a cualquiera. Me pregunto que podría...

—Escuche —dijo Tarzán—, si se trata de guardar las cosas del señor Roger no hay problema. ¡En mi casa, señor cura, no es lugar lo que falta! Estarán cien por ciento seguras y puede creer que será un placer para mí velar sobre ellas como sobre la niña de mis ojos.

El obispo examinó a Tarzán con insistencia, luego, para justificar un poco su duda, agregó:

—El cofre contiene notas tomadas al filo de los días y que conciernen a las relaciones de un católico de formación con, por una parte, el neoplatonismo, y por la otra, la vida cotidiana en el contexto de la sociedad contemporánea...

—Yo me encargo, señor cura, no se preocupe.

—Se lo agradezco, pero todavía queda el problema del transporte. En París estoy como peregrino y no tengo ni vehículo.

—Mi automóvil está abajo —decidió Catherine—, lo podemos hacer esta misma tarde.

Creyó su deber acompañar al obispo hasta el patio, donde éste le tendió un sobre, deslizándoselo en la mano con una discreción que hizo estremecerse a la joven. Por un momento creyó que, para recompensarla por su complicidad, le ofrecía una gratificación.

—Nuestro amigo, hace unos meses, me confió algunas cartas, encargándome que las entregara en caso de desgracia. Había una para usted.

Aterrada, segura de que no encontraría el coraje de abrir el sobre a pesar de su curiosidad, Catherine dio maquinalmente algunos pasos al lado del obispo quien, debajo de la arcada, se dispidió porque esa misma noche debía volver a Roma.

—Tristes trabajos me esperan allá. Voy a elaborar reformas inspiradas por un espíritu que no comparto. Pero hay que pagar en esta tierra los socorros que se reciben del dogma y de la jerarquía.

Esta confidencia imprevista turbó a Catherine, que volvió a sentir en la escalera el miedo por la carta y corrió a encerrarla en un cajón. Yvette y Tarzán la habían seguido.

—¿No es cierto, señora, que es un obispo? No quiere creerme.

—Sí, un obispo *in partibus.*

—¿Qué es eso, un obispo *in partibus*? —preguntó Tarzán.

—No sé... Debería saberlo, pero lo he olvidado.

—Podríamos mirar en el Larousse.

—Me asombraría mucho que estuviera.

Yvette hojeó rápidamente el diccionario y lanzó un suspiro de decepción.

—En *obispo* no está, pero buscaré en *partibus.*

—Es latín —dijo Catherine—, busca en las páginas rosas.

Yvette lanzó un grito de triunfo y leyó:

—Se dice del obispo cuyo título es puramente honorífico y no da derecho a ninguna jurisdicción. Se dice por ironía: ministro, embajador, etc., *in partibus,* para designar el funcionario sin función.

—Yo —dijo Tarzán— nunca llegaré a comprender que haya en el Vaticano gente lo bastante retorcida como para colgarle a un hombre de esa edad un sobrenombre que lo ridiculice.

—No es en absoluto ridículo —protestó Yvette—. *In partibus* es ridículo para un ministro o un embajador, pero no para un obispo.

—¡Ah! bueno. Mucho mejor. Lo prefiero.

Eran las cinco, empezaron las visitas. Leroy abrió el fuego exigiendo felicitaciones por sus fotos. Lo siguió un anciano premio Interaliado que traía un artículo sobre el arte de recibir. La casa de fin de semana que proponía consistía en un granero. En el granero, una reserva de libros y objetos inútiles. De esta manera el cuarto de huéspedes podía ser modificado y personalizado para cada invitado, metamorfosis que implicaba un conocimiento profundo de la persona a la que se invitaba, pero también una interpretación de sus sueños. Para recibir a un sedentario casero se podía elegir entre acuarelas que ilustraran el lento curso del Loire frente a unos álamos, esto para reforzarlo en su vocación, o colmillos de elefantes y cabezas de búfalos para ofrecerle antes del sueño una imagen de los peligros exóticos que hacían más quieta su felicidad.

—¡Muy bueno! —exclamó Catherine—. Exacto lo que quería.

Llamó a Leroy para encargarle las fotos, recibió a un desconocido que proponía un artículo sobre la manera de componer la biblioteca para dar a los invitados cierta imagen de sí, luego a un humorista a toda prueba que trataba de lo "superfluo necesario" a bordo de un yate, a tres colaboradores habituales y, para terminar, a Marielle. En una hora, Catherine se había tomado tanto trabajo a dirigir la revista que a punto estuvo de pedirle a su visitante que se sentara. Marielle había almorzado en compañía de la señora Hallain y gente muy importante. *Style et Loisirs* casi no le interesaba; se imaginaba en un estadio superior. El informe de Catherine sólo le interesó cuando mencionó la visita del obispo.

—Nada saldrá de la oficina de Alavoine sin el acuerdo de Francisco I —anunció con un tono sin réplica.

Catherine replicó:

—Haré lo que debo hacer. —Y añadió:— ¿Al parecer te acostaste con Marc?

—¿El te lo dijo?

—¡No lo hubiera adivinado!

—Yo quería que lo supieras, pero él no.

—¿Resultó bien?

Marielle se inclinó hacia Catherine y la besó en la mejilla. Esta se sobresaltó, pero acabo por devolverle el beso.

—Sabes, Catherine, un poco lo violé.

—¿Por qué lo hiciste?

—Marc cedió porque soy tu mejor amiga. Y si me gusta es porque tú lo amas. Nosotros tres podríamos formar la pareja ideal.

Catherine permaneció frente a la ventana. Se volvió con cara enojada, aunque esbozando una sonrisa.

—¡Ya estáis un buen par, Hélène y tú! Os confío mis desgracias y... resultado: tú te acuestas con Marc y Hélène trata de arrastrarnos a una partouze.

Volvió a sentarse detrás de su escritorio y miró secamente a Marielle.

—En todo caso, dejas tranquilo a Alavoine y en seguida yo saco sus cosas con Tarzán.

—Y mañana organizamos nuestra mudanza a su despacho.

Agregó que tenía una cita en Francisco I y, antes de salir, se acercó tímidamente a Catherine. La abrazó largamente, con ternura, susurrando que se sentía apenada por haberla disgustado.

—No estoy segura de que me hayas apenado. Ya no sé qué me da pena y qué no. Ni siquiera sé lo que está bien o mal.

Cuando Catherine encontró a Tarzan en el patio, el tesoro de Alavoine ya estaba cargado en la parte de atrás del automóvil. Tarzán se sentó al lado de ella; le confesó que desde hacía tres años ya no venía desde su casa en bicicleta, que prefería dejar todas las noches su bici en un café de la calle Gaité y tomar el metro en la estación de Montparnasse.

—Pero durante treinta años, con nieve o viento, en el frío o en la canícula, en buen o mal año, hice la ida y la vuelta casi todos los días.

Seguro de su ciencia se dedicó a dirigir a Catherine, obligándola a tomar, sin tener en cuenta ninguna autopista ni ningún camino un poco importante, calles preferiblemente angostas. Después de atravesar un área donde los buildings nuevos estaban plantados como fichas de dominó, subieron una colina en la que los populares inmuebles de ladrillo, de antes de la guerra, alternaban con casas de dos pisos, algunas del siglo XVIII. Más allá cruzaron una especie de ciudad del XIX, con fachadas sucias y ruinosas que después de un cruce se convirtió en una ciudad de asfalto que dramatizaba las pimpantes manchas de colores destinadas a rejuvenecer las fachadas. Costearon el muro interminable de una vieja fábrica y doblaron frente a cubos nuevos, entre los que se extendían céspedes pelados donde intentaban crecer unos álamos sucios. El muro de un cementerio los escoltó hasta una ruta bordeada de árboles que se parecía a una ruta tradicional; se elevaba en seguida sobre el borde de una colina en la que se sucedían, desparramadas a través de una magra vegetación, pequeñas villas blancas y ya estropeadas. Sucedió una fábrica alta, ruidosa, polvorienta, en los alrededores de la cual Cathrine debió maniobrar entre filas de camiones.

Volvieron a encontrar el silencio en una calle desierta que desembocaba en una pequeña plaza con castaños, donde se levantaba un ayuntamiento construido en piedra y flanqueado por un dispensario y un establecimiento de baños.

—¡A la izquierda, a la izquierda! —ordenó Tarzán.

El automóvil se introdujo en una callejuela que subía, de la que Tarzán contó que antes había estado bordeada por un pequeño río en el que él, en su juventud, había pescado.

—Lo taparon por el mal olor.

A cada lado de la calle, que se alargaba, se levantaban pequeños pabellones también en piedra, rodeados por estrechos jardines. Todos se parecían por su altos techos puntiagudos y por sus varandas. Tarzán contó la historia del suyo, que había sido construido en 1902 y comprado por su padre a título vitalicio durante la guerra de 1914.

En algunos minutos, Tarzán y su hijo descargaron el tesoro de Alavoine y Catherine se encontró sentada en el jardín de atrás, al lado de una mesa de mimbre en la que la señora Tarzán depositó una bandeja de botellas de Byrrh, Cinzano y Pernod. El crepúsculo había enrojecido el cielo brumoso y la sombra ya invadía la estrecha y espesa alameda que chocaba con una pared cubierta de hiedra. Los cuatro bebían mecidos por el suave zumbido de los insectos.

El hijo, un joven flaco, alto y severo, con una vasta frente y un rostro huesudo, estaba en mangas de camisa; la camisa era blanca y llevaba puesta la corbata, que era azul marino como el pantalón. Trabajaba en la I.B.M. y preparaba un examen de electrónica que le valdría un ascenso, como explicaba su madre, orgullosa de él. Esta había conservado un fuerte acento del sudoeste que armonizaba con su gran caballera y sus pupilas sombrías y móviles. El perro, gruesa masa de pelo salvaje, la miraba con ojos de adoración.

Le trajo a Catherine algunas fotos en color con aire triunfante.

Mire al señor Alavoine sentado en el lugar donde usted está.

—¡Cómo! —exclamó Catherine—. ¿Venía aquí?

En seguida se sintió confusa por lo que su tono revelaba de conformismo social. Pero Tarzán no se dio cuenta, y no tan orgulloso por haber recibido a Alavoine en su casa como por las proezas de éste, se exaltó:

—En su bici, algunas veces iba lejos y se detenía al volver. Tomaba caminos propios para evitar la multitud. Por ejemplo, nunca iba al castillo de Versalles un sábado o domingo, pero se emboscaba debajo de la vía del ferrocarril, en un sendero desierto, desde donde percibía el castillo entre los árboles.

—Entonces, al regreso, comprende —continuaba la señora Tarzán—, descansaba un poco aquí, charlando.

—Hablábamos de bicicletas. Para el señor Alavoine no había sobre la tierra mecanismo más exquisito que la bicicleta. Hasta la comparaba con los instrumentos de música. Ese hombre que nunca había votado en su vida, votó por Dumont, por su relación con la bicicleta.

El acento de la señora Tarzán encantaba a Catherine; envolvía las palabras, las acariciaba profundamente sin violentarlas, semejante a algunas luces o algunas salsas.

—En invierno —exponía—, a menudo, gente importante que iban a cazar le ofrecían unas piezas y no era raro que nos las ofreciera a nosotros. Lo invitábamos a comerlas y a veces aceptaba...

—Sobre todo cuando eran perdices.

—Sí, las perdices eran su debilidad. Se plantaba en la cocina para verme cocinar. Siempre quería ayudarme. Quédese tranquilo, le decía yo, ¡usted no encontraría agua en un río, señor Roger!

La expresión era gemela de otra de la señora Daubigné: tu atravesarías un río para ir a buscar agua. No era que se revelara una semejanza entre las dos mujeres, sino que para Catherine todo ocurría como si hubieran salido de un tronco común cuyas ramas divergieron; se necesitaba una mirada paleontológica para escrutar las transformaciones sucesivas que, desde cierto campesinado del siglo XIX, habían concurrido en la formación de los universos diferentes de las dos mujeres.

La invitación para quedarse a cenar fue hecha por la señora Tarzán con tanta naturalidad que incitó a Catherine a aceptarla directamente. Y, por improvisada que fuera, esa cena consoló a Catherine del almuerzo de Marie-Christine Garuel.

Los tomates estaban perfumados por un cebollín que crecía solo en el jardín, el fiambre de hígado era "tierno como el rocío", según la expresión de la señora Daubigné que Catherine usaba, el queso de cabra había sido elegido por Tarzán en casa del quesero amigo de la calle de Grenelle, y los duraznos habían estado inmersos en vino tinto desde la mañana. La televisión sólo sofocó la conversación al principio. Tarzán la apagó y de nuevo resucitó Alavoine.

El pequeño comedor estaba cargado de muebles como un camión de mudanzas; unos procedían de los padres de Tarzán y eran de un puro Enrique III falso –el estilo conserje, se decía Catherine–; los otros, adquiridos más recientemente, mostraban una rudeza agresiva que la señora Tarzán había tratado de suavizar con almohadoncitos y mantelitos bordados.

–Este cuadro –declaró Tarzán señalando un grabado que representaba una fragata– nos lo regaló el señor Roger. Si lo mira de cerca verá que el barco se llama *La Bourgogne.* El señor Roger sabía que mi abuelo, que era contramaestre, había muerto en el naufragio de *La Bourgogne.* En realidad el barco de mi abuelo era de vapor, mientras que éste es de vela. ¡Comprenderá que no le hice ninguna objeción al señor Roger! ¡Era tan gentil de su parte!

Mientras Catherine contemplaba el grabado, Tarzán exponía que a pesar del abismo político que los separaba Alavoine y él se entendían sobre muchas cosas y que, por ejemplo, los dos preferían hacer concordar el artículo con el nombre de un barco.

–Sin conocernos, cuando el lanzamiento de *La Normandie* antes de la guerra, los dos decidimos llamarla *la.* En esa época eso se discutió mucho. La izquierda estaba por *el,* la derecha por *la,* el centro por suprimir el artículo; ganó *el.* Pero yo, ya ve, por una vez me desolidaricé de la izquierda.

Catherine no pudo evitar echar una ojeada a los libros almacenados en un cosy-corner colocado debajo del grabado, y distinguió algunos ABC del marxismo, dos Pierre Loti, un Thorez y, apoyado contra *Los Miserables,* que lo separaba de *La Bestia Humana,* un lomo naranja y negro penosamente agresivo.

—Mire —dijo Tarzán—, ¡éste es del señor Roger!

—¿No se equivoca? —preguntó Catherine.

Contemplaba en la tapa del libro un fusil arpón ensangrentado que se perfilaba sobre un cuerpo desnudo. El título era: *Kara T à Hong-Kong.* El nombre del autor: B. E. Brandy. Catherine entreabrió el libro y distinguió algunas frases: "Extraño, me dije al reconocer al filipino apoyado en la puerta de fórmica del vafé. Y su automóvil, que yo conocía bien, un Ford color fresa, aparcado frente a la agencia. El filipino había fumado pero no mucho; se notaba. Caminé hasta el automóvil con su mirada clavada en la espalda. En el asiento de atrás, Fraulein permanecía estirada. Estaba desnuda. Me dejé caer al suelo, entre el vehículo y la acera... Las dos balas del filipino se las tragó el techo del Ford. Ella dijo gracias con un ruido de órgano. Tenía la jeta llena de la sangre de Fraulein, que goteaba hasta ahí, no sé cómo, quién sabe, poco importa. Lo esencial era largarme batiendo mi récord de velocidad en el campo de entrenamiento de Jempo..."

-¡Alavoine nunca hubiera escrito semejantes cosas! —exclamó Catherine.

—Lo ocultaba —dijo la señora Tarzán—. Pero era la señorita Donadieu la que pasaba sus manuscritos, y como vive hacia arriba de la calle...

—Se da cuenta, yo los traía. ¿Se acuerda de la señorita Donadieu? Fue la que se jubiló y la reemplazó Yvette. En esa época, fue ella la que mi hizo entrar a trabajar con el señor Alavoine...

—¡Sí, sí! Pero, ¿por qué habrá escrito semejantes novelas?

—Le daban dinero para las vacaciones. Durante un mes, lo

que ese hombre quería era vivir como un boyardo. En Italia o en Grecia...

—El año pasado hizo los castillos de Baviera.

—Pero, a cualquier lugar que fuera, alquilaba un hermoso coche y un chófer. Y el chófer, lo exigía con gorra y leggings, como antes. Llevaba a una mujer —agregó Tarzán bajando la voz—, no era siempre la misma.

—Pero todas muy chic.

—Blanca y yo suponemos que también las alquilaba.

Catherine, bruscamente, se murió de ganas de leer la carta que le había hecho llegar Alavoine. Se puso furiosa por haberla dejado en el escritorio.

—A veces escribía dos novelas por año. Nosotros no las leíamos, pero a Lucien le interesaban.

Lucien, el hijo, con el último bocado se había ido a trabajar con un compañero que preparaba el mismo examen que él. Su partida alivió a Catherine. Detestaba a ese joven frío, sentencioso, cuya mirada mecánica cuando se posaba en ella parecía radioscopiarle el pubis a través del blue-jean. Pero sus padres tenían deseos de hablar de él. Lamentaban que, teniendo allí un cuarto tranquilo, prefiriera siempre ir a casa de su compañero. Este vivía del otro lado de la colina, en una meseta sembrada de H.L.M.*

—Los terrenos baldíos, los ascensores, los incineradores, todos los automatismos, le gusta eso. Yo lo conozco, fui allí. De un piso al otro se oye a través de los tabiques. La gente se detesta. Nadie se anima a bajar a los sótanos por miedo a los pillos.

—El padre de su amigo vela de noche con un fusil para vigilar su auto desde la ventana.

—Cuando Lucien vuelve tarde siempre tengo miedo: un golpe de cadera de bicicleta llega tan rápido...

* H.L.M.: urbanizaciones baratas, prefabricadas. *(N. de la T.)*

—Y hay algunos que hasta llevan navajas.

—Pero en casa se aburre, no le encuentra valor. Nunca trae a sus amigos. Pero, si se casa, le dijimos que le dejaríamos el primer piso.

—Nos hubiera gustado que se casara con Yvette. Vive al lado, y también les gustaría a sus padres.

—¡Vive al lado! —exclamó Catherine—. ¡Pero esto es una sucursal de *Style et Loisirs*!

—Cuando la señorita Donadieu se fue me recomendó a Yvette. Conocía a su madre. Le hablé de ella el señor Roger, pero no le dije nada a la señora Marielle porque me había dado cuenta de que no podía ni oírme. Eso sí, le di a Yvette instrucciones para que, cuando se presentara, le contestara como es debido.

A instancias de Blanche Tarzán, Catherine tomaba una taza de manzanilla que le recordaba dulcemente la tisana de su madre. A pesar de las observaciones de su mujer, Tarzán, para mostrarse hombre, tomaba alcohol, Cordial-Médoc, bebida desconocida para Catherine. Esta se dio cuenta de que era hora de volver y la pareja, que sin duda tenía la costumbre de acostarse temprano, sólo trató de retenerla con algunas frases de cortesía.

Sentada frente al volante escuchó sin oír una larga exposición de Tarzán sobre su itinerario de vuelta. El cielo resonaba sordamente; rondaba una tormenta. Al llegar a lo alto de la calle se lanzó al azar, segura de dar con una gran arteria que terminaría por devolverla a París. Magros rectángulos de luz jalonaban las fachadas de hormigón. Catherine se demoró siguiendo una avenida crudamente iluminada; la lluvia había empezado a caer y los techos de cientos de vehículos aparcados, chorreantes, en seguida se convirtieron en un lago sombrío y lustroso, odioso. A través de un dédalo oscuro llegó a una pequeña ruta que se deslizaba debajo de las vías férreas. Cuando salió del túnel el estrépito del trueno la aturdió. Rodaba por un camino desierto. El haz de luz de los faros palidecía bajo iluminaciones intermitentes. Encima de París se dibujó un rayo, preciso como el trazo de un nervio eléctrico. Ni un detalle del paisaje escapaba a los vastos relámpagos que hacia la izquierda se cernían sobre los techos de los viejos inmuebles obreros donde surgían las veletas, y hacia la derecha derramaban un platino enceguecedor sobre altas casas nuevas de siluetas esbeltas. Soy indigna de esta fiesta, no valgo para ella, me da miedo. En el parabrisas el agua corría viva y ruidosa como un arroyo.

Se sorprendió de volver a encontrarse en París por los bulevares exteriores; los relámpagos se diluían. Había escapado a las redes de la tempestad y del suburbio. Dejó que la pendiente la llevara hacia el Sena. Cuando apareció la isla Saint-Louis, Catherine sonrió enternecida. En la calle Saint-Louis-en-l'Ille, que la lluvia había dejado desierta, disminuyó la marcha y hasta casi se detuvo frente al *Tastevin* para ver si Marc estaba jugando al ajedrez. Luego se dirigió a una calle donde, a caballo entre dos señales, encontró un lugar para estacionar, frente al *tabac*. Entró. Fumo cada vez más. Sentados a una mesa, Gonzague y Bruno la miraban.

Pagó su paquete de cigarrillos y se dirigió a ellos. En medio de la tormenta tenía ganas de guardarlo para ella, pero un demonio demagógico la empujaba a contarles, con toda simplicidad y pareciendo no haber sido consciente ni un instante, que había pasado la velada en casa del ciclista de la revista y en compañía de su mujer. Esperaba que admiraran la naturalidad con la que practicaba la sociedad sin clases. Pero estaban tan serios que prefirió burlarse de ellos.

—Decíamos —explicó Bruno— que a lo mejor, después de todo, Dios existe.

Ella dudó en sentarse.

—Venid, os invito a una copa en casa.

En el ascensor se inquietó apenas un poco. ¿Y si estaba

Marc? Había una nota deslizada en el extremo del felpudo. "Vine, llamé, hazme señas. M." Hizo entrar a sus invitados en el piso.

—Yo tomé una tisana y tengo ganas de tomar otra, pero hay whisky, hay...

Optaron por la tisana. Hizo hervir tomillo y luego, a pesar del calor, decidió encender fuego y levantó la tapa de la chimenea detrás de la cual un leño superviviente del invierno sólo esperaba ser encendido. Los dos hombres, masculinizados por la demencia de su capricho, miraron cómo las débiles llamas se erguían bajo las volutas del humo blanco y crepitante. Los había hecho estirar sobre la moqueta y les había dado almohadones para apoyarse. Se deslizó entre ellos y los tres tomaron juntos el primer sorbo de tisana.

—¿En qué estábamos? —dijo Catherine— ...En Dios, sí, en eso. Llegan justo, dispongo de un montón de ideas sobre él. Ontológicamente es una sustancia inmanente, una causa trascendente o un motor inmóvil que es el fin del universo. Lógicamente es sin más, el principio supremo del orden del mundo. Y desde un punto de vista físico, un ser personal superior a la humanidad. En moral se emplea como garantía suprema de moralidad.

—¿Eso es lo que dicen en la Sorbona? ¿Pero eso prueba que Dios existe?

—Depende de cuál.

—Lo que preguntábamos es si el dios de la vida y de la muerte, del bien y del mal, de lo justo y de lo injusto existía realmente en alguna parte.

Al fumar, Bruno se dijo que si Mao existía, después de todo, ¿por qué no iba a existir Dios?

—Mi mujer estaba enferma. Fumé mucho. De golpe creí que Dios representaba una farsa y que, cuando nos moríamos, descubríamos que todo lo que había pasado era para reírse.

Catherine los escuchaba con una superioridad divertida, enternecida, que le resultaba agradable. Después de su licenciatura, cuando dio cursos en una pequeña escuela mixta de Versalles, había experimentado eso mismo enseñando por primera vez, llevando su entusiasmo hasta reunir voluntarios para coloquios en los que se debatían libremente los grandes problemas. Ninguno de sus alumnos suponía que la filosofía se apoyaba en un encadenamiento riguroso de las ideas y hasta en el cuestionamiento y la duda sobre éstas; todos esperaban de ella soluciones generosas para las preguntas que le planteaban, fueran de orden personal o concernientes a la sociedad o al más allá. Ella misma, que nunca había pedido a sus estudios más que un ejercicio del espíritu y la memoria, nunca esperó que cambiasen su visión del mundo y por lo tanto no fue decepcionada. Si ya no creía en el Dios de la Biblia era simplemente porque en su ambiente se creía cada vez menos en él; y si allí hubieran creído cada vez más a ella ni se le hubiera ocurrido dudar. En una palabra, había decepcionado a sus alumnos y éstos, después de divertirla, la irritaron. Para prevenir la irritación que el entusiasmo metafísico de sus dos cachorros no dejaría de producirle, fingió ahogar un enorme bostetzo.

—Es verdad, es tarde —dijo Bruno—. Tengo que volver con mi mujer.

Por un momento Catherine ni sospechó que Gonzague se quedaría. Pero se quedó. Su deseo de acostarse y dormir era tan fuerte como su temor a una velada con un joven al que había alentado bastante.

—Acuéstate —dijo Gonzague—. Me quedaré hasta que te duermas y luego desapareceré de puntillas. Nunca te vi dormir.

Catherine se encontró en el cuarto de baño poniéndose un camisón, demorándose.

Gonzague no estaba apurado por verla reaparecer. Tanto había pensado en ella, solo, durante dos años, que a veces se sentía molesto por la presencia de Catherine que le impedía imaginarla. Ahora imaginaba con fuerza su reaparición, la mirada que le dirigía. Descalza, lo sorprendió totalmente cuando, ahogada en los pliegues de una amplia camisa atravesó el cuarto.

—Tienes el paso silencioso de los leones.

No supo si había pronunciado esa frase o si, por temor al ridículo, la había guardado para él. Se preguntaba si alguna vez podría plasmar la relación del pie desnudo y seco con la alfombra aterciopelada de manera que el silencio de su contacto fuera una evidencia.

—Me siento idiota con este camisón. Por lo general no uso.

Se lo quitó de golpe, quedando de pie delante de él, por encima de él. De él, que seguía estirado en la moqueta. Gracias a un esfuerzo sobre sí misma separó un poco las piernas y se entregó a su mirada. El esfuerzo había sido tan agradable como difícil. Apartó la sábana y, para introducirse en la cama, dobló los muslos, inclinó el busto, ofreciéndose. Imaginaba la mirada de Alavoinbe y que era a él a quien ofrecía el *asag*.

—¿En qué piensas, Catherine?

Al principio le había hecho una pregunta a Marc con frecuencia, y éste siempre le contestaba: qué pregunta tan infantil.

—Pensaba en la tormenta.

Recordó su miedo, en el automóvil. Esa tormenta no era un verdadero peligro; hubiera podido detenerse y hasta correr y refugiarse en uno de los cafés iluminados que alcanzó a ver en las afueras de París; en cambio continuó, con los antebrazos temblorosos, enjugándose a menudo el sudor de las manos en el pantalón, obediente a su destino como si éste estuviera dictado por la potencia soberana en la que no creía. Fue para conjurar los poderes del temporal por lo que encendió aquel fuego que traía el invierno.

—Quiero que duermas aquí —dijo—. Pero se trata sólo de dormir, ¿me entiendes?

Al recordar el temporal tenía miedo de estar sola.

—Puedes dormir en la cama —agregó—. Me muero de cansancio. Apaga la luz y desvístete.

El apagó la luz y lo oyó desvestirse. Cuando se introdujo en la cama ella se apartó y murmuró:

—Buenas noches.

Descontenta consigo misma, se trataba a sí misma de tontona (una palabra de su madre). Sólo tiene que tomarme en sus brazos. Claro que su curiosidad, que estaba viva, calmaba sus temores.

No la tomó en sus brazos. Hasta puso cuidado en no rozarla. Se mantenía en el borde de la almohada. Esperaba el placer de oírla dormir y gozaba siendo fiel a su palabra. Las últimas palpitaciones del fuego mortecino se reflejaban en las mejillas y en los cabellos de la casi durmiente.

Se apartó de las sábanas con precaución, una pierna, luego la otra y se tendió delante de la chimenea, sobre los almohadones. Los dos leños estaban reducidos a unas briznas incandescentes por las que desfilaban olas pálidas, se animaban tempestades azules o estallaban, crepitando, chispas ensangrentadas. A veces un acantiiado incandescente se derrumbaba, convirtiéndose en un haz de agujas.

La que amaba dormía suavemente, era un hálito ligero, una frente y un hombro en la claridad de las sábanas enrojecidas por el fuego. Este colmaba las pupilas de Gonzague. Por las brasas convulsionadas vio pasar una pagoda encendida, un pez con aleteos desesperados, un cocodrilo y un arco de triunfo que fueron a hundirse en la alfombra de brasas donde los últimos chisporroteos, minúsculos, espatulados, cavaban conductos de aire y transformaban, al rozarlo, al menor resto carbonizado en florones o en penachos.

# 15

Catherine se despertó con la frente apoyada en el busto imberbe de un joven que al principio no reconoció.

—Pasé la noche en los almohadones —dijo Gonzague—, acabo de volver a acostarme a tu lado.

—¿Qué quieres? ¿Café con leche? ¿Qué comes?

—¿Y tú?

—Nunca nada por la mañana.

—Yo tampoco.

Ella saltó de la cama.

—Ven —le dijo, tendiéndole la mano.

Lo arrastró al cuarto de baño vestido con un pequeño slip azul que le resultaba ingenuo porque Marc la tenía acostumbrada a otra ropa interior.

—Arréglate mientras preparo el desayuno. Puedes elegir afeitadoras, Marc tiene una colección.

Se demoró un poco en la cocina y cuando volvió Gonzague, de pie en medio del cuarto, terminaba de vestirse. No se había afeitado.

—Tienes lindos hombros —dijo ella—. Ni un solo pelo en el pecho.

Había apartado la mirada para evitar el espectáculo de Catherine que, llevando la bandeja con las dos manos, atravesaba la franja de luz coloreada que entraba oblicuamente por la abertura de las cortinas. La alfombra estaba colmada de confettis de sol que sus pies descalzos golpeaban y el rayo de luz que convertía en transparente el camisón contrariaba a Gonzague. No aceptaba ese gouache excitante cuya facilidad era indigna del festival catheriniano que sentía en su cabeza y en sus dedos.

Cuando tomaba su café con la nariz hundida en la taza a la manera de un niño, lo que le daba a su bigote un aspecto postizo, Catherine preguntó:

—¿Lamentas que no haya pasado nada entre nosotros?

El dijo no con la cabeza. De un trago, ella apuró su taza y se levantó.

—Termina de vestirte mientras me arreglo.

Cuando Gonzague estuvo listo abrió las cortinas y miró por la ventana. El aire ya era cálido y el cielo, al que la tormenta había limpiado, nítido. En la terraza del bar la gente tomaba su café con croissants al sol.

—¿Cómo quieres que me vista? —le dijo.

—Ponte el vestido que llevabas hace dos años, la tarde del vernissage.

—Era un poco largo, ahora será un poco corto.

Alrededor de ella, cuando reapareció, resucitó la luz que bañaba la galería en el momento en que Gonzague había recibido la revelación de que amaba a esa mujer y que debía pintar lo que amaba.

Cuando llegaron al automóvil Catherine dio un grito de alegría porque ningún aviso de multa manchaba el parabrisas.

—Te acompaño hasta la oficina —dijo Gonzague, abriendo la puerta con autoridad.

Ya en marcha, bajaron los cristales para gozar de la caricia de una corriente de aire que se reveló decepcionante, blanda y tibia. Se hablaban con gusto.

En el patio, al pie de *Style et Loisirs,* Gonzague vio enrojecer a Catherine al cruzarse con una jovencita que le anunció que, puesto que Francisco I no había enviado los carbónicos prometidos, los iba a buscar a la papelería. Miró la cara no afeitada de Gonzague y esa mirada fue la que hizo enrojecer a Catherine. En seguida le dijo adiós con un gesto a su compañera y se adentró en la escalera.

Mientras se alejaba, él se reprochaba no haber arreglado una cita a tiempo y, a la vez, se alegraba porque le parecía bueno que los azares de la fortuna gobernasen su reencuentro. Volvió a la isla de pie, bajo el brillante tapiz del cielo, eligiendo caminos con hojas. En el fondo de sí mismo, y también a flor de piel, el entusiasmo había vencido a la duda.

Pintó durante toda la mañana. Buscaba los ojos de Catherine en una lámina de vidrio, en el cuchillo... Preparaba un prototipo tratando de mezclar lo aleatorio con la pasión. En la pantalla espesa y algosa de las pestañas arrojaba pétalos azules, verdes, violetas, blancos. Hubiera necesitado vidrieras para dar la luz de la pupila, su trasparencia. Las manchas de color las hubiera sujetado el plomo a costa de la liviandad de la mirada, pero ésta se hubiera salvado por el deslumbramiento de la claridad solar. Cuatro años antes, en una revista ciclostilada, había pedido que sacaran las vidrieras de Chartres para colocarlas en un hangar, cabeza abajo, con lo que perderían su significación inmediata y procurarían felicidad a los jóvenes fumadores y no fumadores.

Un grito salvaje precedió a Tilly, que apareció con los ojos tapados, como de costumbre, por los cabellos.

—¡Tilly, vas a llenarte de pintura por todas partes!

—Vine a limpiar, sé a qué me expongo.

Llenó un balde de agua, le puso jabón, tomó una escoba y la bayeta y atacó el piso. En seguida cambió de parecer.

—Está demasiado sucio. Me desnudo.

Tiró su ropa sobre la cama y, tomando de nuevo la escoba,

inclinó el cuerpo, arqueó las piernas y recomenzó, silbando.

Sus movimientos eran continuados como los de una bailarina. Sin embargo, no fingía lavar como en un ballet; esta perezosa simplemente luchaba con la materia. Era poco musculosa, pero sus pequeños músculos redondeados, bien envueltos en una carne tierna, iban y venían vivamente, como ratones. Más bella que Catherine y, también, por su desbordante puerilidad, más sexuada. Evocaba un modelo de Dommergue. El cuerpo de Catherine existía por sus imperfecciones, algunas pesadeces, anuncios de arrugas, pliegues, la huella con la que el comienzo de una vida había marcado su fisonomía; era histórico, mientras que el de Tilly, cera virgen, seguía en el estado de esquema ejemplar. Tilly era de una femineidad pura que descorazonaba a Gonzague, inclinado a admirar y a estimar sólo a un ser humano completo, en el que se fusionan mezclados, como en Catherine, caracteres masculinos con una naturaleza femenina. Tenía necesidad de encontrar razones para admitir que amaba demasiado a la una para poder soportar a la otra.

—Levanta los pies.

La bayeta se precipitó debajo del caballete y del taburete.

—¿Qué pintas? Espera, déjame adivinar. Ya sé: es el agua de un puerto del mediodía que se reflejaba en el casco de un barco.

—No.

—¡Espera! Es un pez. Acaban de sacarlo del mar y está mojado. Tiene escamas de todos colores.

—Es el ojo de Catherine.

—A mí me gusta mirar dentro de los puertos. Tienen todos los colores. En el fondo a menudo hay botellas, botes de conserva que lanzan reflejos...

Así había que considerar el ojo: como el agua de mar bajo una luz ardiente. Poseído por este descubrimiento, Gonzague contemplaba el rubio y el rosa de Tilly que, alzaba sobre la punta de los pies, con el cuerpo estirado y la cintura impúdicamente, a la mirada de la casa de enfrente. La presencia de la gentil y linda cosa que era Tilly lo molestaba.

—Anteayer, te expliqué que...

—¡Basta! No empieces de nuevo. Ya lo tengo.

Tilly retrocedió para juzgar el efecto, y aunque fuesen visibles las marcas del trapo en el cristal, se dio por satisfecha y pasó a la otra ventana.

—Lo he comprendido muy bien —continuó—. Yo sólo soy una niña tonta, mientras que Catherine es bárbaramente hermosa, una verdadera mujer cien por cien.

Frotó un momento, luego añadió:

—Pero, te gusta que aparezca aquí cada tanto, en tu casa, ¿verdad? ¿No nos enojamos?

—Preferiría que me previnieras.

—Bueno, de golpe tengo hambre. ¿No me irías a buscar un sandwich y una coca mientras termino?

El se apresutó a hacerlo y se demoró en el bar tomando rosado con el cerrajero. Cuando volvió a subir, Tilly, en cuclillas, apilaba libros y periódicos viejos en un rincón.

—Deberías decidirte a tirarlos. ¡Mierda! Me olvidé de decirte que compraras pepinillos.

—Los compré.

Comieron sentados en la cama. Ella devoraba. Con la boca todavía llena dijo que era de locos el sueño que tenía y se estiró.

—Despiértame antes de dos horas, tengo una cita. Con un tipo que quiere sacarme fotos para una revista de jovencitas. Si funciona tendré pasta.

Se durmió en seguida. Gonzague, después de intentar pintar, decidió afeitarse, y luego se ocupó en vigilar la hora. Tenía prisa por liberarse de Tilly y hasta consideraba esa presencia en su cama como una traición hacia Catherine. No podía dejar de mirar el trasero de la jovencita, redondo y finalmente abierto, incomparable. Descontento consigo mismo adelantó diez minutos de reloj y, cino minutos antes de esa hora ficticia, revolvió los cabellos rubios para despertar a la durmiente.

Sentada, con los brazos hacia el cielo, bostezó.

—Después de todo, con ese tipo no tengo nada que hacer.

—Puedes conseguir pasta, ve.

—Vale.

Se duchó, luego puso un disco pop y se vistió bailando.

—Después tengo una cita en la Bastilla, con nuevos amigos bastante simpáticos. Están hasta las narices de París y quieren organizar una comunidad para hundirse en la naturaleza.

Como decidió que estaba atrasada desapareció arrastrando los pies. En seguida, él marcó el número que saba de memoria.

—Acabo de llegar —dijo Catherine—, fui a ver a mi abuela... Sí, como Caperucita roja.

Catherine había apoyado una nalga en el borde del escritorio.

—La última vez con mi hermano, encontramos la manera de reírnos al salir. Pero hoy, sola, no tuve ganas de reír. Por momentos me reconocía muy bien, me acariciaba la mano y me llamaba su niñita.

Le contó las vicisitudes del cambio en el exdespacho de Alavoine, que le había ocupado parte de la mañana.

—Marielle ya no viene nunca. Todo cae sobre mis hombros...

Yvette entraba y Catherine le hizo señas de que esperara.

—No, esta noche no puedo —concluyó—. Mi abuela me da vueltas en la cabeza, voy a hacer que mis padres me inviten a cenar para desahogarme hablando de ella... Nos volvemos a hablar, un beso.

Catherine seleccionó los papeles que le traía Yvette a la vez que le daba órdenes:

—Llame a la señorita Bidot, a la Nacional, para los grabados de los unicornios. Telefonee también a Leroy, que pase mañana por la mañana. ¿Qué es esto?

—¡Oh, perdón! Lo puse en la carpeta sin querer. Acababa de encontrarlo entre los papeles del señor Alavoine.

—¡El señor Alavoine leía esto!

Se había quedado con la boca abierta frente al título de la revista: *Su destino astral mensual.* Subtítulo: *Previsiones día por día para cada signo del zodíaco.*

—Un día me encontró leyéndolo. Tuve miedo de que se burlara de mí, pero sólo me preguntó si estaba enamorada. Todos los meses me lo pedía, y cada vez volvía a preguntarme si estaba enamorada.

—¿Y usted se ruborizaba?

—Enrojecí cuando me dio las razones por las cuales detestaba la píldora.

—¿Qué razones?

—Según él —recito Yvette con los ojos bajos—, desde que existe la píldora los hombres ya no usan preservativos y las mujeres han dejado de lavarse.

—¿Y entonces?

—Entonces transportan dentro de su cuerpo las huellas persistentes de la suciedad. Y el señor Alavoine no podía mirar a una joven sin sentir vergüenza.

—¡Qué tontería! ¡No es ninguna suciedad, Yvette!

—Lo es para la idea de ciertos hombres.

Para disipar su turbación, Yvette desplegó tumultuosamente la revista.

—Mire, señora, había marcado la predicción para el día en que... para el martes en que...

—¿En que se mató?

Catherine contempló las marcas de lápiz rojo que encuadraban la predicción concebida de esta manera: "Una jornada más, que podrá abordar sin temor a nubarrones en el horizonte. Las relaciones personales serán armoniosas, los negocios seguirán su camino y agradables sorpresas le estarán reservadas de diferentes maneras. Tome sus disposiciones para un pequeño viaje de placer."

Durante horas Catherine se dejó devorar por el trabajo. Marielle sólo apareció cinco minutos, de visita, pero le trajo a su amiga un asfódelo que tomó un aire sutil en el despacho.

—Tu marido cena esta noche en casa de Bertrand de Saint-Presse —lanzó cuando ya se iba.

—Primera noticia.

Al final de la tarde, después de haber calibrado, corregido y "epigrafiado" suficientemente, recibió a algunos visitantes, el último de los cuales, Marcel Perrette, se presentó de improviso. Sus padres tenían una casa vecina a la de los Daubigné en Brévinville; los dos habían jugado juntos y volvieron a encontrarse más tarde, en la Sorbona. Marcel tenía un rostro apacible y ligeramente grueso. Puso delante de Catherine un libro titulado: *Iréis a los bosques*.

—Estoy en esto desde hace dos años. Sale esta semana. Me gustaría que lo leyeras y luego, en cierta medida, si tuvieras una crítica en *Style et Loisirs*...

—Sabes, Marcel, sólo hago las novelas policíacas.

—Puedes recomendarme. Es una novela experimental, y hay un público al que le interesa. El contenido es secundario, lo que cuenta es el procedimiento. Te das cuenta de lo que quiero decir. Renové el operativo con Hegel, pero en cierta medida renové Hegel al hacer de su *Dasein* un futuro, porque para mí ese comienzo que está allí sólo existe por lo que anuncia.

—Ah, sí, es interesante...

—En principio escribí mi novela en pretérito, como todo el mundo. Por ejemplo: entró en una cervecería, encendió un cigarrillo y esperó. Esto, trasladado al futuro, daba: entrará en una cervecería, encenderá un cigarrillo y esperará. Introduje el devenir en el siendo, ves lo que quiero decir.

—En el siendo, por supuesto. Es una buena idea.

—No caigo en ninguno de los arabescos del concepto. Cada

capítulo, en cierta medida, es la creación de uno para sí.

—Sí.

—No esquivo nada. Por ejemplo, entre mi héroe que fuma y el paquete de cigarrillos resuelvo la contradicción del conocimiento y de lo conocido.

—Tienes razón. Es absolutamente... Es muy desalienante.

—Sí, pero no es marxista.

—¿Y cómo termina?

—Te veo venir. No esquivé nada, ninguna oscilación. La fase de la negación la di con una trasposición sintáctica, pero recurriendo al presente, ya que la negación se produce en relación a la promesa del *Dasein.* Eso da: no entra en la cervecería, no enciende un cigarrillo...

—¡Sí!

—Pero la negación, debes preguntarte cómo...

—¡No me lo digas, me arruinarías el placer! Lo leeré.

Catherine prometió hacer lo posible, bajó la voz para señalarle a Marcel Perrette que su bragueta estaba completamente abierta, y los dos se separaron preguntándose mutuamente noticias de sus padres, sin escuchar las respuestas.

Cuando el teléfono sonó de nuevo, descolgó, segura de oír la voz de Marc. Luego de algunas palabras le anunció que esa noche tenía una cena:

—Lo sé, con Bertrand de Saint-Presse.

—¿Cómo lo sabes?

—Por Marielle.

—¿Cómo lo sabe ella?

—Creí que tú se lo habías dicho.

—No la he vuelto a ver desde...

—No seas galante.

—Catherine, ¿qué haces esta noche?

—Ceno en casa de mis padres.

—Bertrand me dijo que se acostaba temprano. Antes de las once estaré libre. ¿Quieres que te vaya a buscar a casa de tus padres?

—Si quieres.

—Después cuento contigo Catherine, sueño con algo.

—Espera, no cuelgues, es un segundo.

Tarzán había hecho una aparición dubitativa.

—Si quiere irse —dijo Catherine—, puede hacerlo.

—Entonces... hasta mañana. Y no se haga mala sangre por los papeles del señor Roger. Mi sótano casi no tiene humedad, pero para tranquilidad de conciencia los subí al granero.

—Es una buena idea. Y dele las gracias una vez más a su mujer por la cena de anoche, que fue deliciosa. Me hizo tener hermosos sueños. Creí que dormía con un ángel.

Apenas se fue Tarzán tomó el teléfono donde la curiosidad de Marc estalló; había recibido fragmentos de conversación y trataba de recomponerla.

—Es muy simple —expuso Catherine—: anoche cené en casa del señor y la señora Tarzán, cené muy bien, un fiambre como a ti te gusta, luego volví a acostarme bajo la tormenta y soñé que un joven dulce como un ángel compartía mi cama.

—Catherine, ¿dormiste sola o no?

Ella guardó silencio. Medía la vulnerabilidad de su marido.

—¡Catherine!

—Marc, no me pasó nada. ¿Estás decepcionado?

El casi no tenía ganas de contestar. Jugaba con el hilo del teléfono, de pie frente a su escritorio.

—Iré a buscarte antes de las once. Hasta luego.

Soñador, escuchó el ruido del teléfono después de que Catherine lanzase alegremente “A tota l’hora!” Luego se agazapó en las ventanas. A pesar del feo amarillo que lo cubría, el patio, como un embalse que se colma, recogía la sombra del crepúsculo. La mayoría de los escritorios estaban vacíos. En la sala de fotocopias ya trabajaban las mujeres de la limpieza. Justo enfrente, Garuel, sentado ante su mesa, acomodaba las fichas en pequeñas pilas, como cada tarde antes de irse.

En la calle, Marc compró *Le Monde* a su vendedor habitual, luego fue a un pequeño café de la calle Vignon que solían frecuentar los aficionados al ajedrez. Tenía ganas de jugar y no de leer. Al entrar se cruzó con la mirada del doctor Corps, un médico retirado. Se comprendieron sin palabras. Marc se sentó y pidieron el juego de ajedrez.

La partida no lo absorbía. En la mesa vecina, una jovencita le entregaba su boca a su compañero, medio de perfil. Sus muslos desnudos se frotaban dulcemente, uno contra otro. El hombre parecía tonto y brutal a más no poder. En el lugar de la joven Marc imaginaba a Catherine.

Hacia el final de la partida el ardor guerrero que irriga los nervios que, pese a todo, tiene el jugador, reapareció. Habiendo perdido ya demasiadas piezas, dejándose reducir a una posición poco sostenible, Marc intentó, a falta de poder ganar, lograr un empate. Belicoso y eficaz gozaba de la creciente emoción del doctor Corps, que temía por su victoria. Se le escapó, en efecto, y el viejo hombre se preparó un cigarrillo con dedos temblorosos.

—Anoche —dijo— soñé con una extraña partida de ajedrez. Era una partida donde los alfiles tenían el poder de los caballos y recíprocamente. Me dirá que eso no cambia nada...

—Sí, en la línea de partida. Sus lugares estaban también invertidos y, en efectro, sólo era un cambio de denominación.

—Precisamente, los lugares no estaban cambiados. ¿Se imagina la revolución que eso podría producir en las aperturas? ¿Quiere que hagamos la experiencia?

Por tentado que se sintiera. Marc miró la hora y desapareció. Algunos minutos más tarde salía del metro para, después de unos pasos, detenerse frente a lo que había sido entre 1900 y la última guerra el orgulloso hotel Nothier, dinastía financiera que había casado a una de sus hijas con el padre de Bertrand de Saint-Presse. Este seguía ocupando el segundo piso, mientras que los otros habían sido vendidos o cambiados por sus cuñados y sus primos. Un ascensor de una magnífica lentitud se sacudió. Un mayordomo le abrió la puerta.

—Buenas noches, Evariste —dijo Marc—, ¿cómo está?

Cada vez que pronunciaba esta frase, Marc saboreaba la ilusión de aparecer en una escena de fines del siglo pasado.

Evariste sabía dosificar el respecto con la ligereza familiar que correspondía a un sobrino de la casa al que había conocido de niño. Después de algunas gentilezas en tercera persona, agregó muy simplemente:

—El señor me dijo que lo hiciera pasar al despacho. Tiene todavía para algunos minutos... Y no se quede demasiado tarde, su tío está muy fatigado.

De riguroso imperio, el despacho daba, gracias a un gran ventanal, al parque Monceau. Marc contemplaba maquinalmente, con la frente contra el cristal, un paisaje que conocía muy bien y que le recordaba las temibles visitas protocolares de su infancia. La voz de Bertrand de Saint-Presse le llegó desde el pequeño salón vecino, mezclada con otra voz que detestó de inmediato, pues la identificó con la de Lespiau. Discreto por naturaleza, y esto más por indiferencia que por delicadeza, Marc no pudo dejar de escuchar algunos pedazos de la conversación y de interesarse en ella. Para quien deseara tratar los mutuos servicios que pueden hacerse el poder político y la gran banca, aquel diálogo hubiera sido precioso. Sin duda los dos hombres recapitulaban, pues pasaron muy pronto de la firma de un acuerdo comercial en Africa a la solución de un problema que reiteró Lespiau de obtener tres permisos para construir; estos últimos parecían ser la recompensa por una ayuda financiera en el período electoral.

—¿Te viene bien cenar en el despacho? Estaremos más tranquilos.

—Como quieras, por supuesto...

Según las ramas de la familia, los niños tuteaban o trataban de usted a sus parientes. Mirando a Evariste, que había aparecido empujando una mesita rodante donde traía los cubiertos, decidió preguntarse por qué su tío lo había llamado de improviso. El potaje no le dijo nada. Bertrand le daba noticias de lejanos miembros de la familia, todas ellas malas, se quejaba del precio que le había costado la restauración de su tapicería de Gobelinos y esbozó algunas consideraciones sobre la inflación comparada en Francia e Inglaterra. Luego llegaron las platijas. Como conocía a su tío, Marc sabía que iba a decir lo que dijo:

—No sé si eres como yo, pero prefiero la platija al lenguado. La carne del primero es, a la vez, más liviana y más gustosa.

Desde siempre, Bertrand de Saint-Presse tenía avaricia proselitista. Trataba de convencer a sus interlocutores de la superioridad del puerro sobre el espárrago, de los vinos regionales sobre los grandes caldos, y se vanagloriaba de robar azúcar en los cafés.

—Tuve dos entrevistas con tu amiga Marielle —continuó—. Es una extraña muchacha cuya personalidad no logro descubrir. Además —agregó con una sonrisa—, tú aprecias a Marielle en todo su valor, si comprendí bien.

Creía en una relación entre Marc y Marielle, porque insistió:

—Marielle es una excelente amiga de tu mujer, todo es pues perfecto... ¡Feliz mortal! Nunca te hubiera creído tan bien organizado. Pero como una cosa no impide la otra, creo que tienes algo que ver en el proyecto que me participó. La muerte de Roger Alavoine le dio campo libre y tú la ayudaste a comprender que tenía algo mejor que hacer que sustituir a nuestro querido Roger. Ese sí que no era más ambicioso que una mariposa.

El criado trajo bastante buena fruta. Saint-Presse quedó absorto en la preparación minuciosa de su pera, mientras desgranaba algunos juicios sobre Alavoine.

—Algunos creían que su gran aire dormido, que no convenía a los indiferentes eruditos, era candor de sabio. Pero yo había notado desde siempre en el comportamiento de Roger el signo de que se replegaba en sí mismo. Tu mujer me habló de él con mucha exactitud. Me sentí contento de hablar con Catherine. También hice descubrimientos sobre ella. Tiene muchas más relaciones y sabe manejarse mejor de lo que me hubiera pensado. Pero, para volver a Marielle, tiene razón en apostar sobre el desarrollo del Grupo de la calle Francisco I, y esta astuta joven ha comprendido que podría resultarles indispensable gracias a sus relaciones conmigo, al igual que yo debo aceptar que mis amigos y yo veríamos de buen grado la instauración de una cabeza de puente en ese grupo de prensa y publicidad. Dicho de otra manera, ¿estás dispuesto a dejar el banco y a lanzarte?

Marc no tuvo tiempo de contestar, pues Bertrand de Saint-Presse se encargó de hacerlo:

—Detestas el banco y tu carrera allí es limitada, lo sabes. Estás rodeado de gente que tiene más poder que tú. En cambio, si pasas al Grupo podrás ser un especialista. Tendrás autoridad. Administrativamente dependerás de la calle Francisco I, pero ellos sabrán muy bien que la apertura de nuestros créditos dependerá en parte de ti. Allí serás nuestro hombre, pero para ellos serás el hombre indispensable. Lo que, en suma, nunca te había ocurrido.

Marc ya se había dado cuenta de que tomaba con más rapidez las grandes decisiones que las pequeñas.

—Estoy de acuerdo. Bien. Este año tengo ganas de encontrar lo que nunca encontré.

—Nunca fui a tu casa. Pero dile a tu mujer que me invite a comer con Marielle. Te hablaré más adelante. De pronto te veo de otra manera. Tienes razón de jugar a partir de los mass media. Mi yerno... me ha decepcionado un poco. Cuento contigo. Dile a Catherine que llame a Evariste, sólo él conoce mi régimen a pies juntillas.

En Saint-Paul, Marc salió del metro y respiró el aire de la noche con placer. Detrás de él pesados camiones sacudían poderosamente el bulevar mientras en las tinieblas regadas de electricidad se deslizaban formas de mujer. En el puente Marie, desierto y calmo, se sintió flotar suspendido en un espacio privilegiado y no orientado donde su imaginación era soberana. Sus manos temblaban, caminaba muy rápido, aunque deseaba prolongar ese momento en el que nuevamente existía un futuro para él. Había convertido la proposición de Bertrand de Saint-Presse en el comienzo de una aventura que enlazaba con aquella otra cuyo ídolo era Catherine. Se preguntaba cómo había podido sufrir un sopor tan largo, sobrevivir a la ausencia de acontecimientos. ¿Cómo había podido soportar una vida sin azar? Se hacía esta pregunta sin nostalgia, con el entusiasmo de la víctima de un sino que ha escapado milagrosamente a un sueño maléfico.

El comedor sólo estana iluminado por una pequeña lámpara colocada junto a los dos sets de plástico sobre los que la señora Daubigné y su hija habían cenado.

—Como compañeras, ya ve. Mi marido está de inspección en Burdeos. Nosotras tejemos...

Marc les suplicó que continuaran su trabajo. El grueso jersey estaba destinado al señor Daubigné; su mujer teminaba la delantera y su hija había atacado la espalda. Sus dedos se movían con rápida certeza alrededor de las agujas de baquelita. Permanecían sentadas muy cerca una de la otra, sus rodillas se tocaban.

—A su edad —decía la señora Daubigné— ya no debería permitir que le adjuricaran una inspección pero no sabe negarse.

Marc sólo pedía dejarse seducir por el espectáculo de una madre y una hija que tejían a la vez, tan hembras en sus servidumbres domésticas como si se prostituyeran. Catherine le ofreció whisky, un disco. Se negó, encantado por las dos tazas de tisana colocadas sobre los sets y por el tic-tac de un reloj de cocina que concordaba con el ruido, también regular, de las agujas. Hubiera debido anunciar triunfalmente que acababa de liquidar sus costumbres y que se entregaba a la aventura que le ofrecía Bertrand de Saint-Presse, pero la noticia hubiera perturbado a Catherine y la serenidad laboriosa de ésta lo satisfacía demasiado para alterarla.

La campanilla del teléfono lo arrancó de su contemplación. La señora Daubigné corrió a la pieza vecina.

—Es papá —diagnosticó Catherine.

El encanto estaba roto, y Marc tuvo prisa por tejer otro.

—¿Nos vamos?

Dócil, Catherine fue a susurrarle a su madre que ella y Marc la dejaban con su llamada telefónica conyugal. Al pasar, tomó el aparato y mandó besos a su padre.

—Sí —expuso la señora Daubigné—, cenó conmigo.

Al oír que se cerraba la puerta agregó:

—Sin su marido. Sólo vino a buscarla. Y no sé nada más. ¿Qué tiempo hace en Burdeos?

—Cusi-cusá.

A través del cristal de la cabina contemplaba, más allá del bar y de la terraza, el perfil de las altas palmeras de caña que se destacaban en el cielo metalizado por la luna. Germaine estaba oculta por la espalda blanca de un camarero inclinado hacia ella para darle fuego.

—Además es un tiempo muy bordelés, con ráfagas de vientoo, una mezcla de sequedad y humedad, de sombra y de sol, ¿te das cuenta?

—¿Y cómo fue tu inspección?

—Decepcionante en los mismos puntos, como la última vez. El equipo de Burdeos siempre fue bueno , pero son muy rutinarios. No tienen en cuenta nuestras transformaciones. Les fastidian los nuevos dispositivos que les ofrecemos y, al mismo tiempo, nos piden una asistencia que no está de acuerdo con la nueva estructura.

—¿Regresas mañana?

—Por supuesto. Ahora vamos a degustar un vino de la región en casa de un cliente, y aprovecharé para meterme amigablemente algunos principios en la cabeza. ¿Telefoneaste a la clínica?

—No, pero Catherine fue a ver a tu madre. Sigue igual. Hoy estaba más lúcida. Catherine la encuentra aún más debilitada.

—Trataré de pasar mañana por allí al volver. En todo caso, telefonearé apenas llegue.

Los dos dijeron a la vez:

—Buenas noches, querido. Buenas noches, querida.

Después de empujar la puerta de la cabina, el señor Daubigné se deslizó a lo largo del bar hacia el camisero pistacho y el pantalón ciruela de Germaine, quien fumaba un cigarrillo en la terraza, con la cabeza echada hacia atrás, sin duda contemplando las estrellas.

Desgustaba el paréntesis de soledad sublime entre dos mentiras, porque para Germaine había telefoneado a la clínica donde cuidaban a su madre.

# 16

Georges era un hombrecito grueso cuya sonrisa no era ale gre. No llevaba uniforme como en los grandes hoteles; estaba detrás del mostrador, en mangas de camisa, pero una corbata negra le daba un atisbo de respetabilidad que formaba parte del estilo ambiguo del hotel. Esperaba a la call-girl que el señor Esmelain le había anunciado deslizándole cinco francos de propina. Detrás de él, un transistor disimulado entre dos plantas verdes difundía en sordina una música suave.

Frente a la puerta abierta de par en par se detuvo la puta, oscura bajo la luz eléctrica de la calle. Se adelantó. Llevaba un vestido corto y medias de red. El maquillaje de sus ojos pasaba del verde al azul marino.

—¿El señor Esmelain?

—¿A esta hora? ¿Qué quiere?

—Me espera.

—No vale la pena tomar el ascensor. En el primer piso, habitación diez.

Se deslizó a lo largo del mostrador y, a pesar de su grasa, desapareció como un picador detrás del burladero. Miró encima de él las piernas que subían la escalera. Se sintió emocionado por el esfuerzo de los muslos de arriba abajo; su suavidad contrastaba con el trabajo de los músculos que maniobraban a flor de piel. El final de las medias estaba izado, amarrado, sostenido por las tiras del portaligas, tensas como cuerdas en acción y tan convincentes que transformaban el cono del vestido en velamen. El interior era turbador, como el de un automóvil volcado que muestra impunemente sus grutas y engranajes, o de una ciudad perforada que muestra la conexión de sus cañerías, o el de un teatro donde el cemento armado, el acero y las tablas conspiran con el terciopelo. En el juego de telas y aparejos, la cadera y los muslos, tensos y en seguida relajados por la cadencia de la escalada, se golpeaban y se atraían, manteniendo prisionera una lengüeta de nylon que tan pronto desaparecía, tragada por un pellizco de carne oscura, como se extendía. Georges estaba extasiado como un platónico que quiere que la belleza de un pórtico resida en la justa proporción del poder de la columna y del peso de la bóveda.

En la mitad de la escalera, en el recodo, se detuvo; la falda se había caído; colgaba inerte. Después de haber sido una fragata que se hace a la mar, la aparición nocturna, a la que demasiados adornos y maquillajes acribillaban de ojos de buey y de faroles, estaba prisionera de una calma chicha, o de un iceberg. Ya infiel a Platón, Georges se dejó ganar por Baudelaire.

—¿Cómo es mi cliente?

—Fuerte. No está mal. Un poco fatigado, y un poco calvo, como yo. No está mal en conjunto.

Georges volvió lentamente hacia su sillón y se sentó frente a las plantas verdes mientras escuchaba decrecer en el corredor del primer piso los pasos de la call-girl. Esa era la palabra que había empleado el señor Esmelain cuando le previno. "Llamé a una *"call-girl."* En el cerebro de Georges la palabra se escribía *colguel.* Significa puta en lenguaje distinguido. George era un conserje improvisado. Sereno nocturno durante quince años en un Uniprix de Versalles, estaba descubriendo las noches de París. Sabía que el portero nocturno de un hotel lo debe conocer todo sobre la noche y se inquietaba por su ignorancia. La semana precedente, un cliente le pidió una mujer e, incapaz de procurársela, adoptó un aire virtuoso e invocó los principios de la dirección. Dos norteamericanos le pidieron direcciones particulares susurrando una jerga apasionada; no los comprendió más que al huésped de una noche que le imploró un producto clandestino sin duda destinado a ser fumado. La irrupción de la *colguel* tenía para él una majestad iniciadora. Descolgó el teléfono vivamente.

—Sí, señor Esmelain. Dos whiskies con hielo, muy bien... Subo en seguida.

Se deslizó al bar, llenó los vasos, hizo resonar con fuerza el hielo y se lanzó al asalto de la escalera.

Golpeó la puerta y esperó sosteniendo su bandeja bien derecha. No contestaban. De pronto se abrió la puerta. El señor Esmelain estaba sentado, en bata, en el borde de la cama.

—Póngala allí —le dijo la *colguel.*

Se lo dijo con cinco francos en la mano.

Se animó a mirarla apenas. ¡Estaba desnuda! ¡Sólo conservaba sus ligas! Entre sus pestañas pesadamente maquilladas, su mirada buscaba de manera impúdica la de George. Con retraso, éste dijo:

—Muchas gracias.

Al llegar a la puerta deseó:

—Buenas noches señores.

Mientras cerraba miró francamente a la *colguel.* Tenía una mano en la cadera, bien en equilibrio sobre sus piernas. Su vientre recibió la mirada con insolencia.

Escucharon inmóviles como decrecían los pasos, luego Marc se arrojó sobre Catherine y la aplastó encima de la cama. Nunca un hombre la había penetrado tan completamente. Estaba a punto de gritarle que era su dueño, pero se reveló cuando él murmuró:

—¡Sucia puta, te mostraste al portero!

Trató de pegarle, ella lo arañó. El desistió y ella, de nuevo calmada, se liberó.

Tirados de través en la cama, fumaban y bebían sorbos de whisky. Ella descubrió entre los dos, sobre la sábana, un billete de quinientos francos.

—Es tuyo —dijo Marc.

—¿Por qué?

—Es la tarifa de una puta.

—Yo no lo soy. Hago como si lo fuera.

—Haz como si tomaras el billete.

Lo tomó y lo acercó a la llama del Cricket que había encendido al mismo tiempo. Como quien aplasta una polilla, dando palmadas, Marc apagó el billete al vuelo.

—Eres empecinada.

—Hice todo lo que querías.

—No todo.

—Me has obligado a desvestirme antes de la llegada del portero, por lo tanto es ridícuilo castigarme por eso. Me pegarás cuando lo merezca.

—Catherine, quiero hacerte vivir un sueño.

—Los malentendidos forman parte de los sueños.

Se había levantado y se vestía, con gestos de samurai.

—Me pegarás —repitió— cuando yo considere que lo he merecido.

—¿Adónde vas?

—Vuelvo a casa.

—Espérame.

—Entonces, haz tu maleta y apúrate.

Le explicó que para irse con la maleta, antes debía pagar su cuenta, lo que sólo era posible con el personal de día.

—Entonces, me voy sola.

Huyó, golpeando la puerta detrás de ella. Bajó la escalera. Georges estaba de pie en el umbral de la puerta para apreciar el alba aguda y húmeda. Ese tipo de amanecer lo fascinaba desde siempre. Los otros tenían costumbre de decir "brr, qué tiempo asqueroso", y Georges sufría por no tener ningún argumento para defender su nirvana. Alertado por un chocar de tacones, se apartó para dejar pasar a la *colguel* y, con el mismo movimiento, la tomó del brazo. El maquillaje se había corrido por el rostro y el rimmel chorreaba; la *colguel* flamígera se recortaba sobre el secante malva de la calle humedecida.

—Dame tu teléfono, te conseguiré clientes.

—¡Catherine!

Inclinado en la ventana, Marc aullaba. Sus llamadas aceleraban el impulso de Catherine, que corría por el centro de la calzada. Desapareció en la esquina.

Cuando Marc, que se vistió volando, arrastrando sus dos maletas, obtuvo la libertad de Georges, la isla seguía desierta. Tuvo la ilusión de sacudirla como un camión al atravesarla. En la calle Du Bella reconoció a Gonzague, que permanecía inmóvil, balanceando los brazos, calzado con pantuflas.

—¿Buscas a Catherine?

—Sí —dijo Marc con voz cambiada por la falta de aliento— ¿la has visto?

—No puedo dormir. He oído sus pasos en la calle desierta y la he visto antes de entrar en su casa. Luego ha llegado un taxi. Debió pedirlo por teléfono, porque salió en seguida, con otra ropa. La llamé. Me hizo un gesto con la mano y subió al taxi.

—¿Y has bajado?

—No sé por qué.

La inquietud los acercaba y los armaba a uno contra el otro. El alba se había convertido en aurora, luego en amanecer, pero la isla no había cambiado, siempre hundida en una bruma pálida y colmada de gotas de agua.

# Diario íntimo del señor Daubigné

*Todavía siento la necesidad de hacerme valer a los ojos de Rose, pero es seguro que por fanfarronería, para que admire mi estoicismo, descuidadamente revelé los tormentos que me había causado mi salud. En vano: Rose me considera desde siempre como un enfermo imaginario. Sin embargo, después de escucharme con aire discreto, dejó de tejer, se trituró el labio inferior, signo de reflexión que heredó de su madre y que me irrita, y luego me dio a entender que ella misma, desde hace un año, tenía algunas inquietudes sobre su propio caso. Terminó por darme detalles. Con total ignorancia, le pregunté si la menopausia no podía justificar esos problemas, pero sacudió negativamente la cabeza. De mala gana, porque odia sentirse débil, precisó que esas anomalías se asemejaban a las que hacían quejarse a Louise Juge, su compañera del liceo muerta el año pasado. Naturalmente dije las vaguedades tranquilizadoras que se dicen en estos casos y le aconsejé que viera al médico lo más pronto posible.*

*Fuera de rechazar esos sueños con horror, se mė ocurrió imaginar una desaparición de Rose que arreglaria todo para todo el mundo, incluida ella: a fuerza de paciencia hubiera logrado mi tarea con ella y le hubiera preservado la ilusión de un hogar estable sobre el cual reinara, hasta su último suspiro, y habiendo triunfado con ella triunfaría con Germaine, a la que por fin podría consagrarme. En una palabra, la desaparición de Rose transformaba mis dos fracasos en éxitos.*

*Pero, cuando consideraba la desaparición de Rose, estaba implícito que no sufriría ni por un segundo: un accidente automovilístico (o un paro cardiaco) la suprimía de golpe. La hipótesis de Rose largamente enferma sólo puede desolarme. Deseo una respuesta tranquilizadora del médico.*

*Esto no impide que me deje llevar, por la tentación del divorcio y también por el posible desfallecimiento de la salud de Rose, a considerar mi vida sin ella como una realidad, una precisión a la que nunca había accedido. Al mismo tiempo imagino (además de en sueños) lo que sería mi vida con Germaine. Puede venir a instalarse a casa, yo también puedo trasladarme a la de ella. Su casa es más pequeña, no tendría taller de encuadernación. Aquí me sería molesto, frente a los hijos, los vecinos, los amigos, sustituir una mujer por otra en el mismo ambiente. Además, esta solución supone la muerte de Rose, que niego, y en caso de divorcio cae de su peso que le dejaré nuestro piso a ella. La ausencia, pues, de un taller de encuadernación, nos causará un seguro desagrado. A lo mejor Germaine y yo podríamos encontrar un piso más grande, pero la pensión que tendría que pasarle a Rose sin duda no me lo permitiría. El principio mismo de la encuadernación desaparecería, pues siempre reconocí delante de Germaine que la encuadernación, que me aburría, era sólo un pretexto para pensar en ella escapando a la compañía de mi mujer. Germaine sabe que, para guardar las apariencias, encuaderno algunos minutos e incluso hago encuadernar libros; lo sabe todo, hasta mi verdadero horario de oficina. Conclusión: si me caso con Germaine, no tendré ningún medio de defender mis momentos de soledad, que son necesarios para mi vida. Al salir de la oficina la encontraré; al dejarla volveré a la oficina.*

*Ahora bien, yo necesito estar solo hasta para leer. Si releo en lugar de leer es porque el autor y su obra no turban mi soledad con su presencia. Un libro conocido en todos sus detalles desde hace casi medio siglo* (Los tres mosqueteros *o* Veinte años después) *no tiene el poder de molestarme. Cuando los mosqueteros y sus criados suben a bordo de la Felouque, sé qué criado tendrá sed, qué otro se deslizará entre los toneles de pólvora que cree llenos de oporto, cómo palidecerá y jurará cuando descubra que el barco es una trampa infernal. Al releerlo soy un paseante solitario recorriendo un paisaje familiar que distrae su mirada sin presionar su pensamiento.*

*En lo que concierne a Germaine, mi juicio está tal vez falseado por las inquietudes que siento por la vida de Rose; me perdono difícilmente haber imaginado tan ligeramente su muerte. Encontré por casualidad una vieja foto extraviada en un álbum de sellos que heredé de mi suegro, y volví a ver a Rose a los dieciocho años, con su rostro abierto, franco, sus ojos vivos, su aire leal, unas frescas pecas, que me recordó a Catherine. En mi último permiso, en 1940, nos habíamos prometido y, lo que era increíble en esa época, en todo caso para ella, Rose había mantenido enérgicamente su propósito de entregarse a mí antes de que me fuera. Durante mi cautiverio, aunque empezaba sus estudios de farmacia y ayudaba a sus padres, sólo pensaba en escribirme y mandarme paquetes. A mi regreso, cuando nos casamos, nos amábamos o así lo creíamos,lo que viene a ser lo mismo, y la duración de la pareja no nos planteaba problemas. ¿Cuándo dejamos de reír con las mismas historias divertidas? Pero también con Germaine nuestros comienzos fueron conmovedores y deliciosos, tal vez menos conmovedores que con Rose, pero tanto más deliciosos... ¿Entonces? Paso mis días en la duda, siempre ocupado en hacer mi balance, cautivo de las interminables prisiones de mi debilidad. Un alma elevada nunca creerá poder no ser libre; por lo tanto, soy bajo y despreciable.*

*19 de junio*

*Despreciable, se conserva la facultad de despreciar. He despreciado a Catherine. Al salir por la mañana para la oficina crucé la calle y no sé porqué me di vuelta. Catherine salía de la casa del brazo de ese tipo peludo y grasiento que frecuenta la isla y firma Gonzague esos horribles mamarrachos ininteligibles de los que hay dos colgados en el bar. Ese gitano ni siquiera iba afeitado, y llevaba sus andrajos con aire glorioso. Los dos, visiblemente, salían de la cama. ¡Ese pobre Marc, reducido a refugiarse en el hotel! Para ver la belleza de Catherine hay que verla sonriente: lo había olvidado porque en las cenas familiares sólo hace como que sonríe. Le sonreía a su abyecto gitano, que le decía algo a lo que ella contestaba, y esa respuesta daba a su linda tez la animación de la voluptuosidad. Estaba iluminada por el buen tiempo y por la presencia de ese hombre que, visiblemente, era para ella un sexo; o tal vez mi mirada lo iluminaba de rabia. Me había puesto furioso en otra época, cuando comprendí que Catherine, sin que su madre se inquietara, tenía una mala conducta con los tontuelos de su ambiente, cuando todavía ni era mayor. Pero, ante el espectáculo de Catherine y de su saltimbanqui (¡a quien el año pasado le pagaban los conserjes del Marais para que sacara las basuras en lugar de ellos por la mañana!), verdaderamente me ahogué de rabia. ¡Y eso que el hecho de que ese pobre Marc fuera cornudo no dejaba de divertirme un poco!*

*Sin duda, ante el espectáculo de Catherine* coram omnibus *su debilidad, su lubricidad y su mal gusto, medí la amplitud de las faltas que una mujer joven y sensual puede, con toda simplicidad, cometer, y en seguida pensé en Germaine. Nunca las sospechas que surgen en mí fueron ciertas, pero nunca me sentí completamente tranquilizado. ¡Soporté todo, pero no soportaría una traición! Por Rose, pasé tantas horas lejos de Germaine, que mi inquietud es natural, tanto más cuanto que desde la muerte de El se siente más sola.*

*Escribo mirándola dormir. Aquí mis insomnios son hermosos. El día se levanta sobre el mar; Cannes siempre es delicioso. Mientras que Rose no se acostaría nunca sin la protección de camisones semejantes a fundas, o pijamas que me recuerdan los uniformes del cuartel, Germaine es una Eva nocturna, y al parecer desde la edad de quince años, porque a la menor palabra, al menor gesto, el pudor inflama su rostro. En cambio, la falta de vergüenza ha fortificado a Rose en todas las circunstancias.*

*Pero la sensibilidad de Germaine a las impresiones, la prontitud de sus emociones concurren para hacerme pensar y temer. He considerado largamente ese cuerpo que respira, estirado en diagonal sobre la cama de sábanas revueltas, sufriendo por amarlo demasiado, y por lo tanto, por no poder imaginarlo en posesión de otro, aunque fuera una posesión furtiva. Pero lo que faltaba en ese espectáculo apartó mi atención hacia Aquel que está ausente para siempre. Muchas veces había venido con nosotros a Cannes.*

*Tenía insomnios como yo, pero graves y felices. Se sentaba en el balcón, de espaldas al cuarto, y miraba sin prisa cómo se levantaba el día. Saboreaba el paso de los primeros pájaros. Luego, de un salto, volvía a la cama. Era, para mí, la señal para acostarme. Volvía a dormirme, feliz de sentir su peso sobre mis pies. Lo sentía aun durmiento, cuidando no moverse. Nunca perdonaré a Rose el haber limitado mi felicidad de dormir con El.*

# 17

La humedad orientó la fuga de Catherine, sugiriéndole, como una promesa de felicidad, el proyecto de un lento día de lluvia en Normandía. Le gustaba que la casa de vacaciones de sus padres, en Brévinville, casi no hubiera cambiado desde su infancia; buscar las mismas emociones, como si ella misma no hubiera cambiado. Aunque se hubiese visto privada de playa para su empecinamiento minucioso, Catherine tuvo la inteligencia o el temperamento de gozar, de pequeña, con días de lluvia del verano normando, y de ellos conservaba intacta la música que reposaba en el recuerdo de sonidos cuyo tema era el agua: las pizarras del techo emitían un sonido afelpado, mientras que los desagües daban alternancias torrenciales y la madera de la terraza repetía un sordo tamborileo. En el prado, la lluvia susurraba, galopaba sonora contra los vidrios y chorreaba de las hojas apenas un golpe de viento sacudía los manzanos. De niña, sentada detrás de una ventana entreabierta, releía infinitamente sus libros y recogía el concierto de ruidos idénticos escoltados por un olor vegetal. De mayor había tratado de prolongar sus sensaciones (volviendo incluso a los mismos libros), pero bajo la mirada de los otros. Por primera vez estaría sola en Brévinville.

Sola, pero sin lluvia. Esta dejaba huellas sucias en los vidrios del vagón, pero el cielo se aclaraba por encima de las colinas. Ese tiempo, aunque contrario a su programa, halagaba el patriotismo de Catherine. La mayoría de los parisienses pretenden ser auverneses o borgoñeses, refiriéndose a lejanos orígenes familiares. Catherine, indiferente a las regiones de donde procedían sus padres, eligió la provincia en que su abuelo, casi por azar, había comprado esa casa, y se hizo normanda de buena fe. Se concedía el placer de hacer notar a parisienses imaginarios que, a pesar de la leyenda, en su pueblo había buen tiempo cuando en París llovía.

En el andén de la pequeña estación empezó la eclosión de rostros conocidos. Algunos estaban ligados a la infancia de Catherine como la forma de las rocas o los motivos del piso del bazar, pero sin que ella pudiera nombrarlos o situarlos. Viejos ojos, acentos, blusas negras con pintas blancas, cestas de mimbra barnizado, le señalaban a Catherine que había reencontrado el puerto de su infancia. Porque, de pequeña, nunca dudó que la ciudad fuera el dominio de los adultos y el campo el de los niños.

El señor Lévêque, el carnicero, rosado en su ropa con rayas azules, gordo y musculoso como un carnicero de la condesa de Ségur, inalterable desde que Catherine lo conocía, la subió en su camioneta para "acercarla". Le contó los acontecimientos del invierno y de la primavera, que ella evitaba escuchar porque reprobaba toda novedad en Brévinville, trataba de ignorar que habían alargado el dique, que habían levantado una docena de pabellones en el acantilado, dispuesta sólo a aceptar las novedades que pudieran tener lugar en un cuento: el naufragio de un barco pescador, la mordedura de una vieja granjera por una víbora.

Bajó en "Cuatro caminos" y entró en una tienda donde vendían municiones para cazar, útiles de jardinería, insecticidas, valvas de recuerdo, muñecas normandas, anteojos submarinos, tarjetas postales que ilustraban la doble vocación del pueblo que, después de haber sido una aldea agrícola, superando en las tierras a Borcaux, la aldea de pescadores vecina, se había convertido en lugar de veraneo. Detrás de la tienda los Langlois conservaban un percherón en una caballeriza en miniatura, encima de la cual habían arreglado un apartamento donde un profesor de Rouen pasaba sus vacaciones con su familia; las ventanas daban a algunos cultivos que los Langlois prolongaban en la pendiente, hasta los grandes prados de maíz que bordeaban la carretera dos kilómetros más allá. Fue necesario que, apenas llegar, Catherine se enterara de que el caballo había desaparecido porque los prados fueron vendidos a una sociedad que construía una gasolinera y un motel. También debió sufrir el asombro indiscreto de la tribu de los Langlois.

—¡Sola! ¡Sin equipaje! ¡En el mes de junio...! ¿Viene a descansar? ¿Tal vez no se encuentra bien?

Por fin obtuvo las llaves de las que eran depositarios durante el invierno y subió hacia la casa de los Daubigné en compañía de Pierre, el hijo de los Langlois, que tenía su edad; éste llevaba bidones de gas butano y petróleo. También fue él quien se encargó de abrir las puertas, conectar la electricidad, realimentar con petróleo la nevera. De niños, los dos se tuteaban, pero luego Pierre había decidido ser el primero en tratarla de usted y esperar para volver al tú la señal de Catherine.

—¡Tienes conservas —dijo, abriendo un armario de la cocina—, y también vino y sidra, pero si quieres huevos y verdura no tienes más que bajar hasta casa.

Se sintió sorprendida de encontrarse sola en una casa donde sólo había vivido con sus padres. Cuando pasó por su casa apenas había tenido tiempo de desmaquillarse, despojarse de su atuendo de potranca de circo (como hubiera dicho la señora Daubigné) y ponerse un jean y un jersey. Por lo tanto se duchó, luego atravesó el salón, donde las alfombras aparecían arrolladas y los sillones envueltos en fundas, y subió los escalones de madera falsamente rústicos que llevaban a su cuarto. Su abuelo había hecho construir la villa antes de la guerra de 1914, en el estilo declarado normando de otras villas opulentas de la región; después se habían acumulado los objetos que, sin ser inutilizables, se juzgaron indignos de París; y a éstos se habían sumado los comprados en el lugar a pretendidos anticuarios: husos, relojes, huchas con la madera falsamente apolillada como la de las vigas de los techos... Por vez primera Catherine atravesó desnuda ese templo oscuro, empujó los postigos y recibió la brutal caída del sol.

Entre las grandes nubes que surcaban el cielo se abrían vastos claros de azul intenso que el señor Daubigné, según su humor, tenía la costumbre de calificar como "un baño que calienta" (lluvia próxima) o "pantalones de gendarme" (promesa de un día hermoso). La ventana daba a los manzanos más allá de los cuales comenzaba la huerta de los Langlois, cuya casa, coronada de pizarra, era la vanguardia del pueblo; éste corría por el pequeño valle del Albon, cuyo estuario primero bordeaba y luego hendía el acantilado. Era demasiado alto como para que pudiera verse el océano, a menos que se subiera a la ventana del granero; pero el cielo lo reflejaba y Catherine sentía el palpitar del océano a través de una reverberación aérea. En los días de tempestad le gustaba escucharlo y que su canto, regular como el de un tren, llegara mezclado con el silbido del viento de las hojas. A veces, las gaviotas que subían el Albon pasaban, vociferando, por sobre los manzanos. Una tarde de tormenta, una gaviota aislada se había fijado para siempre en la memoria de Catherine. Era un día de pascua; el pájaro volaba por encima de los manzanos florecidos, y unidos por el sombrío violeta del cielo y el denso azufre del follaje, esas dos blancuras, la vegetal y la animal, una estremeciéndose en el viento y la otra luchando metódicamente contra él, daban ganas de ser pintor. Tengo que preguntarle a Gonzague si podría reflejar lo que fueron esas dos blancuras en mi mirada. Volvió a verlo, agitando los brazos cuando ella subía al taxi.

Apurada por reflejar toda referencia parisina, se irguió sobre las puntas de sus pies para descubrir la cresta del acantilado. Distinguió entonces un archipiélago de formas blancas subrayadas por manchas azules entre las cuales unos bulldozers de un amarillo cruel daban aullidos de rabia potente. Estaban escoltados por cavadoras-perforadoras que rugian entre demonios de una tempestad fosforescente. Felizmente el cuarto conservaba su olor de humedad, de moho que cada año invertía un verano en desaparecer y un instante en renacer.

Subida a una silla exploró los cajones superioree de su armario y, entre las viejas ropas de vacaciones, eligió una gruesa falda de algodón rosa pasada de moda que combinó sin preocuparse con un jersey azul cielo, calcetines blancos y alpargatas azul marino. Confortable, se peinó y se limitó, por todo maquillaje, a acentuar sus pecas. Aunque fueran cerca de las once, decidió desayunar. Antes de ir a la cocina dirigió una mirada de gratitud a ese cuarto feliz y casto que la prolongación de la infancia había protegido contra los extravíos adultos. Justo encima de la cama, entre las grandes flores del empapelado que tantas veces había tratado de contar en las tardes de fiebre, vagas manchas que podían atribuirse al liquen testimoniaban con qué empecinamiento había gozado, de pequeña, antes de dormirse, el placer de hurgarse la nariz. Sabía que detrás de la mesilla de noche, si buscaba con el dedo, encontraría los vestigios endurecidos de los pedazos de chewing-gum que aplastaba clandestinamente al dormirse.

Como encontró leche en polvo se preparó café con leche, brebaje que formaba parte de sus vacaciones normandas. Con las piernas abiertas y los pies apoyados sobre la mesa de la cocina, satisfecha de actuar mal en esa casa sin el riesgo de un reto de su madre ni de una burla de Nicolas, hojeaba las revistas que se habían acumulado esperando el regreso de la señora

Daubigné. A través de los boletines parroquiales, de las publicaciones de pesca y jardinería, entreabrió los cuadernos trimestrales del viejo Albon, donde se demoró leyendo el informe de uno de sus vecinos, el señor Lardy, un viejo ingeniero de Puentes y Caminos, sobre la etimología de Brévinville, en la que *ville* podía tanto venir de *Valis,* valle, como de *villa,* pueblo, y Brévin de diferentes nombres de hombres germanos: *Berher, Bladher, Beruff,* o quizás del nombre de hombre en latin: *Brevannius,* o simplemente del adjetivo *bevis,* que muy bien podía aplicarse a la exigüidad del pueblo o a su presencia en un atajo entre el gran camino interior y el golfo. Sin embargo, el señor Lardy no ocultaba su predilección por una hipótesis favorable a san Bregwin, arzobispo de Canterbury en el siglo VIII. Como recordó que Alavoine se enloquecía por la toponimia, recibió de lleno la presencia de la oficina, imaginó la inquietud agresiva de Marielle y las tentativas de Yvette para descubrir las explicaciones del retraso de la señora Esmelain. Ella, que nunca había faltado a sus deberes para con el liceo, la universidad o la oficina, consideraba una barbaridad haber desertado sin avisar por ceder a un capricho. No es un capricho: yo no podía más.

Con cierto espanto descubrió que no se había refugiado en Brévinville para reflexionar y decidir, sino para olvidar. Me limpio, pero ¿y después? El zumbido de una abeja le recordó la virtud del presente, y armada de un par de tijeras corrió a cortar flores al jardín. Cuando volvió, cargados los brazos con una gran ramo, silbaba. El columpio, suspendido muy bajo para el uso de una Catherine y un Nicolas niños, la atrajo; se dejó caer sobre la tabla, reteniendo perezosamente las flores desparramadas en su falda. Con el talón imprimió ligeros movimientos a la hamaca. El olor de las flores y más aún el de los tallos y las savias, la protegía. Reencontraba, después de haberlo perdido sin darse cuenta, el poder de sentir emociones alegres gracias a una flor, una nube, una abeja.

—Toma aquí tienes unos huevos, un camenbert, manteca, pan y algunos rábanos —dijo Pirre Langlois—. Los puse en la cuenta de tus padres, salvo los rábanos. Te los regalo. Acabo de arrancarlos. No los limpies, los lavé bien.

Pierre Langlois había cambiado; al estilo pescador, que exigía el cabello como cepillo, le había sucedido un estilo guitarrista con ondulante cabellera. Pero ella volvía a encontrar los hoyuelos, el mentón puntiagudo, los pequeños ojos azules, los hombros fuertes del muchacho que desde siempre estaba asociado con el verano. La pureza de sus relaciones la colmaba. Hubiera inspirado un cuento a uno de los hebdomadarios para jovencitas que todavía estaban en el granero. Agreste postscriptum a ese cuento: las cuerdas del columpio cedieron y Catherine cayó desde unos veinte centímetros, desparramándose por la hierba las flores que tenía en el regazo.

Después de que se fue Pierre, Catherine se otorgó el placer de un picnic frente a la casa. Durante mucho tiempo había soñado con ello, pero su marido, en este punto, siempre aceptó el parecer del señor Daubigné, quien sostenía que uno está mejor en un comedor que en la naturaleza, y que si los hombres habían construido las casas era por rechazo a la hierba, materia sucia por entre la que se pasean pequeñas bestezuelas. Mal instalada sobre un codo durante esa comida bucólica, a veces se vio obligada a defenderse para no darle la razón a su padre. Lo que importaba era que ella estaba borrando su noche.

En las tablas de madera que, en su cuarto hacían las veces de biblioteca, encontró algunos de los libros que la habían acompañado en su infancia: una selección de poemas de Prévert donde los portaplumas, como su nombre indica, vuelan; un Jack London donde, en la nieve, entre perros y lobos, el hombre hambriento y transido vuelve a contar las cerillas que le quedan; vidas y recuerdos de pilotos de guerra... y un *Grand Meaulnes* que la pubertad había arrojado finalmente como una perturbación. Por otra parte, Catherine reconstruyó al gran Meaulnes según su sueño; el héroe descubría el castillo en trineo, después de haber comido su última tableta de pemmican, luego salía en busca del castillo en helicóptero. En seguida, la heroína ocupaba el lugar del héroe y era éste el que, en los sótanos del castillo, esperaba ser descubierto por ella. Porque en ese tiempo Catherine vivía su sueño de convertirse en piloto de caza o de pruebas y casarse con un pianista. El placer de leer comiendo la consoló de la dureza del prado. En su familia, leer comiendo era la última vulgaridad, lo que luego, en sus frecuentes almuerzos en el restaurante, con Marielle, o en sus cenas con Marc, le había hecho frenar ese vicio. Felicidad suplementaria: hizo pis debajo de un manzano, con las nalgas acariciadas por las briznas de hierba, audacia que siempre le había encantado pero que sólo había podido permitirse con inquietud, temerosa de las miradas desde las ventanas. Volvió a subirse las bragas tranquilamente, no sabiendo si gustaba más de lo prohibido transgredido o de su libertad, pero después de todo contenta.

El aire se había hecho denso. Bostezó y luego subió a echarse sobre su cama. Decidida a estrechar amarras con su infancia, abrió, después de los libros, el diario que había llevado entre los trece y los diecisiete años.

Un día, sin razón, su padre le había dicho: "Deberías llevar un diario." Ella contestó: "Mamá lo encontraría." "Escóndelo inteligentemente." El cuaderno destinado a la escritura del diario lo compró en seguida, encontrándole dos escondites; en París detrás de la cortina de una chimenea, en Brévinville en el fondo descosido de una vieja maleta. Un poco más tarde le dijo a su padre: "Ya está, llevo mi diario." "Habrá momentos en los que te sentirás harta. Oblígate a continuar." Aunque estuviera bastante orgullosa de ciertos pasajes, apreció que su padre no le pidiera reconocer algún fragmento. Se había sentido respetada y confirmada en su existencia.

Algunos textos estaban señalados al margen con puntos rojos. Sonrió ante la probidad con la que había señalado los párrafos en los que otorgó realidad a sus sueños. La marca roja significaba: no me creen. La vida paralela que por momentos se había inventado era el negativo de la que llevaba: "Esta velada, señora de L..., ha sido soberbia y el salón presentaba un aspecto encantador gracias a la presencia de lindas mujeres; la maravillosa Clio tocó el arpa de maravilla." "Esta noche, después de mi baño, mi cuerpo y mi rostro se volvieron súbitamente tan bellos que pasé veinte minutos frente al espejo, mirando mi alma a través de ellos. Mi doncella me dijo: *Señorita Sabina, quisiera que la mujer que será su rival la viera en este momento y rindiera sus armas ante vuestra perfección.* Esos son instantes privilegiados durante los cuales no dudo de mí." Se había inventado un héroe al que llamaba el bienamado. "Espero tu risa clara, tu caricia profunda, tus besos que hacen daño, mi bienamado. Hablas como Boris Vian, tu voz canta, llevas anteojos, caminas como una fiera, tienes el arte de tocar complejo y cruel, tus dedos estrangulan sabiamente." A menudo, el estigma rojo marcaba los sentimientos que se atribuía: "Un tal vez me estremece..., mi impaciencia daña la calidad de mi melancolía. Niña soñadora y triste, con los ojos cerrados estoy lista para morir a lo largo de mi vida... Estoy hecha para la sombra, el duelo y el misterio, las rosas de invierno marchitas en la ceniza, los dolorosos ardores de otoño. Inaccesible, tocaría el acordeón y bebería el vino de las estrellas en perpetua soledad."

Con más edad, alrededor de los dieciocho o veinte años sin duda, Catherine había releído su diario y señaló en rojo las mentiras inspiradas por sus crisis de romanticismo; en rojo también, formuló algunas observaciones que quería fueran superiores y lácidas, pero que reflejaban la nostalgia infantil de no ser un varón: "No es falso, es mujer. La obsesión del porvenir, de la felicidad, del destino, es natural de las mujeres y en los débiles."

El resto del diario era preciso y tendía a reproducir sobria y exactamente lo cotidiano. Catherine describía un vestido nuevo, una comida que le había parecido buena, una partida de pesca, relataba conversaciones con Marielle, analizaba los caracteres de sus compañeros, de sus profesores, de sus flirts. Nunca recordaba los de sus parientes, salvo de Nicolas, que aparecía siempre ridículo y rústico.

Lo que Catherine buscaba en los pequeños cuadernos multicolores desparramados en la cama, a su alrededor, lo había encontrado: la confirmación de su pureza original; el derecho a rechazar como contrarios a su naturaleza los abismos a los que la arrastraban: el sólido placer de reencontrarse sana en un lugar preservado, en una casa donde nunca la habían ensuciado las perturbaciones del sexo. Se resistía al sueño, al tener por principio el no dormir durante el día, y sólo se entregó a él recordando bruscamente que no había pegado un ojo en toda la noche.

El calor era pesado, húmedo. Catherine se hundía pesadamente. Unas horas más tarde percibió que subía con la misma lentitud fatigosa hacia la superficie. Entreabriendo sus párpados recibió una luz tamizada, amortiguada por el crepúsculo. Luego descubrió que su mano se había deslizado debajo de su falda. Cerró los ojos y dejó que el acontecimiento continuara hasta su término. Con los últimos espasmos se le escapó una queja que prolongó voluntariamente.

Sentada en el borde de la cama miraba recto hacia adelante sin ver nada. El coro de pájaros exasperados por la caída del día invadía sus oídos. Volvía a encontrar el sexo, del que había creído huir. La pureza del cuarto, la inocencia de la casa, la honestidad de la infancia, habían desaparecido como una fábula. Del abandono al que acababa de entregarse había sido culpable, en esa misma cama, en la época en la que prefería anotar en su diario sus éxtasis frente al otoño y a las estrellas. Peor, volvió a ver a Marielle acostada contra ella. Se preguntó cómo, la víspera, pudo recibir en su despacho a Marcel Perrette sin recordar que, seis o siete años antes, mientras sus padres jugaban al bridge abajo, él la había tomado en ese cuarto. Como de costumbre preparaban el mismo examen, y luego, en el momento de separarse, al darse un beso involuntariamente cerca de la boca Catherine se encontró debajo de ese muchacho al que nunca había deseado. La cama era tan ruidosa que tuvo la certeza de que abajo los jugadores les oían. En el corredor reconoció el paso de Nicolas. El miedo a que la puerta se abriera le dio un displacer poderoso como un orgasmo.

Bajo los manzanos volvió a encontrar la noche. Los pájaros habían callado.

En la cocina, el zumbido de los insectos la persiguió. Cenaba sin hambre, por principio. Después de un huevo pasado por agua, comió las fresas que había traído Pierre Langlois mientras dormía. También esa atención ayudaba a ensuciar la claridad de Brévinville. Se acordaba que a los trece años, cuando, arrodillada, arrancaba espárragos con Pierre, le gustaba sentir la mirada del muchacho bajo su falda. Algunos años más tarde, al regreso de un baile del 14 de julio, le había permitido caricias precisas y hasta que le quitara el blue-jean. Esto sucedía en el asiento posterior de un auto, mientras Marielle, en la parte delantera, le otorgaba al hijo del notario favores sin duda más avanzados.

Se acostó precipitadamente, deseando dormirse para ausentarse. El campanario del pueblo señalaba el paso del tiempo con una claridad y una fuerza que hacían suponer un buen viento del norte. Este sacudía el follaje y los postigos, que golpeaban contra la ventana. Era una buena ocasión para encerrarse en una de las chozas de Jack London, en el fondo del valle blanco, frente a un lago barrido por la tempestad. Pero las sábanas eran suaves, tibias, y el cuerpo de Catherine, muy cálido, demasiado terso, llamaba más a las caricias que a la evocación de Alaska.

En el cuarto de baño encontró los somníferos. La caja estaba llena. Los veinte pequeños hacedores de sueño dormían en el papel de plata. Bastaba tomarlos todos para olvidar definitivamente el mal olor del portero nocturno del hotel. Se preguntó si Alavoine había dudado frente a la vista de la muerte. Separaba uno a uno los comprimidos, que salían desnudos y amarillos de sus trajes brillantes. Eran muy pequeños. Con algunos sorbos de agua, sería fácil tragarse los veinte.

En el piso de abajo, en el secreter, estaba el revólver con el que la señora Daubigné había estado a punto de matar a todo el mundo. Catherine recordó la noche en que su madre inventó el paso del vagabundo y esgrimió el arma. Nicolas lloraba, ¡qué imbécil! Yo me acuerdo muy bien de ese ladrón: era rudo y tierno y caminaba pesadamente, como Alavoine. Si uno se mata con un revólver, ¿escucha la detonación? ¿La oiría Alavoine? Catherine detestaba el 14 de julio por los petardos, cuyo estallido le daban fiebre.

Un pájaro nocturno prolongó su grito escéptico. Catherine nunca había tenido miedo de las lechuzas. Hasta había tocado una que tenía un plumaje cálido. Alavoine se parecía un poco a una lechuza.

Buscó en su bolso. Hubiera sido tonto desaparecer sin ceder a la curiosidad de abrir la última carta de Alavoine. Desgarró el sobre.

*Anatole, mi viejo*

Catherine esperaba cualquier cosa salvo llamarse Anatole. Por un momento comprendió que Alavoine, al poner las cartas en los sobres, se había equivocado. Cuando era pequeña los adultos le habían enseñado, sin que ellos mismos lo creyeran, a respetar toda carta destinada a otro, lo cual en buena parte estaba bien; tal vez no hubiera leído la carta sí, al abrirla, no hubiera visto su nombre al final de una línea.

*Anatole, mi viejo,*

*Si recibes esta carta, voluntariamente habré rendido mi*

*alma. Recuerda, en las paredes de los vasos antiguos, a esos moribundos que exhalan por la boca una figulina, un eibolon que es su ser por fin liberado.*

*Tenía quince años cuando mi tía me alertó: todos los días rogaba a Dios para que en la resurrección de los cuerpos los de las mujeres reaparecieran sin vagina —sin esa brecha que las condena a desear la victoria y la dominación de un invasor, negándoles, por lo tanto, la integridad de su alma. Más tarde, con Plotino y Porfirio, comprendí el escándalo de la existencia del sexo en el hombre, escándalo en sí mismo inherente a otro, al de la creación que aprisiona nuestra alma en un cuerpo y la prostituye a ese cadáver-estiércol.*

*Has escrito muy bien sobre Platón, sobre Plotino, sobre los neoplatónicos y los gnósticos, pero considerándolos como hacedores de ideas y considerándote como un historiador de las ideas. Piensas en éstas sin imaginar que se las pueda vivir. Para ti, Platón hace como que cree que la creación es un acontecimiento histórico, y piensas que él mismo le otorgaba al Timeo sólo el valor de un mito.* * *Yo me pregunto si Platón, para vivir, no se vio obligado a creer que Dios, que sólo podía crear seres eternos como él, había confiado a una divinidad subalterna la preocupación de fabricar cuerpos con una vida de duración limitada. No es el gusto por las ideas, sino una angustia opresora lo que estableció en los neoplatónicos y en los gnósticos el doble reino de un dios de las almas y de un demiurgo de la materia, hasta llegar a representarlos como enemigos.*

*Yo vivo el conflicto del dios y del demiurgo. Lo vivo sin estar convencido de su realidad, porque tengo necesidad de ese tema dualista tanto para respirar como para fijar el instante en que*

---

* En una nota escrita posteriormente, con tinta diferente (verde en lugar de negra), Alavoine agregó: "De la misma manera que Freud consideraba que la muerte del padre ocurría históricamente y no hacía ningún caso de las observaciones de los etnólogos". *(N. del A.)*

*ya no respiraré.*

*En este momento postergo para más tarde el acto que me liberaría del reino del demiurgo porque me abandono a la ilusión de que hay lugares privilegiados donde se produce un entendimiento entre Dios y el demiurgo. Una mujer llamada Catherine me da la certeza, es decir la ilusión. Cuando ésta se desintegre retomaré mi proyecto y tú recibirás esta carta. ¡Pero no me creas tan tonto como para gemir porque el mundo no es tan puro como debiera serlo y elevar imprecaciones a partir de un ideal burlado! Y si recibes esta carta, eso significará simplemente que me di cuenta de que ya tenía suficiente. Vale.*

Había leído todo mientras deslizaba los compromisos de una mano a la otra como quien juega con la arena en la playa. Mientras la carta se caía al piso los sacudió en su mano. el barniz dorado con el que los adornaba la luz de la electricidad imitaba el brillo maléfico de un tesoro que atraía y rechazaba a Catherine alternativamente, con la cadencia de la sangre que latía en sus orejas.

# 18

Alavoine se irguió con lentitud sobre la balaustrada y apoyó el pie en la terraza. A pesar de la noche, era fácil reconocerlo, y Marielle no experimentó ninguna sorpresa porque, desde el comienzo de la inundación, sabía que aparecería.

Cuando el agua empezó a subir en la avenida Mozart, las ratas atravesaron la terraza huyendo de la inundación y precediendo a Alavoine como un rebaño a su pastor.

Los reverberos en el fondo del agua seguían iluminando, y una claridad submarina bañaba la terraza y el cuarto donde Marielle esperaba. Estaba arrodillada en una de las camas. Había una decena de camas alineadas como automóviles en un parking. Después de atravesar la terraza en diagonal, Alavoine entró en el cuarto, subió a la primera cama y se acercó, saltanto penosamente de cama en cama.

—¡No! —gritó Marielle.

Era un grito interior. Sentía que ningún sonido escapaba de su boca. Quería desesperadamente tuir. Su cuerpo estaba inerte.

A medida que se acercaba, Alavoine empequeñecía. Cuando llegó a la cama más cercana no era más grande que un frasco de Nescafé. Esa fue la comparación que se le ocurrió a

Marielle. Nescafé descafeinado con una cabecita y pequeñas patas como de rata.

A Marielle le quedaba una única libertad de movimiento: la de sus dedos que acariciaban su falo. Esta caricia le daba un placer que alimentaba su miedo. Sabía que Alavoine estaba decidido a arrancarle ese falo que por fin poseía y que merecía desde siempre. Con sus garras venía a arrancarlo para dejar en su lugar una llaga.

Cuando saltaba, Alavoine cayó y desapareció entre las dos camas. Le oyó correr por debajo del colchón. Era el momento de aplastarlo. Logró moverse, encontró debajo de su mano el cono metálico de su lámpara portátil y se apoyó en el pulsador eléctrico. Sentada en la cama, contempló su cuarto, que había recobrado su aspecto habitual.

No sentía el alivio de haber escapado a una pesadilla. Y como ahora podía gritar, gritó:

—¡No!

Cerró los ojos, lo que es inútil cuando la imagen que se quiere apartar está dentro de uno. Precipitadamente volvió a abrirlos. El teléfono estaba al alcance de su mano. Descolgó, marcó el número y escuchó la campanilla. Se quedó suspendida de esta campanilla como si su vida dependiera de ella. Desesperaba de oír descolgar cuando esto se produjo. La voz de Catherine decía "hola". Marielle respiró fuerte. Por fin logró decir:

—¡Ah! Catherine, estás allí...

—¡Marielle!

—¿Te despierto? Tenía tanta necesidad de oír tu voz.

—¿Mi ausencia produjo un drama en la oficina?

—Ninguno. No te inquietes.

—Entonces, espera un momento. Bajé en la oscuridad. Voy a encender.

Catherine apoyó el aparato, instalado debajo de la escalera, en el salón, tanteó hasta el conmutador y volvió.

—¿Cómo supiste que estaba en Brévinville.

—Estaba segura, pero no sé por qué. ¿Dormías?

—¿Quieres que vuelva mañana?

—Quédate unos días si tienes ganas. Te llamo exactamente para que tu voz me tranquilice.

—¿Mi voz te tranquiliza?

—¿Nunca te habías dado cuenta?

Después de un silencio, Marielle dijo:

—Estaba verdaderamente mal. Ahora ya ha pasado... Podré dormir.

—Estaré en la oficina pasado mañana. Mi ausencia ha debido ser muy molesta.

—¡Te digo que todo anduvo muy bien! ¿Esto te molesta?... Tenemos prisa por volver a verte. ¡Esta tarde Yvette estaba tan nerviosa por tu ausencia que lloró!

—¡Pobre Yvette!

—Y a los otros, ¿qué les digo?

—¿A qué otros?

—¡A todos! Ante todo Marc, ¡está enloquecido!

—¡Está enloquecido! ¿Estás segura?

—Y luego tus padres. Hasta Gonzague, que llamó diez veces a la oficina.

—¿En verdad llamó diez veces?

—Mañana volverán a empezar.

—Diles que vuelvo.

—¡Apenas llegues, me llamas!

—¡Te lo prometo!

—Un beso, Catherine, buenas noches.

—Buenas noches, también yo te beso.

En la cocina, Catherine devoró una tarta de camenbert con un vaso de vino tinto. La ventana estaba abierta y una rama de árbol con muchas hojas abrazaba a una estrella muy clara. Subió para acostarse y se durmió en seguida, sin darse cuenta.

Cuando empujó los postigos el cielo era de un azul franco.

Pierre Langlois la encontró en el jardín, sentada en el banco, tomando su café con leche a pleno sol. El llevaba un gran delantal azul y arrastraba una pala.

—Regreso en el último tren —le explicó—. Me concedo otro día de vacaciones.

—Tus padres estarán aquí dentro de unos días. Me apuro en terminar el jardín. Las gomas de tu bicicleta las inflé por si quieres usarla.

Le agradeció el gesto, terminó su taza charlando, y luego subió los escalones de la entrada sabiendo muy bien que el sol la desnudaba a los ojos de Pierre. Que ignora que ella lo sabía le dio un placer que no consideró jamás hipócrita, sino de femineidad tan profunda que se sintió invulnerable a la moda del igualitarismo sexual.

Mientras se peinaba decidió que su cama era buena e inocente a pesar de los placeres que había experimentado en ella, y que si había olvidado el abrazo de Marcel Perret era porque, en sí, un acto sexual puede no tener nada de inolvidable, y por lo tanto de indeleble. Se puso a reír al recordar que hacía dos días le había aconsejado a Perret que se cerrara la bragueta y decidió que era muy agradable ser una mujer, y seguramente también ser un hombre y estar en la tierra.

En el camino pedaleó con entusiasmo. Conocía de memoria la forma de cada curva, el valor de cada margen, y el paisaje que desfilaba se adaptaba como un calco al que tenía en la cabeza. Cuando pasó el calvario de granito aminoró para recibir el perfume que esperaba, el de la arvejilla. bajó, cortó una flor y deslizó el tallo entre sus dientes.

Recuperaba el poder, gracias a un pequeño placer, de elevarse en una ola de felicidad. Ese perfume probaba que la vida era deleitosa. La palabra *arvejilla* era la más hermosa del mundo. Lo había pensado de muy pequeña y seguía creyéndolo.

El camino subía para alcanzar una cima de la misma altura

que el acantilado, desde donde una suave pendiente llevaba al estuario y al puerto. Catherine pedaleaba de pie, los muslos golpeados por la falda, a la que sacudía una corriente de aire tibio. Un muchacho en vespa, después de doblar, se dio vuelta. Mírame todo lo que quieras, sé que tengo lindas piernas. Surgiendo de la cima apareció el muro de cemento, lo que significaba que el mar aparecería antes de contar hasta diez. Los golpes de viento de la noche no lo habían perturbado. Apareció liso y brillante como los techos de pizarra del pueblo. El sillín volvió a deslizarse entre los muslos de Catherine, que se dejó ir hacia abajo arrullada por el canto regular de la rueda libre. Un tónico olor de asfalto caliente subía del suelo. Me gustaría mucho hacer el amor, pero puedo estar sin hacerlo, estoy contenta.

Aunque el pueblo de Brévinville y el puerto de Borcaux estuvieran sólo a una distancia de cinco kilómetros, entre los campesinos y los pescadores la disparidad era completa, y aunque las vacaciones de verano hicieran de unos y otros parecidos explotadores del turismo, apenas si empezaban, con una semirreprobación, a casarse entre ellos. Catherine tenía entre la gente de Brévinville compañeros que no conocían a sus compañeros de Brocaux. en Brévinville la eventualidad de un golpe de viento o de una lluvia concernía a los cultivos, en Brocaux estaban ligados a la lucha en el mar. La gente de Brévinville, hasta los soldados, sólo iban al interior; los de Brocaux traían corales oceánicos y máscaras de la Costa de Marfil polvorientas, que colmaban sus casas.

Catherine entró en el café Blot, que en verano era una crêperie. Recibió con placer los abrazos de la familia Blot, pidió vino blanco, cerró los oídos durante todo el tiempo en que le demostraron que el atraso de Brocaux sobre Brévinville había sido superado, siendo ese atraso absurdo ya que la gente de hoy prefieren pasar sus vacaciones al borde del mar en vez de en un lugar retirado: la parcelación ya estaba hecha, acababan de construir dos hoteles debajo del cementerio, uno de los cuales abriría esta temporada, estaban previstas una colonia de vacaciones y una residencia a lo largo del estuario, bastaría con cortar los árboles delante de la iglesia para hacer un parking y hasta habría direcciones prohibidas a partir del 1 de julio.

—¿Podrían llevarme a Verdou?

Provista de un sandwich y una botella de cerveza, bajó con Bernard Blot, el hijo mayor, al barco de pesca que conocía bien, y en cinco minutos alcanzaron la roca de Verdou donde había pasado tantas horas con Marielle y a veces con Nicolas, cuando no lograban desprenderse de él. Bernard, que tenía dos años menos que Catherine, siempre había sido sensible con respecto a ella. Pero no la tuteaba como Pierre Langlois y nunca se había permitido intimidades. Cuando le anunció su matrimonio, durante un segundo ella luchó con un movimiento de despecho que luego, en seguida, la había divertido. Todos los matrimonios de sus ex pretendientes, hasta de simples compañeros, la sacudían como una ofensa, y ese movimiento de vanidad, que no entraba en su carácter le gustaba porque encontraba en él la persistencia de sus ensoñaciones infantiles.

El islote rocoso, frente al mar abierto dominaba fosas bastante profundas, pero del lado de la costa terminaba en un banco que, a veces, con la marea baja, lo unía a tierra. Bernard le rogó a Catherine que saltara cuando se acercaran al fondo arenoso. Se sentó en el borde y se dejó deslizar al agua levantando su falda. El la miró caminar por el agua hasta la orilla, donde se dio vuelta para decirle adiós.

Apenas se alejó de la barca, Catherine, que se había asegurado que su soledad era completa, se desvistió. En unos días los veraneantes plantarían sus sombrillas y los motores fuera borda crepitarían: se enorgullecía del privilegio de estar desnuda.

El agua estaba fresca, pero en un momento su contacto se hacía agradable. Catherine se había tumbado de espaldas, dejando que las pequeñas y chatas olas corrieran sobre su cuerpo, cubriéndolo constantemente. Fue Marielle quien el último año del bachillerato, le había incitado a bañarse sin malla, aunque ella no hiciera lo mismo y la controlara con una vigilancia protectora.

Catherine nadó hasta estar fatigada; luego volvió a estirarse sobre la toalla que había sacado de su bolso. Hacía mucho calor. El día transcurría insensiblemente. Las gaviotas que volavan por encima de ella no eran venenosas como las que rozan las flores de los manzanos bajo la tempestad; eran honestos pájaros blancos en un honesto cielo azul.

Con pequeños pasos recorría la arena clara, casi blanca, en algunos lugares inyectada de fango negro o manchada de alquitrán, en otros espolvoreada de oro. Como venía haciendo desde su infancia, rozó con el pie la superficie dura y escandalizada de las estrellas de mar. Luego devoró su sandwich, bebió su cerveza y partió alegremente algunos higos que la señora Blot había deslizado en su bolso. Mientras fumaba un cigarrillo releyó un poco el Jack London que había traído, saboreando a la vez el miedo de que el lobo atrapara al hombre y la certeza de saber que no lo atraparía. Se dio cuenta de que se había dormido. Continuaba recuperando la noche en blanco del hotel Bizance, cuyo recuerdo, de pronto, la hizo reír. Volvió a ver su atuendo de puta esparcido sobre la moqueta, después de cambiarse para ir a la estación, y se preguntó cómo pudo tomar esa comedia a lo trágico. Incluso el momento en que le había abierto la puerta al conserje era un recuerdo agradable ahora. Pasaron dos barcas, pero lo bastante lejos como para que Catherine pudiera considerar su pudor a salvo. Se bañó de nuevo, se abandonó otra vez al calor y reencontró un gesto culpable cuya culpabilidad le pareció deliciosa. Marc, te contaré que he hecho esto totalmente desnuda al borde del mar. Para contártelo lo hice. Te amo. Marc.

El ronroneo demasiado cercano de un motor la inquietó. Luchó para salir del túnel en el que la encerraba el placer, levantó la cabeza y, entre sus rodillas, reconoció la barca de Bernard que venía a buscarla. La barca todavía estaba lejos. Febrilmente Catherine volvió a hundirse. Su placer estaba agudizado por el miedo de que no llegara a su término. Por fin sus suspiros se convirtieron en un grito. Se quedó unos segundos crispada, luego se enderezó y volvió a vestirse precipitadamente. La barca había llegado al borde de la playa, pero el mar se había retirado mucho. Catherine debió correr un trecho sobre la arena húmeda que se hundía bajo sus pasos, salpicándola. Entró en el agua. Bernard la ayudó a subir, sofocada.

—¡Qué roja está!

—Es el sol —le contestó, dándole un beso en la nariz.

Durante el trayecto no se hablaron. El silencio le iba bien a Bernard, que tenía hermosos ojos. Por causa de la marea descendente, atracaron al final de la escollera y luego llegaron juntos a la taberna. La señora Blot llevó a Catherine a la cocina y llenó un recipiente de agua en el que ésta se lavó las piernas, que una arena fangosa había ensuciado. Con un poco de petróleo borró de sus pies las manchas de alquitrán. Estaban allí la señora Blot, su hija Marguerite y Paulette, la mujer de Bernard, más una pequeña de cuatro años que había puesto en un vaso de agua la arvejilla olvidada por Catherine. Esta buena atmósfera femenina le gustó, por lo que se demoró antes de volver a subir a su bicicleta.

En veinte minutos, bajo un sol todavía, volvió a Brévinville. Reconoció los gestos que le eran familiares para apoyar la bicicleta en la fachada de la iglesia, subir en diagonal los escalones del atrio, mover el picaporte inseguro y mojar sus dedos en la pila. De pequeña había inquietado a su padre por su fervor. Pasaba horas en la iglesia, disponiendo flores en los altares y hasta repasando la sobrepelliz.

El cartero le mostraba la bicicleta a Marc, sentado al volante de su automóvil.

—La vi pasar en ella hace dos minutos. Si la apoyó en ese lugar es porque hace compras por aquí.

Después de aparcar debajo de los árboles, Marc siguió la fachada de la iglesia y se apoyó junto a la bicicleta. Tuvo temor de que, si Catherine había decidido huir al verlo, lo esquivara. Se batió en retirada para ocultarse debajo del cobertizo, desde donde podía vigilar discretamente la bicicleta. La gente lo miraba, algunos debían reconocerlo porque le saludaban. Parecía espiar a su mujer. Decidió volver a sentarse en el automóvil.

Después de un día en el que cada minuto había supuesto horas de vida, Marc casi no había dormido en toda la noche. Cuando, por la mañana, Marielle lo tranquilizó, se precipitó sobre un bistec, ya que no había comido desde hacía dos días, y emprendió un camino que lo pareció largo; pero su impaciencia era alegre y se preguntaba cómo había podido superar el día precedente, cuando había llegado a experimentar la certeza de que Catherine ya no existía. El suplemento de espera que sufría, con la mirada clavada en la bicicleta, lo fatigaba como el final de una carrera; se hundía las uñas en las palmas.

Ella apareció en los escalones de la iglesia. La vio bajar, dudando todavía de la evidencia. La víspera, errando a través de la isla Saint Louis, a menudo había creído reconocer a Catherine. Su cerebro había descompuesto a Catherine en una multitud de detalles, y la esperanza de que uno de ellos se convirtiera en realidad le hacía sentir la ilusión de que ella apareciera. Por un bolso idéntico al suyo la reconoció por un segundo en una pelirroja dos veces más grande que ella, luego en una guardia de tránsito que cruzaba la vereda con impulso excesivo, y hasta en Tilly, porque llevaba un jean levantado como a veces Catherine.

Al salir del auto, Marc golpeó la puerta y ese sonido atrajo la atención de Catherine, que soñaba en el último escalón. No tenía su aspecto habitual. Vestía de colores, rosa y azul cielo, y aún conservaba en la nuca el moño que se había hecho para el baño. Entonces Marc descubrió que no existía por detalles, sino por una manera de ser, un dibujo que le era propio.

—¡Así que no puedo ni hacerme la niña tranquilamente y vienes a perseguirme hasta aquí!

—¡Ah, Catherine, si supieras!

Ella se inquietó, lo creyó portador de una noticia grave, pero en seguida comprendió que él evocaba los espantos que había sufrido. Se rió y se aferró a subrazo.

Lo arrastró detrás de la iglesia, a un café llamado "le Boui".* También se lo conocía como "el Boui de Sanéchal" porque lo atendía un cuadragenario tatuado que se llamaba Sanéchal y hablaba de él en tercera persona: "Sanéchal siente venir su crisi de gota, es probable que mañana no abra." Ese hombre al que sólo le guataba vivir en la infracción había seducido a Catherien; ofrecía ajenjo a sus íntimos, y cuando se cerraba la caza lo mismo servía el fruto prohibido en su pequeña trastienda. Nacido en Borcaux, peleado con su familia, no había encontrado nada más escandaloso para renegar de sus orígenes que establecerse en Brévinville.

Hacía bromas toscas a Catherine, que iba allí encantada y charlaba fogosamente con los parroquianos. Sabía que irritaba a Marc haciéndose la muchacha del pueblo; en el sur se había burlado de la vanidad que ciertos amigos sentían por sus buenas relaciones con los jugadores de bochas de la región.

—Cuando servía en la marina, Sanéchal desertó. ¿Nunca le

---

* Traducción literal de nombre de estaciones del metro de Paris. *(N. de la T.)*

oíste contar cómo se refugió durante varios días y varias noches en el metro de París?

—Sí.

—Por la noche se acomodaba en los túneles para dormir. De día vagabundeaba al azar por las líneas.

—No he venido a menudo a Brévinville, pero ya se lo has oído contar tres veces.

—Me gusta esa historia. ¿Lo convidamos a una copa?

—Si quieres.

Sanéchal se sentó delante de un tinto y, por incitación de Catherine, contó cómo se había hecho cierta idea de París andando bajo tierra.

—Creía —exclamó Catherine con exaltación— que había un arco de triunfo brillante debajo de la puerta Dorada, que la puerta de las Lilas estaba cubierta de flores y la plaza Blanc de nieve, que había estaciones dedicadas a la alegría, al placer.

—Plaza de las Fiestas, Buena Noticia, Cogonas, Buen Aire, Libertad* —concluyó Sanéchal, que conocía su repertorio.

Apenas se alejó, Marc le dijo a Catherine:

—No vuelvas a hacerme esto de desaparecer. Debes saber que no podía vivir.

—¿Por qué?

—No puedo vivir cuando tengo miedo de que hayas dejado de vivir. O de que te haya ocurrido una desgracia...

La miró.

—¿Te divierte lo que te digo? —preguntó.

—Desde esta mañana estoy de buen humor. Me he quemado.

—Ya cuando estabas en Túnez y no volviste al hotel por la inundación estuve a punto de reventar. Catherine, quiero que sepas que ayer telefoneé al abogado e hice detener y anular el trámite de divorcio.

---

* *Boui:* familiarmente, café concierto, café de última categoría. *(N. de la T.)*

—Me creías muerta y consideraste supérfluo el divorcio... Mira como me he bronceado.

Protegida por la mesa, le mostró sus rodillas y luego descubrió los muslos, tan alto que apareció la punta de un vellón oscuro y espeso. No miraba a Marc sino a Sanéchal, que enjugaba vasos dándole la espalda. En la época en que había dejado de desear convertirse en piloto soñaba con el rostro siempre mal afeitado de Sanéchal. Como era un poco curandero, lo llamaban para curar a Catherine de un lumbago. Con sus gruesas manos sucias levantaba la camisa de la niñita. Manos sucias, como las de Gonzague.

—Vamos a hacer el amor —dijo Marc.

—En Brévinville no quiero.

—Volvamos a París.

—Deseo que me pegues.

—Te pegaré.

—Bebamos otro vaso.

Marc dijo:

—¡Señor Sanéchal, lo mismo!

Apenas los trajo, Catherine vació el suyo de un trago. Se levanto y salió por una puertecita que daba a un patio colmado de basuras. En medio de éste se levantaba una cabaña que llevaba orgullosamente la cifra 100 en alquitrán. Entró, se puso en cuclillas en medio de un chirrido de moscas, se levantó y atravesó el patio rápidamente para salir a la calle.

Apenas estuvo en la calle se puso a correr hacia la bicicleta. Cinco minutos más tarde se precipitó en la villa, donde cambió su bolso de playa por uno de ciudad. Luego desembocó en casa de los Langlois y obtuvo de Pierre que la llevara en coche a la estación y que luego volviera para cerrar la villa.

En cinco minutos salía un tren para Lisieux, lo tomó. El cielo todavía era transparente y ardiente, pero la sombra había invadido el campo, que desfilaba lentamente. El tren se detenía en todas las estaciones.

En Lisieux tuvo que esperar cincuenta minutos el tren de París. Aprovechó para comer huevos fritos en el bufett. Luego se demoró en el tocador para volver a peinarse y maquillarse. Cuando subió al tren de París sonreía.

Alrededor de ella sólo había hombres. No eran ni hermosos ni aun atrayentes, pero dos de ellos apoyaban sus miradas en la mujer joven y linda que estaba muy satisfecha se ser una mujer joven y linda y soñaba con aire digno.

En la estación Saint-Lazare desconfió y rió de placer cuando descubrió que su prudencia se justificaba: Marc estaba en el extremo del andén, buscando con la mirada. Ella había calculado que tardaría un cuarto de hora en asombrarse de su desaparición y en reencontrar su pista en Brévinville, otro cuarto de hora en darse cuenta de que había tomado el tren y adivinó que llegaría a la estación Saint-Lazare antes que ella.

Oculta por los carros de equipajes, llegó al otro andén. A través de los movimientos de los viajeros todavía vio la silueta de Marc, a quien envió un beso con los dedos antes de continuar la fuga.

Todavía tenía tiempo de alcanzar uno de los últimos metros, pero Catherine se equivocó de escalera. Aterrizó de pronto en el centro de París y se sintió asombrada por las luces y el aliento de la capital, como si la hubiera dejado hacía mucho. Se refugió en un taxi prometiéndose iniciar desde el día siguiente una era de economías.

Las mujeres confunden de buena gana su placer con el destino. Catherine se abandonaba al movimiento del auto diciéndose que si no *lo* encontraba, sería un signo ante el cual se inclinaría.

Al apearse del taxi comenzó a verse en tercera persona. Una joven mujer culpable llega a la puerta de su amante.

Frente a la puerta del inmueble, dudó. Una de las hojas estaba entreabierta. La empujó y se decidió a entrar. No encontraba la luz y la pared, bajo su palma, era áspera y grasosa. Con pasos cortos, en las tinieblas, volvió a la línea de claridad que producía la puerta entreabierta. Se detuvo porque había distinguido la blancura de un botón eléctrico. Lo apretó. Las paredes estaban pintadas hasta la altura de su cabeza de un marrón sucio, y más arriba de un beige que la humedad estropeaba. Dio otro paso hacia la puerta cuando oyó caminar secamente, afuera.

Se precipitó hacia la escalera y subió hasta la puerta de Gonzague. Sin aliento, levantó el felpudo. Ya lo dejaba caer cuando recordó que la llave estaba disimulada en el otro extremo. La encontró y la deslizó en la cerradura. La miraba brillar. La llave se apagó bruscamente. La escalera había vuelto a caer en la oscuridad.

Dio vuelta a la llave en la cerradura y se deslizó al interior del estudio. El piso crujía bajo sus zapatos.

Gonzague miraba a la mujer que acababa de entrar. La claridad que penetraba por las ventanas le permitía distinguir que la visitante era una mujer.

Supo que no era Tilly.

—¿Eres tú, Catherine?

—Quítate ese espantoso slip.

Obedeció. El slip pasó delante de sus ojos, que volvieron a encontrar en seguida el espectáculo de color pastel que vestía Catherine.

—¿Dónde estabas Catherine? Me sentía inquieto...

Ella conservó la rodilla sobre la cama y se inclinó para retirarse el jersey y el sostén. Su busto apareció, claro, y los senos se perfilaron más pálidos que el busto bajo la luz del exterior.

—Has venido.

—Sí, aquí estoy.

Balanceó las caderas para ayudar a la falda a que se deslizase a lo largo de las mismas. Apareció un vientre suavemente perfilado seguido de un sombrío triángulo. Luego Catherine se inclinó para recoger su falda, a sus pies, y desprenderse de los zapatos. Al inclinarse, de espaldas, se ofreció a la mirada de Gonzague, y cuando volvió a enderezarse evitó ponerse de frente, permaneciendo por un momento silenciosa, inmóvil. Luego, a ciegas, extendió un brazo por detrás de ella. Entre sus dedos reconoció la materia de una flor.

—¿Te gusta la arvejilla?

Admiró la silueta de la joven y la rozó con la flor. Ella se estremeció y se volvió bruscamente. Ocultaba con las manos sus senos, su vientre, y por pudor se mantenía inclinada hacia adelante, con una pierna ligeramente doblada para protegerse mejor.

—Pasaste una noche en mi cama, y vengo a pasar una noche en la tuya. Se trata sólo de ternura, no imagines otra cosa. ¿Puedo entrar?

El apartó la sábana y ella se tendió a su lado. Espontáneamente le besó en la boca mientras acariciaba su cintura. Tímido, él retenía la mano que, desde la nuca, dudaba en deslizarse hasta la cintura para, luego, demorarse en las regiones infinitamente suaves que se ocultaban en el reverso de los muslos. Él apartó su vientre para disimularle a Catherine la evidencia de su deseo.

—Catherine...

Era una llamada de auxilio. Quería mantener su promesa tácita y temía no tener fuerzas para ello.

—Ten cuidado —balbució.

Ella se había dejado deslizar debajo de él, ampliamente abierta, apretándolo con sus rodillas. El se levantó, apoyando el antebrazo para apartarse de aquella tentación irresistible. Intentaba fortificar su coraje repitiéndose que el deseo era más completo que la posesión. No lograba convencerse e imploró:

—¿Quieres?

—¡No!

Se separó, huyendo de su contacto. Pero en seguida la volvió a encontrar en sus brazos.

—Me muero de ganas —murmuró ella—, debes protegerme.

El se sintió indignado. Le pedía demasiado. De pronto, su emoción desapareció. Catherine, que se apretaba contra él, lo notó y sus dedos, con sobresaltos de timidez pronto vencidos, se aventuraron a la búsqueda del deseo desfalleciente.

—Está lánguido, parece una amapola.

Sentía bajo sus dedos aquel tallo que emergía de la amapola. Sus labios pasearon por el pecho y el abdomen del joven, luego en su boca el tallo creció y se endureció, convirtiéndose en útil de penetración, en arma.

Se había incorporado encima de él, lo introdujo en ella y empezó a moverse mientras besaba la boca que se le ofrecía debajo de la suya. Fue breve. Volvió a echarse hacia atrás y cayó tendida junto al joven que se arrojó sobre ella.

—¡Mi amor! —gritó Gonzague.

Ahora la penetración fue más profunda, los movimientos más intensos, algunos hasta dolían un poco. Gonzague llegaba más lejos que Marc y parecía más rígido, tal vez porque era más delgado. Era divino pensar en Marc ofreciéndose a otro.

Se defendía contra la voluptuosidad física, queriendo conservar por más tiempo la conciencia de lo que sufría. Por fin, cedió, ayudando incluso al inexperto Gonzague. Sus clamores se prolongaron, culminaron. Cuando se recuperó, Gonzague culminaba con fiebre jadeante sus últimas fuerzas. Por fin tuvo una pequeña queja, que Catherine encontró encantadora. Se abrió aún más ampliamente para recoger sus efusiones.

Se durmieron abrazados, enroscados el uno en el otro. Cuando Gonzague se despertó, una gran luz bañaba la pieza. Durante el sueño, el cuerpo de Catherine se había alejado y yacía de través en la vasta cama, con un pie suspendido fuera de la misma.

El miraba aquel cuerpo sin creerlo. El volumen de su felicidad lo ahogaba. No era un cuerpo, sino una prueba, aunque no hubiera sabido decir de qué. En su vida, por primera vez, un acontecimiento superaba su esperanza. La certeza de que nunca olvidaría ese momento lo conmovió más que encantarlo. Por primera vez, tenía derecho a contemplar como su dueño ese rostro prolongado en un cuerpo no disimulado. Los ojos cerrados, la boca entreabierta, respirando regular y continuadamente. No mostraba el menor indicio de sueño, sino que simplemente permanecía echado, como podría estarlo al sol.

Ella se movió, hundiendo la nariz en la almohada y separando las piernas. El se inclinó, acercó su boca al vientre de Catherine y respiró profundamente.

Su decisión estaba tomada. Volvía al grabado. Para reproducir ese vientre ofrecido y suave necesitaba la incisión firme del buril sobre el cobre.

Bajo el buril casi inmóvil imaginó el desplazamiento incesante de la plancha y el nacimiento de las volutas. Además de por las dificultades técnicas, se había alejado del grabado por causa del imperio excesivo de las fórmulas que pretenden someter materias tan diferentes como el agua, la piedra, el cielo, mediante la utilización ritual de los mismos signos, el punto, la recta, la curva. Había presentido que, a pesar de la autoridad de las fórmulas, cada materia podía ser considerada como un caso particular producido por un momento dado; que en cierto grado de desgastamiento, de humedad, con una luz matinal, la piedra podía ser tratada como un agua estancada, y que la misma agua presentaba superficies tan diferentes que para reencontrarlas debía recurrirse tanto a las formas con las que se refleja el cielo, como a aquellas otras con las que se dibuja la hierba cuando está tupida, en matas, móvil, a fines de julio. Ahora sabía que, grabando el vientre de Catherine, debería reproducir todas las materias del mundo, con todas las luces. Ese vellón triagular y hendido que nacía entre las carnes redondeadas de los muslos y el abdomen, nacaradas de las ingles, implicaba el universo.

¡Pero el azul de las pupilas de Catherine implicaba todos los colores! Ella acababa de abrir los ojos. Gonzague sólo tenía ganas de pintar.

—¿Eres tú...? —musitó Catherine.

Se estiró. La tomó en sus brazos. Y ella le devolvió la caricia. Luego apoyó los pies en el suelo.

—¿Qué quieres Catherine? ¿Café?

Volvió a estirarse mientras escrutaba, por la ventana, la luz exterior, una luz blanca, brumosa y bastante cegadora.

—¿Qué hora es?

—Mi despertador marca las ocho pero adelanta un poco.

Ella se levantó y se puso los zapatos. Luego se prendió el sostén.

—¿No quieres tomar una ducha?

—La tomaré en mi casa.

—Catherine, ¿lo lamentas?

—¡Oh, no! ¡En absoluto!

—¿Por qué vuelves a vestirte? ¿Te vas?

—¡Nos volveremos a ver!

Sentado en la cama, envuelto hasta la cintura en la sábana, la miraba con aire triste, enfurruñado.

—¡Eres encantador, pero tengo prisa!

En último lugar se puso la falda y, por fin, se sacudió los cabellos sin recurrir a un espejo.

—Pero, ¿cuándo nos volvemos a ver? —preguntó—. ¿Para almorzar?

—No, para almorzar no.

—¿Esta noche?

—Esta noche a las nueve, si quieres.

—Antes.

—A las siete en mi casa.

Ella se inclinó, depositó un beso en el hombro de él y se demoró acariciándole los brazos. El buscaba su mirada sin encontrarla.

—Catherine...

Ella se dejó caer sobre la cama. Luego de un momento le hundió las uñas en la muñeca. Murmuró y él creyó comprender que le pedía que la tomara rápido. Al mismo tiempo lo atraía a sus brazos.

—No, no —jadeó ella— no me desvistas.

—¡Se te arrugará la falda!

—¡Retuércela, arrúgala, estrújame toda!

El se dejó llevar por un impulso brutal. Cuando por fin se separaron, los dos chorreaban de sudor, sobre todo Catherine, prisionera en su ropa. Un violento rayo de sol iluminaba la cama. Catherine se quedó algunos instantes estirada, los ojos cerrados, desnuda hasta la cintura. Luego, con las mandíbulas apretadas, se puso en pie de golpe. La falda cayó, arrugada, hasta sus rodillas. Sin inquietarse por eso, con el cabello en desorden y el jersey subido más arriba de la cintura, corrió hacia la puerta.

—Adiós...

La portera, de pie en el umbral de su puerta, la miró con insistencia mientras bajaba los últimos escalones y salía. Ya en la calle, Catherine oyó sonar las campanas de la iglesia Saint-Louis-en-l'Ile. Al entrar en el ascensor perdió un zapato, que se puso durante el trayecto para no perder un instante; inclinada, calzándose, se acarició con un dedo el sudor que brillaba en sus muslos.

Al abrir la puerta de su habitación, lo primero que vio fue a Marielle sentada en una silla con la postura y la expresión de una paciente que espera en el salón de un dentista. Marc estaba sentado en la cama, acodado sobre el almohadón, con las piernas colgantes; no se había afeitado y el azulado de la barba se marcaba más duramente en su rostro que en el de Gonzague.

—¡Has vuelto a desaparecer! —dijo Marielle—. Vine porque Marc creía que estabas en casa y me telefoneó.

—Ya veo —dijo Catherine.

Marielle se había levantado. Se besaron.

—¡Tienes zapatos nuevos!

Los pies desnudos de Marielle se hundían en gruesos zuecos que contemplaron las dos con interés.

—Te quedan muy bien —dijo Catherine.

Marc, seguía acodado en el almohadón, envuelto en su bata, miraba a las dos mujeres mientras observaban los zuecos.

—¿Qué hiciste anoche? —preguntó.

—Duda —dijo Marielle—. ¡Y se nota!

Con el paso de un visitante en un museo. Catherine atravesó el cuarto echando ojeadas a su alrededor. Se detuvo delante de un sillón en el que estaban desparramadas las ropas de Marc. Levantó el pantalón y le sacó el cinturón. Luego se dirigió hacia la cama y tropezó con las piernas colgantes de Marc. Le tendió el cinturón, que éste tomó maquinalmente.

—¿Quién era? —le preguntó.

—Estaba bien —contestó ella—, y yo no actué por orden tuya. Por lo tanto...

Se tendió sobre las rodillas de Marc y se subió la falda lo más alto que pudo.

—No te obedecí —dijo con voz ahogada por el espesor del almohadón en el que desaparecía su rostro.

Marielle estaba de pie delante de ellos, mirando a Marc, que había enroscado varias veces el cinturón alrededor de su mano y sudaba, con el rostro sin expresión.

—Si me pegas un poco —murmuró Catherine—, me lo habré ganado...

La fisonomía de Marc seguía fija; contemplaba las nalgas húmedas que se le ofrecían.

—¡Estoy llena de él! —gritó Catherine moviéndose como un pez.

—¡Toma!

Esta exclamación, el silbido del cinturón y el pequeño grito de Catherine, fueron casi simultáneos.

## Diario íntimo del señor Daubigné

*20 de junio*

*A mi regreso de Cannes, el rostro de Rose estaba tenso y temí que el ginecólogo le hubiera dado malas noticias. No, al contrario: sólo le recetó un medicamento y le desaconsejó los baños cuando estuviera en Brévinville. Pero al contármelo, Rose no se alegró. Pensé que tendríamos batalla y me alegré. Quería reivindicar mi viaje a Cannes e imponer mi revolución. Volvía a despreciarme. Catherine se había fugado. Rose lo había tomado en serio.*

*Sabemos a través de Marc y de Marielle que tomó un taxi al alba. Después no ha vuelto a poner los pies, ni en su casa ni en la oficina. Marc está enloquecido de inquietud. ¡Es de Courteline! Telefonea a los centros de envenenados y a lugares de ese tipo. ¡Boubouroche!* * *Rose no dramatiza en absoluto, pero teme que la pobre Catherine, desesperada por su marido, multiplique los errores y lo pierda definitivamente.*

*Me gusta ver a Rose extraviarse en una confusión, pero no*

* *Boubouroche:* actor cinematográfico de la década de los treinta, que ha llegado a ser el arquetipo del pelele para esa generación. *(N. de la T.)*

pude resistir el placer de probarle que yo estaba mejor informado que ella. Le conté cómo sorprendí a su hija y a ese Gonzague, y concluí que sin duda la desdichada se había ido a dar una vuelta con su gitano. Rose nunca había notado a ese muchacho en el barrio. Se lo describí, sin ocultar nada de su mugre, de su ropa y de su manera de mirar a los hombres de mi generación, como si la gente de mi edad constituyera para él y sus congéneres una población enemiga. Rose, que desde mi llegada no había abandonado un aire de agobiamiento que no le va en absoluto, parecía reanimarse; me reprochó no haberla prevenido a tiempo; hasta sintió, tratando de hacerme responsable de la situación, una voluptuosidad semejante a la locura y que reflejaba en una crispación del rostro, el cual, mezclando el júbilo y el sufrimiento, parecía el de una persona que se hubiera rascado hasta hacerse sangrar.

Poco a poco recuperó su calma y exteriorizó las causas de su emoción: se preguntaba cómo, si el escándalo tomaba cuerpo, presentaría la situación a sus amigas. He aquí la razón del furor que la invadió apenas le hice el retrato de Gonzague. Todo lo que había retenido de él es que era impresentable y no podía ser un marido de recambio para Catherine. Y encima, Marc llamó por teléfono ávido de saber si teníamos noticias. Después de colgar le señalé a mi mujer que parecía temer un gesto fatal de Catherine. Con una delgada sonrisa competente e indulgente, la de un gran jugador de ajedrez frente a una combinación urdida por uno de sus alumnos, ella me contestó
combinación urdida por uno de sus alumnos, ella me contestó
que, en efecto, había creído en una tentativa de Catherine de recuperar a Marc por un chantaje de suicidio, pero que yo había destruido esa esperanza al revelarle la existencia del amante. No pude dejar de preguntarle si no temía que Catherine, desgarrada entre su marido y su amante, no alimentara un proyecto funesto; quería tranquilizarme y contaba cobardemente con el buen sentido común de Rose. Ella, en efecto, se

encogió de hombros y me aseguró que Catherine era tan incapaz como yo de suicidarse. Agregó una confidencia que no tenía mucho que ver con ella: hubiera sido la única de todos nosotros en hallar la energía necesaria para matarse en ciertas circunstancias, y únicamente se lo hubiese impedido la tradición de su familia, en la que esas cosas no se hacen. Tal vez Nicolas, que tenía carácter, era también capaz de cortar con la vida; pero pensándolo bien no era nada seguro, porque la educación y el ejemplo que yo les había dado ablandaron su naturaleza. Llevada por su impulso, Rose llegó a sostener que a Catherine la había perdido su fatal inclinación a sufrir mi influencia más que la de su madre.

Para mí fue muy tentador poner cara de ofendido. La puse y observé que, si mi influencia resultaba nociva, era una lástima que veinte años antes no me hubiera ido para dejarla criar a los niños sin mí. Tuvo una réplica que le salió del corazón y que transcribo literalmente: "Mi pobre amigo, ¿qué hubieras hecho solo?" Exclamé: "¡Hubiera sido feliz!" En seguida temí haber llegado demasiado lejos en la crueldad, pero Rose me tranquilizó sonriendo enternecida: "¡Crees eso, gran tonto! Pero yo te conozco: apenas libre hubieras dejado que cualquier horrible criatura del tipo Germaine se te arrojara encima."

Para mí fue como si horrible criatura se aplicara, no sólo a Germaine, sino a Aquel que ya no está. Ante la idea de que Rose lo tratara de horrible criatura me atraganté. Le grité que la horrible criatura valía cien mil veces más que ella. Le aseguré que cuando sintiera aproximarse mi muerte, terminaría mi vida sólo al lado de ella. De nuevo se estremecio y me buscó excusas con una indulgencia ofensiva: oyéndola a ella, soy una víctima de mi debilidad de carácter, incapaz de soportar la prueba que nos inflige Catherine. "Me libro de la realidad perdiendo la cabeza." Luego, uniformemente, Rose volvió a la hipótesis que ya habíamos adelantado y las expuso como sus conclusiones personales: Catherine, amenazada de abandono por su marido, intenta darle celos utilizando a Gonzague y lo angustia desapareciendo; el estado en que se halla Marc justifica ese cálculo.

Cenamos con mucho atraso. Luego, mientras mirábamos la televisión (sin sonido), Rose me comunicó los consejos que su amiga, la señora Raviard, le había dado, de parte de su marido, para modificar nuestra cartera con relación a la inflación. Después de recibir aún otra llamada teléfonica de Marc, nos dijimos buenas noches. Leí mi diario en el gabinete de encuadernación y me dispongo a acostarme. Pienso sobre todo en Catherine. Me siento responsable de ella y emocionado por ella desde que Rose me descubrió que mi hija siempre había sido más sensible a mí que a su madre.

Agregado a las tres de la mañana: a través de la puerta oí claramente llorar a Rose. ¿Por quién? ¿Por Catherine? ¿Por nosotros dos? ¿Por ella?

Antes de ir a la oficina, dos llamadas telefónicas, una de Marc y otra de Marielle. Catherine está en Brévinville, de donde volverá, probablemente esta noche. Marc va a buscarla. "¡Qué te ha dicho!", exclamó Rose, igual a sí misma.

21 de junio.

Mi madre también era igual a sí misma. Una guerra mundial no le afectó, y continúa girando con la tierra. Es un tren que se hunde a través de un paisaje soleado, con las cortinas bajas, ciego, consumiendo sus últimas paladas de carbón. es un signo de mi edad imaginar siempre a la cabeza de un tren una locomotora de vapor. Se lo observé a Germaine, que me esperaba en el auto. Me contestó que era joven de carácter, mucho más joven que un montón de jóvenes, y que para estar totalmente actualizado bastaría con que anudara mis corbatas más anchas y que dijera coche en lugar de automóvil. Sin dar explicaciones le anuncié a Rose que volvería tarde. Ger-

*maine me preparó una agradable cena. No pudimos impedir hablar a menudo de ÉL. Seguía unido a todos los gestos que hiciéramos en esa casa. Cuando volví, a los dos de la mañana, las ventanas del tercero estaban iluminadas, lo que indicaba que Catherine y Marc habían vuelto.*

*Estuve a punto de despertar a Rose para anunciarle esa noticia totalmente tranquilizadora, peor eso me hubiera obligado a sostener una conversación con ella. Me acosté, poniéndome tapones Quies en las orejas, para no oírla si llora.*

*Al volver de la oficina para almorzar encontré a Catherine, que había bajado a pedirle carne a su madre para alimentar a Marc y Marielle. Aunque sea viernes, los tres han decidido pasar un día de farniente. Soy bastante del parecer de Rose: es probable que sea Marielle quien los haya reconciliado y que, por ello, termine su obra pasando el día con ellos. Me veo obligado a reconocer que esa muchacha tiene fuerza de carácter y que su amistad es una bendición para Catherine No puedo, como Rose, amar completamente a Marielle, porque me da la impresión de ser de esa gente que sabe el precio de todo y no conocen el valor de nada. Sin duda soy demasiado severo debido a la alergia que el contacto con Rose me ha dado por las mujeres cerebrales. Prefiero una naturaleza como la de Catherine, porque descubro cada vez más nuestras semejanzas. Es casi cierto que actúa con Marc como yo con Rose, y que gracias a la complicidad de Marielle ha disipado las sospechas de ese pobre muchacho, junto al que siempre deberá llevar una doble vida.*

*Catherine me contó, incidentalmente, que la víspera había ido con Marc a tomar un vaso al "Boui de Sanéchal". Sabe mi antipatía por ese bodeguero a quien ella adora, pero lo que no sabe es a qué se atrevió ese hombre, hace unos años, cuando tenía a Germaine en Borcaux. Vino a pedirme dinero a cambio de su silencio. Le contesté que, si alguna vez Rose llegaba a saber la verdad, lo consideraría responsable. En un se-*

*creter destartalado que relegué a Brévinville guardé, en el único cajón que cierra con llave, un viejo Colt al que le hacía compañía una boquilla de ámbar y anzuelos. Lo llevé muy educadamente hasta ese mueble y le mostré el objeto, que utilizaría "llegado el caso, señor Sanéchal, y lamentándolo mucho". Esa noche no mencioné la escena en mi diario porque la sabía inolvidable. Uno pasa su tiempo actuando según su carácter y haciendo cosas que se nos parecen que olvidamos, pero los raros momentos en que uno sale de sí quedan grabados. Yo había salido tanto de mí que, hablando con Sanéchal, era espectador al mismo tiempo, admirándome tanto como había admirado, de joven, en el cine, a Louis Jouvet o a Eric Von Stroheim cuando volvían del revés una situación e imponían sus puntos de vista con un ascendiente calmo e irresistible.*

*Hoy me pregunto por qué, contrariamente a mi costumbre, que es la de esquivar, me impuse a Sanéchal con tan extremada determinación. Me lo pregunto porque al fin tengo la respuesta: no hubiera defendido ni a Rose, ni a Germaine, ni a mí mismo con esa autoridad y esa convicción si la amenaza hubiera sido dirigida de manera separada contra uno de nosotros. Lo que me armó del Colt y de cierta mirada fue el peligro para el triángulo, como si la situación que desde hace veinte años pretendo sufrir me fuera tan indispensable como el aire. Lo que desde hace unas semanas amenaza con desequilibrarla —en beneficio de Germaine, pero si fuera en beneficio de Rose el efecto sería el mismo—, me inquieta como un comienzo de asfixia. De las raras confidencias de mi padre, una sola me conmovió: un hombre puede ser feliz con cualquier mujer, a condición de casi no amarla y de no amar demasiado a otra. A la luz de esta fórmula yo me creía desdichado, porque ignoraba que, para proteger mi aislamiento interior, mi naturaleza necesitaba el freno de la contradicción.*

*Después del almuerzo, Rose, tranquilizada por Catherine,*

*fue a visitar a mi madre. En lugar de ir al despacho, me demoré, tan feliz de estar solo en el piso como cuando tenía diez años y mis padres salían, o como ahora en caso de Germaine cuando hace las compras. Mi felicidad era perfecta en la época en que me quedaba con Él. Sabíamos profundamente que estábamos uno al lado del otro, poniendo ambos las mismas atenciones para respetarnos el mutuo y doble placer de estar al mismo tiempo solos y en compañía del Amado. Él que produce la felicidad y Él que produjo mi desdicha en el momento en que oí la atroz queja de Aquel al que ahogaba la sangre que corría más de prisa de lo que la podía tragar. Tú sollozabas tanto de indignación como yo de dolor, asombrado de que te hubiera podido pasar algo así cuando estábamos tan cerca. Brillantes las manchas que te anunciaron en el suelo sombrío predecían el desastre. La sangre sólo es roja cuando salta; en estado de felicidad, corre negra, por túneles, indolora y silenciosa. Bajo una envoltura coloreada somos tinieblas. Se necesita el drama para que el interior de nuestro cuerpo cobre colores, revelándose los pulmones azules y el bazo violeta. ¡Mi querido! Estas dos palabras que he dirigido a Rose (por impaciencia), a Germaine (por mimo y, a veces por cálculo) a Catherine y a Nicolas (por rutina), sólo nacen puras cuando te las digo a Ti. Pero no las oíste, moriste mientras yo te las decía en un susurro.*

*Semejante dolor le será ahorrado a Catherine de la que admito que tiene mi carácter pero atenuado. En adelante Marc le dejará la brida suelta y se absorberá en las grandes empresas en que Marielle ha sabido introducirlo por mediación de Bertrand de Saint-Presse, a quien ese ingenuote nunca pensó utilizar. Al menos es lo que acaba de anunciarle Catherine a su madre, muy orgullosamente. "Marc deja el banco y se lanza." Rose en seguida profetizó que si esos hermosos proyectos se concretan, Catherine no tardará en dejar de trabajar. Lo creo, Catherine siempre trabajó nada más que por docilidad, y apenas tenga la ocasión de entregarse a su apatía y su pereza, no la dejará escapar.*

*¿Por qué intentar creerse inmortal imaginando que uno se prolonga en sus hijos y que a través de ellos prosigue su propia vida? Cuando me torcí un tobillo en Brévinville, intenté dar una vuelta por el jardín y, para descansar, apoyé la mano en el tronco de un haya y la otra en el hombro de Nicolas. Ese árbol lo había plantado yo, lo mismo que a Nicolas. Frente a nosotros, Catherine fingía ignorar mi fatiga; jugaba a jugar con un cachorro que le mordía las faldas. El haya soportaba mi peso con indiferencia, pero Nicolas, tenso por una impaciencia, me aconsejaba que me sentara. Nos dirigimos a un sillón de mimbre. Nicolas, me llevaba demasiado de prisa, apurado por el deseo de terminar con eso. En el último segundo Catherine acudió en ayuda de su hermano para sentarme y me llamó "su papaíto". Después se fueron, aliviados. Traté de representar la comedia del padre decepcionado cuando, en realidad, no estaba en absoluto mortificado, pues también era una comedia la que había ofrecido al representar al viejo padre sostenido por sus hijos; sólo pensaba en la manera de ver a Germaine a pesar del accidente, satisfecho de encontrarla por un tiempo limitado y de saberme protegido contra los excesos de mi corazón por la constante presión de las obligaciones.*

# 19

Gonzague había pasado una mañana de pereza triunfal. Cuando apareció Tilly lo encontró todavía echado en la cama. Llevaba un amplio vestido gitano, demasiado largo, que barría el piso. Durante la noche había cambiado su overall de jean por ese vestido marroquí que la enloquecía.

—Anoche éramos nueve en un pequeño cuarto del Marais. Apenas dormimos.

Buscó en un cajón, sacó hilo y aguja y se sentó para hacerle un dobladillo a su vestido.

—¡Catherine hubiera podido estar aquí! —dijo de pronto Gonzague—. ¿Qué hubiera pensado al verte aparecer sin decir ni mu?

—Si una debiera molestarse con la otra sería más bien yo, ¿no?

Agregó:

—Entre nosotros está terminado, de acuerdo. Dijiste que éramos compañeros. Que uno vaya a casa de un amigo es normal, ¿o no?

Luego de un momento continuó:

—Tal vez no es normal para Catherine. Pero harías mejor en enseñárselo antes de dejar que te impongan la ley.

Molesto, Gonzague fue a afeitarse y ducharse. Se lavó la cabeza con aplicación, se vistió y le echó una mirada impaciente a Tilly.

—Ya está, terminé.

Después de meditar, Gonzague se despojó de su camiseta a la gloria del señor Natural y la reemplazó por otra más oscura, que celebraba a Bob Dylan y el pop.

—Estoy segura de que hice un buen negocio. Además del vestido tengo dos álbumes terribles de Crumb. Toma, mira.

Abrió la bolsa y extrajo los álbumes de tiras cómicas.

—Tú también, Gonze, deberías dibujar comics. Anoche, sabes, discutimos bárbaramente. Después fumamos. Había un tipo que demostró que el rock era fastidioso. Otro explicó el budismo tibetano. Hay que ir allá. Es urgente ir al Tibet.

Lo miró cruzar el cuarto.

—Antes caminabas como nosotros. Ahora caminas como un poli.

Había recogido las sábanas y empezaba a hacer la cama.

—Pon música...

—¡Deja esa cama tranquila!

Le arrancó la brizna de arvejilla estrujada y la colocó en un vaso lleno de agua. Luego puso un disco de Herbie Hancok al máximo de potencia.

—En todo caso, no te molestaré en los próximos meses —exclamó—. Recorté anuncios underground.

Se inclinó sobre su bolsa y extrajo unos recortes de prensa en los que leyó:

—"Tres tipos que alquilaron una granja en Ardèche buscan a otros cuatro o cinco, de ambos sexos, para ir allí a tejer." "Una muchacha busca a otra para que le ayude a hacer alhajas en Provenza." "Tipo que dispone de una casa en Bretaña recibiría muchachos y muchachas que participan en los gastos para enseñarles bordados afganos, el bretón y la cría de animales." "Muchacha busca dos tipos y una muchacha para ir a la India en stop. Jovencitas y patosos abtenerse."

Levantó la nariz:

—A ti no te querría. Desde que te dejaste drogar por Catherine te has vuelto terriblemente siniestro, patoso.

—¡Si no quieren niñitas, contigo están lucidos!

Ella bajó la potencia de la música:

—Justamente esta noche dijeron que, a primera vista, parecía una muchachita, pero que luego era todo lo contrario. Entre ellos hay un tipo que está dispuesto a irse conmigo a la India.

—Yo estuve en la India para reconstruir un pueblo. Cuando se quemó nos sentimos aliviados. En cuanto a tejer, ya lo hice en los Cévennes. También criábamos animales. Reventaron. Y de nuestras tejas no vendimos la mitad, aparte de que tuvimos problemas porque desteñían. Nos cabreamos y volvió cada uno por su lado, en stop.

—¡Sólo quieres oír hablar de Catherine!

—Me gusta más pensar en ella que hablar de ella.

La música se había terminado. Tilly escuchó dar las dos.

—¿Quieres comer algo en el bar?

—No.

—Cité a uno de los tipos de anoche. Me va a traer datos sobre la ruta, la comida, el alojamiento en la India.

—Ve a encontrarte con tu vago.

—Entonces préstame cinco francos para el sandwich.

Tomó las monedas, cerró su bolsa y llegó a la puerta haciendo trepidar su vestido.

—De acuerdo, este vestido no cuesta demasiado. Pero es cool, y al caminar hace un lindo ruido.

Antes de salir levantó la mano y gritó:

—¡Salud!

Hizo la cama, feliz de estar solo. Durante una hora arregló y limpió su taller. Pensó en algunas modificaciones que pudieran gustarle a Catherine. Llegó a la conclusión de que, para arreglar la pieza, para ofrecer veladas y regalos a Catherine debería ganar dinero, y se instaló ante su mesa de dibujo para terminar la tapa de una novela policíaca que le habían encargado ocho días antes.

El editor no le interesaba que los bocetistas leyeran los manuscritos, por lo que sólo les enviaba una pequeña nota, impresa, añadiendo a veces un resumen oral de algunos pasajes del libro e incluso algunas indicaciones sumarias: "Quisiera la punta de una palmera, un cielo muy azul, una mancha de sangre muy roja sobre un parabrisas y una rubia un poco desnuda que tiene miedo." Sobre ese tema había empezado su trabajo Gonzague. Estaba bastante satisfecho por los efectos de astillamiento en el vidrio, a la vez que media sus inferioridades: imaginaba la gracia justa del pincel de Watteau o la exactitud impactante de un hiperrealista. De pronto, el hiperrealismo lo tentó como estilo apto para dar ciertos momentos de la vida de Catherine, pero su práctica exigía una técnica que aún no tenía. La perspectiva de tener que aprender para hacer su pincel digno de Catherine le encantó.

El tiempo pasaba insensiblemente. Pintaba con aplicación, con placer. La nariz y las arcadas superciliares de la rubia temerosa amenzaban parecerse a las de Catherine, por lo que las corrigió, pues a ningún precio quería comprometer a la joven en esa tapa. Trabajaba en una gouache, pero cada tanto realzaba la suavidad con el aceite.

Sólo le faltaba hacer las letras, tarea precisa y relajante. El nombre del autor, B. E. Brandy, debía ir sobre el azul del cielo. Decidió hacerlo de color naranja y encontró el color exacto del vestido nuevo que tenía Catherine una noche en el bar.

Le quedaba por ocupar la hora que todavía lo separaba de la cita con ella. Se limpió los dedos con esencia de trementina, se cortó las uñas y peinó largamente sus cabellos, que por fin se habían secado. Apenado por el olor de la trementina que impregnaba sus dedos, corrió hacia la calle Saint-Louis-en-l'Ille en busca de un frasco de perfume que lo disimulara. Se le fue la mano y resolvió caminar por el muelle agitando los desos para airearlos. Hacía calor, estriado por las proezas de las gaviotas.

Llegó frente a la casa de Catherine con varios minutos de adelanto, y para perder tiempo subió la escalera a pie, lentamente.

—¡Ya voy! —gritó una voz femenina.

Pasó más de un minuto antes de que se abriera la puerta. Por un momento, impresionado ante la aparición de un rostro que no era el que esperaba, creyó que se había equivocado de piso. Luego reconoció a la joven que había encontrado con Catherine dos o tres veces.

—Salud, yo soy Marielle. Entre.

La tomó por mensajera de una mala noticia, pero ella agregó:

—Catherine lo espera. Me prestó un camisón que es demasiado largo para mí.

Para caminar lo levantaba con las dos manos. Entraron en el cuarto. En la cama había un cuerpo desnudo que no podía distinguir bien porque las pesadas cortinas tapaban la ventana. La penumbra era la de un cuarto de enfermo. Sostenida por el aliento del órgano, una voz que era inhumana porque no parecía producida por hombre ni por mujer reinaba en sordina. Gonzague recibía todas estas percepciones sucesivas e inconexas como bajo el efecto de un estupefaciente.

El camisón se había deslizado sobre la moqueta y Marielle se arrodilló al borde de la cama.

—Catherine recibió un castigo merecido —dijo.

Espolvoreaba con talco las nalgas lastimadas, extendiéndolo luego con la palma de la mano.

—¡No es Catherine! —murmuró él sin esperanzas.

El cuerpo se dio vuelta sobre la espalda y Gonzague reconoció a Catherine. Conservaba los ojos cerrados. La voz no terrestre se alzó por encima del órgano para gemir: "Et egressus est a filia Sion omnis decor ejus."

Catherine abrió los ojos y sonrió.

A los veinte años Gonzague había tomado un alucinógeno cuyo recuerdo lo espantaba. Durante todo el tiempo que estuvo bajo los efectos del producto se había repetido "no es verdad", sin poder evitar permanecer en la fantasía.

Siguió los gestos de Marielle, quien tomó las rodillas de Catherine y abrió ampliamente los muslos.

—Catherine lo espera, señor.

"No es verdad", pensaba Gonzague, sin resistir el escenario de pesadilla. Marielle, que se había deslizado detrás de él, empezó a despojarlo de sus ropas, comenzando por la camiseta. El dejaba hacer, hasta colaboró ayudando a deslizarse al pantalón. Mirielle lo empujó hacia la cama apretándose contra su espalda, envolviéndolo con su piel suave. Cayó entre los brazos y las piernas de Catherine. Marielle lo acariciaba y le besaba las nalgas y los muslos. Catherine daba suspiros de placer. Los dos se deleitaban con el contacto de su piel. Él hubiera deseado que su cuerpo negara la participación, pero éste se entregaba con un ardor ciego. Por un acto de voluntad Gonzague trató de resistir a Marielle, que se empleaba en empujarlo a su amiga. Pero Catherine intervino bruscamente para atraer a su amante hacia ella. Cumplió ese gesto con la violencia de un ser que se apuñala y hasta dio un grito. Un impulso frenético envolvió al joven. En la India, un viejo inglés le había dicho que el deseo transformaba al santo en lobo.

Poco a poco Catherine se había ladeado, arrastrándolo con ella de forma que los dos estaban estirados sobre un costado. Por momentos aparecían las manos de Marielle, saltando del cuerpo de Gonzague al de Catherine, e incluso su rostro se interpuso entre los dos y su boca se mezcló con las de ellos.

El lecho gimió bajo una presión nueva, que Gonzague, cuyos ojos permanecían cerrados, atribuyó en principio a un desplazamiento de Marielle. Luego oyó el grito agudo que lanzó Catherine. Ésta, sin recuperar el aliento, apretó a Gonzague contra sí implorando:

—¡Tú también, fuerte, fuerte!

Cuando la rodilla de un hombre chocó la rodilla de Gonzague ésta ya sabía que no era el único en poseer a Catherine, quien jadeaba, transpiraba y lanzaba exclamaciones y ovaciones como las que se oyen en los estadios cuando la multitud se indigna y se entusiasma alternativamente. Al abrir los ojos Gonzague reconoció a Marc.

Parado en mitad del cuarto, Gonzague volvió a vestirse con una prontitud extraviada, como si su salvación dependiera de eso. Daba la espalda, pero los movimientos de esas tres carnes abrazadas se reflejaban en la periferia de su mirada, y no podía dejar de oír los quejidos entremezclados de las tres voces, sobre todo las palabras, que lo persiguieron hasta la escalera.

En el bar compró dos pequeños cigarros y a continuación se sentó en una mesa, junto al cristal. Se levantó para comprar una pipa.

—Una pipa barata, cualquiera.

Volvió a sentarse, rompió uno de los cigarros y empezó a desmenuzarlo, en el hornillo de la pipa. Procedía minuciosamente, con lentitud, dando a sus gestos la misma ceremoniosidad que cuando preparaba un cigarrillo de hach. Cada tanto, a través del cristal, lanzaba una mirada en dirección a la casa de enfrente.

De sus dedos subían olores: el de la trementina señalaba una felicidad aplicada en la que la esperanza era una certidumbre; la del perfume que había comprado con prisas traicionaba una espera más febril, más afiebrada; y el más reciente, el del cuerpo de Catherine, evocaba el desastre, un desastre ambiguo donde lo maravilloso se mezclaba con lo infernal. Pero, mezclados, los tres olores cobraban una significación simple. Sacudían con irrisión todo lo que Gonzague podía haber pensado, y también los gestos en los que buscaba absorberse. En la primera bocanada de humo, el olor y el sabor del presente inmediato, es decir, del barniz demasiado nuevo de la pipa, de la acritud dulzona del tabaco, lo pusieron en guardia contra el porvenir. Por porvenir entendía las próximas horas.

—¿Ahora fumas en pipa? —inquirió Jonathan.

—Si la quieres...

—Nunca fumo en pipa.

—Tírala a la basura. La basura, sólo eso es verdad.

—Desahógate antes de hablar.

—Se necesita tiempo.

—Tienes tiempo.

—¡Sí, tengo tiempo, pero no tengo nada que poner en él!

—Bueno. ¿Te sirvo un rosado?

En la calle, el día tardaba en apagarse tanto como el tiempo en pasar, lo que obligaba a Gonzague a seguir cerca del río infecto, de las aguas sucias, saboreando sus náuseas. Se acordó de su padre, quien creyendo que Méderic, su viejo perro, tragaba los alimentos en lugar de saborearlos, ató un hilo a un pedazo de carne y lo hacía subir por la garganta de Méderic para que el desgraciado tuviera tiempo de apreciar el sabor del alimento. El perro, al que había que sostener durante esa prueba, abría grandemente sus ojos asombrados, y luego los cerraba de desesperación o de resignación.

Jonathan hizo sonar el vaso de rosado al dejarlo sobre la mesa, y Gonzague levantó los ojos.

—Un cuadro superior; su mujer y una amiga espabilada —dijo suavemente—. ¡Buen cine porno! ¿No crees?

Se levantó. Su brazo chocó con el vaso, que se rompió sobre el piso. Jonathan tomó un repasador y se agachó para recoger los restos. Después, dando la vuelta al mostrador, regresó con una pequeña pala y una escoba. Al volverse vio que

Gonzague, con la pipa en la mano, seguía en el marco de la puerta.

Gonzague contemplando como una aparición a los tres seres que, desde el otro lado de la calle frente a la puerta de la casa parecían escrutar el cielo. Catherine llevaba su larga falda naranja, mientras que Marielle se agitaba en un vestido corto. Las dos hablaban con Marc, que las dominaba indolente. La felicidad de los otros, cuando se los odia, resulta penoso imaginarla porque se la exagera.

Bruscamente se decidió a correr. Cuando los vio de nuevo cruzaban el puente de la Tournelle. La noche era más profunda, más clara, a causa de los dorados que cubrían el cielo, hacia poniente. Un *bateau-mouche se* adelantó, invisible por la luz cegadora que expandía y reducido a la majestad rectilínea de su movimiento y al tumulto resplandeciente de su estela. Regaba de plata las orillas, de donde surgían y luego se alargaban las fachadas festoneadas de follajes.

Caminaba unos pasos detrás de ellos, incapaz de saber qué diría o qué haría si uno de ellos se giraba y descubrían su presencia.

—¡Es la primera vez que cenaré en *La Tour d'Argent*! —dijo Marielle.

—¡Y yo también! —canturreó Catherine—. ¡Es una verdadera fiesta!

—Yo estuve invitado dos o tres veces.

—¿Es muy caro?

Marc lanzó con voz alegre:

—Tengo un billete de quinientos francos que Catherine trató de quemar.

—Catherine, ¿ahora quemas billetes?

—Cuando no los merezco.

Los tres hablaban mirando, sobre la orilla opuesta, la fachada de luz multicolor que dominaba la casa hacia la que parecía dirigirse el puente. Observando atentamente podía verse el movimiento de sombrías siluetas desplazándose en la claridad cálida de ese restaurante suspendido en el cielo.

—El billete no bastará —afirmo Marc con entusiasmo—, pero firmaré un cheque.

—¿Sabes? —cortó Marielle alegre—. Tu tío Saint-Presse me aseguró que dentro de poco tú y yo podremos pagar gastos de representación.

—¡Entonces volveremos a menudo a *La Tour d'Argent*!

Catherine saltó esa exclamación con alegría infantil. Gonzague se detuvo en seco, asombrado de sentir tanto asco por una voz tan amada. Supo que fumaría toda la noche y que muy pronto ni Catherine ni la pintura le importarían ya.

El portero de *La Tour d'Argent* se apartó, dejando paso al trío. Gonzague los miraba entrar con atención, para grabar esa imagen en mente y poder recordarla más tarde, primero con una sonrisa, luego con una risa enloquecida. Catherine entró en primer lugar, dando un gran paso que desplegó su falda como una vela; Marielle la siguió con pequeños pasos rápidos y Marc cerró la marcha, con las manos en los bolsillos de su chaqueta, dejando los pulgares fuera, y un cigarrillo sin encender en la boca.